WHITE RUSH

히가시노 게이고

민경욱 옮김

소미미디어
Somy Media

일러두기

* 이 책의 주석은 모두 옮긴이 주입니다.

차례

I

    가랑눈이 날리고 있으나 이따금 해가 비치는 날씨라 컨디션은 최상이다. 덕분에 목적지에 거의 예상한 시각에 도착했다. 전에도 여러 번 와봤던 장소라 헤맬 일은 없다.

    하지만 처음 오는 사람은 찾기 어려울 것이다. 구즈하라 가쓰야는 주위를 둘러보며 의기양양하게 생각했다. 경사면은 온통 눈으로 덮여 있고 일정 간격으로 너도밤나무가 있는데 표지가 될 만한 특징 있는 나무는 없다. 가령 상세 지도가 있더라도 길을 헤맬 게 분명하다.

    나뭇가지를 넓게 펼치고 있는 너도밤나무 한 그루 앞으로 다가가 스키를 벗고 메고 온 백팩을 내렸다. 백팩에서 플라스

틱 공구함을 꺼냈다. 물론 안에 공구는 없다. 튼튼해서 그 '물품'의 용기로 공구함을 이용한 것이다.

불안감이 구즈하라의 가슴을 지배했으나 마음을 다잡고 뚜껑을 열었다. 빼곡하게 채워 넣은 완충재 속에서 비닐봉지에 담긴 '물품'을 꺼내 고글을 벗고 주의 깊게 점검한다. 아무래도 '물품'에 이상은 없는 듯하다. 안도의 숨을 내쉬고 그것을 일단 제자리에 놓았다.

이어서 장갑 낀 손으로 나무 밑에 쌓인 눈을 파내고 구덩이를 만들었다. 깊이 30센티미터 정도 되는 구덩이다.

구즈하라는 다시 '물품'을 꺼냈다. 이번에는 드디어 비닐봉지에서 꺼내야만 한다. 봉지 입구는 단단히 봉해놓았다. 다시 '물품'에 이상이 없음을 확인하고 신중하게 비닐을 찢었다.

꺼낸 '물품'을 방금 판 구덩이에 넣었다. 고작 이 정도 움직였는데도 체온이 살짝 올라간 것만 같다. 공포심 때문이다. 이 행위가 무엇을 의미하는지 누구보다 잘 알기에 스스로 겁을 먹은 것이다.

하지만 이제 됐어. 구즈하라는 자신을 다독였다. 내가 이 정도로 긴장할 일이 아니라면 상대도 두려워할 일이 아닐 테니까.

스키복 주머니에서 디지털카메라를 꺼내 눈구덩이에 놓인 '물품'을 여러 장 사진으로 담았다. 액정 화면으로 찍힌 상태를 확인한 다음 '물품'에 살살 눈을 덮었다. 이윽고 구덩이가 채워져 주위와 분간이 되지 않았다.

이어서 백팩에서 못과 망치, 작은 테디베어를 꺼냈다. 자리에서 일어난 구즈하라는 나무를 바라보고 얼굴 높이 위치에 못을 박았다. 못이 단단하게 박힌 것을 확인하고 테디베어를 걸었다. 갈색이라 거의 눈에 띄지 않는다. 멀리서 이 인형을 발견하는 것은 거의 불가능할 것이다.

구즈하라는 나무에서 조금 떨어져 이 모습도 디지털카메라의 각도를 바꿔가며 여러 장 촬영했다.

또 하나, 마지막으로 해야 할 일이 있다. 중요한 확인 사항이다.

백팩에서 네모난 전자기기를 꺼냈다. 전원을 켜니 파일럿 램프가 켜졌다. 상부에 달린 안테나를 뽑아 그 끝을 테디베어 쪽으로 향했다. 장치 앞면에 설치된 여덟 개의 발광 다이오드가 한꺼번에 켜졌다.

구즈하라는 고개를 끄덕이고 전원을 껐다. 이제 모든 작업을 완료했다. 머릿속으로 재차 이제까지의 행동을 점검한다. '됐어, 해야 할 일은 다 했어.'

짐을 다시 넣은 백팩을 짊어진 뒤 고글을 쓰고 부츠에 스키판을 설치했다. 시계를 보니 오후 4시가 조금 넘었다. 이 역시 계획대로다. 고개를 한 번 끄덕이고 천천히 출발했다.

압설壓雪되지 않은 경사면을 스키로 활주하는 일은 쉽지 않다. 익숙하지 않으면 바로 스키 앞날이 눈에 빠져 오도 가도 못하는 신세가 된다. 하지만 기술이 있는 구즈하라는 늘어선 나무들 사이를 경쾌하게 활주한다. 어려운 임무를 마쳤다는 생각에 기분이 배로 상쾌했다.

그건 아니지. 활주하며 살살 고개를 저었다. 아직 임무를 마친 건 아니야. 가장 중요한 일이 남았어. 지금은 아직, 그 준비 단계를 끝낸 데 불과해. 방심하다가 만에 하나 이런 데서 굴러 다치기라도 하면 큰일이다. 계획이 물거품이 된다. 우쭐대는 마음을 다독이며 활주를 계속했다.

앞쪽에 로프가 보이기 시작해 몸을 낮춰 그 밑을 통과했다. 이로써 정규 코스로 돌아왔다.

그때였다. 뒤에서 날카로운 호루라기 소리가 들려왔다. 돌아보니 패트롤 유니폼을 입은 남자가 활강해 다가왔다. 구즈하라는 진저리를 치며 멈췄다. 하필 이런 상황에……

패트롤 대원은 바로 옆에 멈춰 섰다. 'PATROL'이라는 글자를 자수로 놓은 모자를 쓰고 있다.

"그러시면 안 됩니다. 어디서부터 코스를 벗어나셨죠?" 스포츠 선글라스 속 눈이 노려보고 있다.

"아니, 아주 잠깐이었어요. 정규 코스인 줄 착각하고 실수로 들어갔어요. 알아차리자마자 놀라서 바로 나왔고요."

패트롤 대원은 짜증스럽게 손을 내저었다.

"그럴 리 없습니다. 저 안쪽에서 내려오는 것을 봤습니다. 꽤 위에서 들어가지 않으면 이리로 나올 수 없거든요."

구즈하라는 한숨을 내쉬었다. 괜스레 심기를 건드려봤자 좋을 게 하나도 없다.

"죄송합니다. 그냥 좀 재미있을 것 같아서 들어갔다가 길을 헤맸습니다."

"앞으로는 조심하세요. 코스에서 벗어나면 어디든 마찬가지지만, 당신이 들어간 곳은 지형이 복잡하고 설붕雪崩 위험도 있는 데다 넓어서 특히 길을 잃기 쉽습니다. 습지 쪽으로 가면 돌아올 수도 없고요."

"정말 죄송합니다." 고개를 숙였다.

"안전한 활주, 부탁드리겠습니다." 대원은 그의 사과를 받아들였다.

구즈하라는 살짝 손을 들어 인사하고 활주를 시작했다. 묘한 데서 걸리고 말았네. 하지만 저 대원이 이런 사소한 일을 기억할 리 없겠지? 계획에는 아무런 문제가 되지 않는다. 지형이 복잡해? 그래서 그 장소를 선택했다고…….

산기슭까지 내려왔을 무렵에는 리프트 영업도 거의 끝나 있었다. 구즈하라는 스키 판을 떼어내고 주차장으로 향했다. 어느새 눈이 본격적으로 내리기 시작했다.

주차장에 세워놓은 RV차의 트렁크에 스키 판을 던져 넣고 뒷자리에서 옷을 갈아입은 다음 운전석으로 옮겼다. 조수석에 놓아둔 가방에서 태블릿 단말을 꺼내 무릎 위에 놓았다.

일단은 조금 전 디지털카메라로 찍은 사진을 태블릿으로 옮기고 더 큰 화면으로 한 장씩 확인했다. 충분히 다 잘 찍힌 사진이었으나 사용처를 고려할 때 부적절한 게 몇 장 있었다. 셔터를 누를 때 조심하려 했는데 찍혀서는 안 될 게 찍혀 있다.

적당한 사진을 두 장 골라서 이미 작성해놓은 메일에 첨부했다.

메일을 보내기 전에 다시 내용을 확인했다. 수없이 퇴고했는데 실제로 모든 작업을 끝내고 다시 읽자 역시 몇 군데 수정할 곳을 발견했다.

굳이 이름을 밝히지는 않았으나 상대는 누가 보냈는지 바로 알아차릴 것이다. 그래도 상관없다. 오히려 그러지 않으면 얘기가 되질 않는다.

구즈하라는 수정한 내용을 다시 읽었다. 잘못된 부분이 없음을 확인하자 눈을 감고 심호흡했다. 송신하면 이제 돌이킬 수 없다. 모든 책임을 스스로 져야 한다. 그럴 각오가 돼 있는지 자문하고 한 번 천천히 고개를 끄덕이고는 눈을 떴다. 태블릿 화면을 가만히 바라본 다음 검지로 '송신'을 터치했다.

메일이 제대로 간 것을 확인하고 태블릿을 다시 가방에 넣었다. 정신을 차리니 눈이 한층 격렬하게 내리고 있었다. 앞 유리창에도 쌓여 앞이 제대로 보이지 않는다.

시동을 걸고 밖으로 나와 장갑 낀 손으로 앞 유리창의 눈을 털어냈다. 차에 탈 때는 부츠에 묻은 눈을 털어내야 했다. 순식간에 10센티미터쯤 쌓인 듯하다. 우물쭈물하다가는 주차장에 갇힐지도 모르겠다.

구즈하라는 자동차를 출발시켰다. 타이어가 눈을 밟는 감촉이 전해졌다. 액셀과 핸들을 조심스레 조작해 주차장을 나왔다.

운전하며 상대의 얼굴을 떠올렸다. 언제쯤 메일을 읽을까. 그 남자는 집에 일을 가지고 가지 않는 게 철칙이라 직장으로 온 메일을 개인 스마트폰으로 보내지 않는다. 아마도 내일이 되어야 메일을 보게 되리라. 어쩌면 직장의 누군가가 이변을 먼저 알아차릴지도 모르겠다. 그것도 나름 재미있겠다 싶어 입가가 풀어졌다.

눈발은 약해질 기미가 없었다. 시야가 점점 나빠져서 구즈하라는 차를 길가에 세우고 머리를 굴렸다.

이런 악천후 속에서 굳이 도쿄로 돌아갈 필요는 없다. 어차피 승부는 내일부터다. 오늘은 일요일이니 묵을 숙소는 얼마든지 있을 것이다. 천천히 온천에 몸을 담그고 좀 쉬었다가 내일 아침 일찍 출발하는 것도 나쁘지 않겠다. 그 무렵에는 날씨도 좋아져 있지 않을까. 지역 명물 요리를 안주 삼아 특산주로 미리 축하하는 것도 좋겠다.

생각하면 할수록 기막힌 아이디어라는 생각이 들었다. "좋았어!" 구즈하라는 중얼거리고 자동차를 출발시켰다. 핸들을 힘껏 꺾어 유턴했다.

왔던 길을 돌아가면서 앞으로의 전개를 생각했다. 일단 상대가 바로 경찰에 신고할 리는 없다. 아마도 거래를 받아들일 것이다. 문제는 요구한 금액을 그대로 내놓을 것인가이다. 돈을 내놓을 방법이 정말 없다면 마지막 수단으로 경찰에 도움을 요청할지 모른다. 그렇게 되면 모든 것은 물거품이 된다. 아무것도 손에 쥐지 못한 채 그저 경찰에 쫓기는 신세가 될 뿐이다.

하지만 구즈하라는 쉽게 타협할 마음은 없었다. 자신은 이제까지 상대에게 막대한 공헌을 해왔다고 생각하기 때문이다. 그 남자가 지금 지위에 오른 것도, 우수한 부하가 존재했기 때문이다.

자신에게는 그럴 만한 권리가 있다고 구즈하라는 생각했다. 재능을 정당하게 평가하지 않는 부조리함을 그 남자에게 알려줄 필요가 있다.

그리고 재능을 지닌 인간은 범죄를 실행할 때도 비범한 법이다. 치밀하게 짠 계획을 머릿속으로 반추하며 구즈하라는 빙긋 웃었다. 자, 게임 시작!

2

입구 문을 열자 향긋한 조림 냄새가 코를 간지럽혔다. 순간 배에서 꼬르륵 소리가 났다. 이 가게만 오면 늘 이랬다.

"어서 오세요!" 카운터 안에서 여주인이 미소 띤 얼굴로 말을 건넸다.

네즈 쇼헤이는 고개를 꾸벅 숙이고 가게 안을 둘러봤다. 이미 반쯤 자리가 차 있다. 카운터 외에는 조그만 테이블 자리 네 개가 전부인데 그중 하나에 세리 치아키가 앉아 있었다. 스마트폰을 만지작거리다가 네즈를 발견하고는 손가락 두 개를 올리며 웃었다. 다부진 얼굴은 여전하다.

"브이 사인은 너무 이른 거 아냐?" 네즈는 다운재킷을 벗어 옆 의자에 놓고 치아키 맞은편 자리에 앉았다. "대회는 다음 주일 텐데?"

"그게 아니라 우리 둘만 있게 되었으니까. 둘이 한잔하는 거 오랜만이잖아?"

"그러고 보니 그렇네. 1년 만인가?"

낯익은 여성 종업원이 주문을 받으러 왔다.

"생맥주와 늘 먹던 거요."

"네!" 종업원은 밝게 대답하고 생글거리며 물러났다.

"뭐야? 늘 먹던 게?" 치아키가 물었다.

"별거 아냐. 이따가 보면 알아."

치아키는 스노보드 선수다. 특히 스노보드 크로스*가 주 종목이다. 돌아오는 일요일, 이 스키장에서 대회가 열릴 예정이라 어제부터 이곳에 왔다며 오늘 낮에 오랜만에 한잔하자는 메일을 보냈다.

네즈는 현재 이곳에서 패트롤 대원으로 일하고 있다. 전에는 다른 스키장에서 일했는데 2년 전 지인의 권유로 이곳으로 옮겨 왔다. 치아키와는 이전 스키장에서 알게 되었고 이후 이따금 연락을 주고받아왔다. 마지막으로 만난 게 작년 이맘때였다. 그때도 그녀는 대회에 참가하러 왔는데 경기 결과가 만족스럽지 않자 네즈에게 인사 한마디 없이 돌아가버렸다. 그리고 이틀 뒤에 미안하다는 메일이 도착했다.

생맥주가 나왔다. 이미 풋콩을 안주로 소주 온더록을 마시고 있던 치아키와 건배했다.

"그래서 컨디션은 어때?"

네즈의 질문에 치아키는 음, 하며 고개를 갸웃했다.

---

* Snowboard cross, 스노보드 네 가지 경기 종목 중 하나. 4~6명의 선수가 한 조로 뱅크, 롤러, 스파인, 점프 등 다양한 지형지물로 이루어진 코스에서 경주한다.

"의욕은 최고인데 컨디션은 50퍼센트쯤일까?"

"왜 그래? 웬일로 약한 소리를 다 하고."

"약한 소리라기보다 현실을 깨달은 거지." 치아키가 순간 눈을 내리깔았다가 다시 네즈를 바라봤다.

"현실?"

"여러 가지 말이야. 일테면 나이도 있고."

네즈는 씁쓸하게 웃었다. "아직 20대 중반이잖아? 숀 화이트*보다 젊어."

치아키는 웃지 않았다. "신경이 둔해졌어. 속도가 느껴지지 않아."

진지한 고민임을 알아차린 네즈도 심각한 표정을 지었다.

"속도가 두려워졌다는 말이야?"

"그게 아니야. 그거라면 아직 괜찮지. 그 반대야. 모르겠어? 네즈 씨라면 알 줄 알았는데."

그 역시 과거에는 스노보드 크로스 선수였다. 하지만 일류 선수는 아니었다. 따라서 좌절감은 누구보다 잘 안다.

"긴장감이 없어졌단 말이야?"

"응." 그녀가 턱을 당겼다. "맞아, 바로 그거야. 아주 중요한 지점에서 훅 긴장이 풀어져. 바로 여기, 가장 집중해야 할 때

---

* 20년 넘게 대회에 출전하며 30대에 은퇴한 미국 스노보드 선수.

그게 안 된다고."

네즈는 침묵했다. 치아키가 무슨 말을 하는지 너무나 잘 안다. 그도 그랬기 때문이다. 젊을 때는 두렵지 않으므로 질주할 수 있다. 이윽고 두려움을 알게 되는데 그것을 극복하면 더 강해진다. 그러나 나이를 먹으면 두렵지도 않은데 질주할 수 없게 된다. 반응이 둔해지는 것이다.

요리가 나왔다. 국물에 볶은 채소와 달걀말이, 돼지고기 등이 들어 있다.

"이게 뭐야? 이 집 명물이야?" 치아키가 여러 번 눈을 깜빡였다.

"이 가게 주인이 만들어주는 요리야. 일단 먹어봐."

치아키는 젓가락으로 돼지고기를 집어 입에 넣고 "와! 맛있다!"라며 조그맣게 외쳤다. "네즈 씨, 늘 이렇게 맛있는 음식을 먹어?"

"여기 올 때만. 자주 오니까 주더라고."

"뭐? 단골에게만 주는 음식이야? 부럽다." 치아키는 쉴 새 없이 젓가락을 움직였다.

"어이, 네즈!" 뒤에서 목소리가 들려왔다. 돌아보니 뚱뚱한 중년 남자가 카운터 자리에 앉으려 하고 있었다. 근처 건어물 가게를 운영하는 사람으로 이 가게에서 자주 만났다.

"미인과 데이트하고, 부러워!" 건어물 가게 아저씨는 싱글

거리며 말했다. 불그스름한 얼굴을 보니 이미 어디선가 한잔 걸친 모양이다.

"그런 거 아니에요."

"뭐야? 얼버무릴 생각 마, 안 그래?" 마지막 '안 그래?'는 치아키에게 던진 말이었다.

"아이참, 방해하지 말아요." 카운터의 여주인이 얼굴을 찡그리며 나무랐다. "죄송해요, 무시하세요." 치아키에게 미소를 지은 후 건어물 가게 아저씨를 노려봤다. "이봐요, 여기 좀 보고 빨리 주문이나 해요. 일단 맥주부터 할 거죠?"

"아이고, 네, 알겠습니다." 건어물 가게 아저씨는 몸을 돌리며 목을 움츠렸다.

그 후로도 아는 사람이 몇 찾아왔고 올 때마다 인사처럼 네즈를 놀리면 그때마다 여주인이 혼내는 일이 되풀이되었다. 치아키는 배를 움켜쥐고 웃어댔다.

두 시간쯤 마시고 둘은 가게를 나섰다. 주위 가게들의 불이 꺼지기 시작해선지 올 때보다 길이 어둡게 느껴졌다. 하지만 그만큼 별이 또렷하게 보였다.

"네즈 씨, 이곳으로 오길 잘한 것 같네."

"그래?"

"응, 완전히 적응한 것 같아. 사람들에게 사랑도 많이 받는 것 같고."

"전에는 미움받은 것처럼 말하네."

"그런 뜻이 아니라…… 무엇보다 이 마을 사람들은 다 따뜻하네. 따뜻하고 일체감이 있어."

"일체감?"

"응, 마을 전체가 스키장을 지키고 살려보려고 해. 스키장이 자신들의 재산임을 아니까. 그래서 그토록 소중한 스키장을 지켜주는 네즈 씨를 좋아하는 거지. 틀림없어."

"흠, 그런가?"

네즈는 애매하게 맞장구치면서 그럴지도 모르겠다고 생각했다. 전에 있던 스키장은 관광업에 진출한 기업이 경영해 부지인에 세워진 호텔 숙박객을 대상으로 모든 게 운영되었다. 당연히 멀리 떨어진 마을 사람들에게는 혜택이 없었고 그만큼 스키장에 대한 애착도 부족했다. 그런 점에서 이 마을은 바로 눈앞에 스키장이 있고, 이용객들은 이 마을의 숙소에 묵고 이 마을의 식당에서 식사한다. 분명 최대이자 유일한 재산이었다.

"그런데 네즈 씨, 여전히 그거 해?"

"그거?"

"그거 말이야, 삑삑." 치아키가 호루라기 부는 시늉을 했다.

"아하." 네즈가 입을 열었다. "하지. 오늘도 한 사람, 산에서 나오는 아저씨가 있어서 불어댔지."

"그거 당하면 정말 깜짝 놀라는데."

"그게 싫으면 규칙을 지키면 그만이야. 요즘은 안 하지?"

"응, 안 할게."

"여전히 하는구나. 참, 못 말리는 사람이라니까."

스키장의 코스 밖, 빽빽한 나무 사이를 엄청난 기술로 활주하며 빠져나가는 치아키의 모습이 눈동자에 떠올랐다. 네즈가 아무리 스키 기술을 구사해도 추격할 수 없었다. 그녀가 너구리를 피하려고 넘어지지 않았다면 놓쳤을 것이다. 잡아서 설교한 게 그녀와의 첫 만남이었다.

치아키가 묵는 숙소 근처까지 왔다.

"그럼 오늘 고마웠어." 그녀가 말했다.

"그래, 잘 자."

"응. 네즈 씨, 저기……." 치아키가 입술을 핥았다. "다음 대회에서도 마음대로 안 되면 이제 그만할지도 몰라."

"흠……." 네즈는 어떻게 반응할지 잠시 생각하고 대답했다. "뭐, 그것도 괜찮지."

치아키는 복잡한 표정을 짓더니 표정을 풀었다.

"그러면 본격적으로 데이트하자."

네즈도 웃었다. "생각해볼게."

"그럼, 잘 자. 내일 겔렌데*에서 만나면 잘 부탁해."

* gelande, 스키를 탈 수 있도록 정비한 경사지, 혹은 스키장 시설 전체를 가리킨다.

"잘 자."

치아키가 숙소로 들어가는 모습을 지켜보고 네즈도 걷기 시작했다.

뻑뻑, 이라…….

갑자기 오늘 주의를 줬던 스키어가 머리에 떠올랐다. 본인은 길을 잘못 들었다고 했지만 그랬을 리 없다. 하지만 아무래도 그저 파우더*를 즐기려고 코스를 벗어난 것 같지도 않다. 그렇다면 도대체 왜 코스를 벗어났을까.

아, 됐어. 네즈는 어깨를 움츠렸다. 스키장에는 다양한 사람이 온다. 그러므로 내일도 철저하게 순찰해야겠다고 생각했다.

3

서류 가방을 들고 현관으로 향하다가 발이 미끄러졌다. 엉덩방아를 찧는 순간 통증이 허리에서 머리 꼭대기까지 관통했다. 얼굴을 찌푸리며 일어나는데 바로 옆 벽에 스노보드가 세워져 있는 게 보였다.

---

* powder, 정비하지 않은 가루눈으로 깊은 적설량과 낮은 습도에 무게가 가벼울수록 활주감이 좋다. 보통 파우더가 쌓인 구역을 파우더 존powder zone, 파우더 존을 달리는 것을 파우더 런powder ren이라고 한다.

"슈토, 얘! 슈토!" 구리바야시 가즈유키는 엉덩이를 문지르면서 고함쳤다.

거실 문이 열리고 슈토가 느릿느릿 나타났다. 키는 크지만 아직 중학생이다. 올봄에 3학년이 된다.

"왜?" 무표정한 얼굴로 묻는다. 한창 아침을 먹던 중이었는지 한 손에 포크를 들고 있다.

"왜가 아니지! 너 여기서 또 왁스 칠 했지? 방에서 하라고 했잖아!"

"방은 너무 좁아. 다리미 줄이 걸려서 위험하기도 하고."

"그러면 청소를 제대로 했어야지?"

"했다고. 별로 더러워지지도 않았고." 슈토는 입을 삐죽 내밀었다.

"어차피 종이로 몇 번 쓱쓱 닦고 말았겠지. 그러니까 자 보라고, 이렇게 미끄럽잖아!" 구리바야시가 오른발을 앞뒤로 문질렀다. "왁스 찌꺼기가 바닥에 들러붙어 있다고."

"좋잖아. 청소하면서 일부러 마루에 왁스를 칠하는 사람도 있는데."

"그거랑 이건 다르지!"

"어머, 왜 이렇게 소란이지?" 거실에서 아내 미치요가 나왔다. "당신, 서두르지 않으면 늦어요. 슈토, 너도 얼른 아침 먹어."

"아빠가 괜한 트집을 잡잖아."

"트집?"

"여보, 그만해요. 오늘은 중요한 미팅이 있다고 했잖아요." 미치요는 말하면서 휙휙 손을 내저었다.

시계를 보니 확실히 서둘러야 하는 시각이었다. 구리바야시는 아들에게 손가락질하며 "다음부터는 조심해라"라고 말하고 구두를 신었다. 슈토는 부루퉁한 얼굴로 대답 없이 거실로 사라졌다. 전에는 순했는데 중학생이 되자마자 갑자기 반항적인 태도를 보인다.

구리바야시의 집에서 가장 가까운 역까지는 걸어서 약 8분이다. 그곳에서 전차를 갈아타고 약 30분 뒤에 도착한 곳은 다이호대학 의과학연구소 건물이었다. 이곳은 주로 감염증을 연구하는 시설이다. 구리바야시는 대학원을 나온 뒤로 줄곧 이곳에서 일해왔다. 올해로 23년, 연구원 중에서는 가장 오래 일했다.

정면 현관을 통해 건물로 들어갔다. 로비에는 소파와 테이블이 몇 개 놓여 있다. 그곳을 통과하면 안으로 이어지는 복도 입구에 보안 게이트가 기다리고 있다. 옆에 선 경비원이 눈인사를 건넸다.

"좋은 아침입니다." 구리바야시는 대답하면서 ID 카드를 품에서 꺼냈다. 카드를 기계 앞에 대자 게이트가 조용히 열렸다.

탈의실로 가니 다른 연구원은 없었다. 오늘은 정기 미팅이 있는 날이라 아마도 사무실에서 그 준비를 하고 있으리라. 하지만 주임연구원인 구리바야시는 월요일이면 실험실 내부를 점검해야 하는 업무가 있다. 물론 '이상 없음'이라고 상사에게 보고하기 위해서다.

옷을 갈아입고 안으로 들어갔다. 소독용 샤워룸을 통과해 그 끝에 있는 문 앞에 멈췄다. 정맥 인증 패널에 손을 대니 문이 자동으로 열렸다. 그 앞으로 단순하고 좁은 공간이 있고 그 너머에 또 문이 있다. 구리바야시의 몸이 완전히 안으로 들어가자 입구 쪽 문이 닫힌 뒤에야 안쪽 문이 열렸다. 두 개의 문이 동시에 열리는 일은 없다.

구리바야시가 발을 내디딘 순간 실내조명이 켜졌다. 그곳은 일상적인 분석과 실험을 하는 방이다. 그렇다고 해도 생물 안전등급* 수준은 4단계 중 3단계, 즉 두 번째로 엄격하게 관리되고 있다. 창이 밀폐되어 있는 것은 물론이고 실험실 내부 전체가 음압으로 보호되어 있다. 이 방에서 나가는 공기는 당연히 정화된다.

순서대로 점검해 이상 없음을 확인했다. 이전이라면 이것으로 작업이 끝났을 테지만 지금은 아니다. 하나 더 중요한

---

* Biosafety levels, 세계보건기구가 제정한 실험실 안전등급.

작업이 있다.

이 방에는 들어온 문과 다른 또 하나의 문이 있다. 구리바야시는 그 문을 열고 옆방으로 들어갔다. 역시 자동으로 조명이 켜졌다. 벽에 걸린 푸른 방호복이 광택을 띠고 있다.

정수리에서 발끝까지를 커버하는 방호복으로 몸을 감싸고 구리바야시는 다음 단계로 나아간다. 더 안쪽에 있는 방에 들어가기 위해서다. 견고한 문이 열리자 그곳은 또 샤워룸이다. 가려는 방은 이 앞에 있다.

조금 전과 마찬가지로 이중 문을 통과해 도착한 곳은 앞의 방보다 훨씬 엄격하게 관리되는 실험실이다. 사용되는 안전 캐비닛은 최고 사양이다. 배기 시설은 2단계를 거치고 배수는 120도 가열 멸균된다. 방호복을 입지 않은 자는 출입 금지이고 방을 나와 방호복을 벗기 전에 멸균 샤워를 해야만 한다.

즉 이 방의 생물안전등급은 앞의 방보다 더 높은 4단계 중 4에 해당한다.

4등급의 국내 시설이 더 없는 것은 아니다. 국립감염증연구소와 이화학연구소 등이 있다. 하지만 현재 그 연구소들은 주변 주민의 반대 목소리가 거세 가동하고 있지 않다. 설비가 낡아 최신 연구에는 적합하지 않다는 물리적 문제도 있다.

사실 이 연구소는 4년 전에 다시 지어졌는데 그때 생물안전등급 4에 해당하는 이 실험실이 만들어졌다. 신형 인플루엔자의 유행과 생물학적 테러에 대한 경계심이 국제적으로 높아지는 가운데 그 분야에서 일본이 뒤처져 있는 것은 확실하므로 반드시 이런 시설이 필요하다는 생각으로 지어진 것이다. 말을 꺼낸 사람은 학장이었으나 의학부장, 약학부장, 생물학부장 모두 찬성했다.

다만 가동이 정식으로 허가되지는 않았다. 역시 주민의 동의가 필요한 것이다. 공식적으로는 옆의 등급 3의 실험실만이 연구시설로 사용되었다. 아주 최근까지는 실제로도 그랬다.

그런데 지금은 이곳도 실험실로 가동하고 있다. 다만 현 단계에서는 어떤 병원체를 보관하고 있을 뿐이다. 물론 이 역시 공표되어서는 안 되는 일부 관계자만 아는 사실이다.

구리바야시도 그래선 안 된다는 사실은 잘 알고 있다. 그러나 때로는 규칙을 무시해야 할 때도 있는 법이다. 중요한 일에는 희생이 따르기 마련이니까.

구리바야시는 냉동고가 설치된 실험실 구석으로 향했다. 문에는 잠금장치가 있고 비밀번호를 누르지 않으면 열리지 않는다.

장갑 낀 손가락으로 신중히 번호를 눌렀다. 열렸음을 알리는 초록색 램프를 확인하고 천천히 문을 열었다.

내부는 몇 개의 칸으로 나뉘어 있는데 현재는 병원체 한 종류만이 보관되어 있다. 그 병원체가 잘 보관되어 있는지 확인하는 게 구리바야시의 목적이다.

안을 들여다보던 구리바야시는 흠칫 놀랐다. 다섯 개여야 할 케이스가 세 개밖에 없다. 즉 두 개가 사라진 것이다.

발밑을 봤다. 혹시 누가 떨어뜨려 깨뜨렸나 싶었다. 하지만 그런 흔적은 보이지 않았다. 냉동고 안을 샅샅이 조사했으나 어디에도 없었다.

문을 닫고 뒷걸음질했다. 도대체 어찌 된 일이지? 열심히 기억을 더듬어봤으나 전혀 기억에 없다. 지난주 금요일, 마지막으로 이곳을 나간 사람은 구리바야시였고 그때는 분명 아무 이상 없었다.

혹시나 해서 캐비닛 안과 실험기기 안 등을 조사했다. 설마 그럴 리 없겠으나 누군가 꺼내고 제자리에 넣지 않았을 가능성도 제로는 아니다.

그러나 케이스는 발견되지 않았다. 이제 가능성은 하나밖에 없다. 누군가가 가지고 나간 것이다.

구리바야시는 서둘러 방을 나왔다. 너무 초조해 멸균 샤워를 빼먹을 뻔했다.

"그런가? 역시 그렇게 된 건가?" 생물학부장 도고 마사오미는 오른 팔꿈치를 책상에 올리고 입에 주먹을 댄 채 신음했다. 그 얼굴에 고심의 빛이 어렸으나 놀라는 기색은 옅어서 구리바야시는 의문을 품었다.

"역시……라니, 무슨 말씀이신가요?" 구리바야시가 책상 앞에 선 채 물었다.

도고가 가만히 올려다봤다. 얼굴이 크고 눈매가 날카로워 학자라기보다 정치가의 분위기를 지닌 인물이다. 그가 다이호대학 의과학연구소의 소장, 요컨대 책임자였다.

"이 일은 아직 아무에게도 말하지 않았겠지?"

"물론이죠."

도고는 고개를 끄덕이고 옆에 놓아둔 노트북 컴퓨터를 조작한 다음 화면을 구리바야시 쪽으로 돌렸다. "이걸 보게."

화면에는 메일의 내용이 나와 있었다. 보라고 했으니 읽어도 되겠지. 내용을 읽어 내려가던 구리바야시는 너무 충격적인 내용이라 제대로 이해가 안 되어 여러 번 다시 읽어야 했다. 이윽고 사태를 파악하자 이번에는 몸이 떨리기 시작했다.

메일 내용은 다음과 같았다.

다이호대학 의과학연구소 소장 도고 마사오미 귀하.

귀하에게 심각한 사태가 일어났기에 연락한다.

연구소의 가장 중요한 물품이 두 개 없어졌을 것이다. 거짓말 같으면 직원에게 확인하게 해보라. 귀하가 직접 보는 것도 좋겠지.

그러나 너무 걱정하지 마시라. 유실물은 내가 가지고 있다. 두 개를 하나의 케이스에 옮겼다. 알고 있겠지만 총량은 200그램이다. 다만 휴대하기는 어려우므로 어떤 장소에 보관했다. 첨부한 사진을 보면 어떻게 조치했는지 알 것이다. 참고로 알려주는데 케이스는 얇은 원통 유리 케이스로, 영하로 얼린 에보나이트 뚜껑으로 막아놓았다. 내 계산에 따르면 기온이 섭씨 10도 이상이 되면 에보나이트의 팽창으로 유리 케이스는 파손될 것이다.

사진의 장소가 어디인지 귀하는 짐작이 가지 않을 것이다. 하지만 발견할 수 있도록 옆 나무에 발신기를 설치해두었다. 첨부 사진에 찍힌 게 바로 그것이다. 방향 탐지 수신기를 사용하면 300미터 이내에 들어올 경우, 발신기를 발견할 수 있다. 즉 귀하가 문제를 해결하려면 다음 두 가지 조건을 충족해야 한다.

· 사진의 장소가 어디인지 알아낸다.

· 발신기 주파수에 맞는 방향 탐지 수신기를 입수한다.

그러나 둘 다 쉽지는 않을 것이다. 귀하의 힘만으로는 불가능하리라 예상한다.

그러므로 거래를 제안한다. 내 요구에 따르면 사진의 장소를 밝히고 수신기도 주겠다.

내 요구는 곧 돈이다. 3억 엔을 준비하길 바란다. 귀하의 호주머니 돈으로 마련하든가 소장이라는 지위를 이용해 연구비에서 빼내든가 마음대로 하라.

이틀 뒤에 다시 연락하겠다. 그때까지는 태도를 분명히 취하기를. 참고로 말하자면 수신기 배터리는 일주일 동안만 유지된다. 이 메일은 답장을 보내도 내가 받을 수 없다.

K-55

구리바야시는 컴퓨터 화면에서 도고에게로 눈길을 옮겼다. "소장님, 이건……, 그……." 뺨이 굳어 말이 제대로 나오지 않았다.

"나도 방금 읽었네. 자네를 부르려던 참이었어."

구리바야시는 침을 삼키고 열심히 호흡을 가다듬었다. "도대체 누가 이런 짓을?"

도고는 팔짱을 끼고 입가를 일그러뜨렸다.

"짚이는 인물은 하나밖에 없네. 자네도 그럴 텐데?"

"구즈하라…… 말입니까?"

구리바야시는 다시 메일 내용을 읽었다. 구즈하라의 갸름한 얼굴과 눈, 얇은 입술이 뇌리에 떠올랐다.

메일에 첨부된 두 장의 사진을 봤다. 한 장은 원통형 케이스를 눈 밑에 묻으려고 하는 사진, 다른 한 장은 나무에 테디베어가 매달린 모습을 찍은 것이었다. 테디베어가 메일에 적힌 발신기일 것이다.

보내는 사람의 이름을 'K-55'로 표기했는데 이는 도난당한 케이스의 내용물 명칭이기도 하다. 무시무시한 병원균 중 하나인 탄저균의 일종이다. 게다가 일반적인 균과 달리 특수 가공이 이루어져 있다.

탄저병은 아주 오래전부터 알려진 병이다. 일반적으로는 가축이나 야생동물이 탄저균에 오염된 풀이나 토양을 섭취해 감염된다. 인간은 그런 동물이나 그 고기, 모피에 접촉해 감염된다. 발병 양상은 균의 침입 경로에 따라 피부 탄저, 장 탄저, 호흡기 탄저 세 종류가 있다. 다만 인간에게서 인간으로의 감염은 일어나지 않는다.

탄저균은 배양이 간단해 대량생산이 가능하고 포자 상태일 때는 균 자체의 안정성이 높아 휴대가 쉽다는 이유에서 오랫동안 생물학무기로 주목되었다. 사실 일본군이 연구했었다는 역사적 자료도 존재한다.

무기로 사용할 때는 주로 흡입 탄저병을 일으키는 방법을 채택한다. 포자를 퍼뜨려 호흡기를 통해 감염시키는 방법이다. 극히 소량이어도 효과가 발생하므로 아무도 모르게 감염되면서 퍼지지만 바로 발병하지 않고 인플루엔자와 잘 구별되지도 않으나 사망률은 높다는 점이 무기로서 큰 장점이다.

2001년에 미국에서 탄저균 테러가 일어났다. 탄저균 포자를 표적인 인물에게 우편으로 보내는 바람에 우편물 분류 작업을 했던 사람들에서도 피해가 나온 사건이다. 이 사건이 계기가 되어 세계적으로 탄저균에 대한 경계심이 높아졌다. 일본도 예외는 아니다.

　다이호대학 의과학연구소에서도 이 사건을 계기로 탄저균에 관한 연구가 본격적으로 이루어졌다. 이전에도 전혀 연구하지 않은 것은 아니나 샘플로 가지고 있던 균은 백신 연구 등에 사용되는 약독균*으로 토끼조차 죽이지 못하는 것이었다. 그런데 다행히도 기술제휴를 통해 호주의 연구기관으로부터 몇 종류의 강독균을 받을 수 있었다.

　이 탄저균 연구를 주로 담당해온 연구원이 구즈하라였다. 그는 백신 개발에 참여하는 한편 탄저균을 사용한 생물학무기 테러도 연구했다. 그의 풍부한 지식과 높은 기술력은 연구소에서도 최고라 할 수 있었다.

　그런데 몇 주 전에 말도 안 되는 일이 발각되었다. 구즈하라는 도고의 허가 없이 그야말로 생물학무기라고 할 수밖에 없는 물질을 만들어낸 것이다. 유전자 조작으로 기존 백신이 전혀 듣지 않는 탄저균 포자를 공기 중에 떠다닐 수 있을 정도의 초미립자로 가공한 것이다. K-55라 명명된 그 물질이 만약 외부로 반출되는 날에는 엄청난 피해가 생길 것으로 예상된다.

　이는 물론 중대한 법률 위반이다. 현재 일본에서는 인간의

---

*　건강한 사람에게 감염되지 않는 약한 균.

건강에 악영향을 미치는 병원체를 보관하는 자는 병원체의 종류와 보유 목적을 국가에 신고할 의무가 있다. 다이호대학 의과학연구소도 탄저균의 보유는 신고했다. 다만 그 목적은 백신 개발이 중심으로 두말할 필요도 없이 무기 개발은 포함되어 있지 않다.

도고는 사정을 알자마자 그 자리에서 구즈하라를 해고했다. 그리고 가동하지 않았던 생물안전등급 4의 실험실을 가동해 K-55를 그쪽으로 옮겼다.

물론 구즈하라는 처분을 받아들이지 않았다. 테러리스트를 완벽하게 막기 위해서는 무기 수준의 세균을 만들어내어 그에 대한 대응을 준비해야 한다는 게 그의 생각이었다. 학장의 집까지 쳐들어가 부당 해고라고 주장했다는 소문도 돌았다. 그러나 학장은 그의 말을 들으려고도 하지 않았다.

"너무 안일했어. 녀석의 ID가 아직도 살아 있었나?" 도고는 입술을 깨물었다.

"그럴 리 없습니다. 도대체 어떻게 침입했을까요?"

도고는 심각한 표정 그대로 의자 등받이에 털썩 몸을 기댔다.

"그건 나중에 생각하지. 그보다 어떻게 해야 좋겠나?"

구리바야시는 상사의 얼굴을 응시했다. "어떻게 해야 하나니……, 무슨 말씀이십니까?"

도고는 미간을 찌푸렸다. 짜증스러움이 선명하게 표정에 드러났다.

"물론 대처 방법을 얘기해보자는 거네. 이 말도 안 되는 요구 말이야."

"그야, 그게, 경찰에 얘기하는 것 외에는 방법이 없지 않나요? 이건 명백한 협박입니다. 어떤 의미에서는 테러죠."

"하지만 그러면 K-55의 존재를 공표해야 하네."

"어쩔 수 없지 않나요? 원래 우리가 다뤄서는 안 되는 물건이었습니다."

그러나 이 대답은 도고의 뜻에 맞지 않는 듯했다. 답답하다는 듯 고개를 내저었다.

"구리바야시, 잘 생각하고 대답하게. 연구원이 무단으로 생물학무기를 만들었고 그것을 가지고 나갔어⋯⋯. 이 일이 드러나면 어떻게 될 것 같나? 나도 그렇지만 주임연구원인 자네도 그냥 넘어가지는 못할 거야. K-55의 실질적인 관리 책임자는 자네니까."

구리바야시는 말문이 막혔다. 확실히 도고의 말이 다 맞다.

대답이 궁해 우물쭈물하자 "어때?"라며 도고는 추궁해왔다.

구리바야시는 고개를 들고 반문했다. "그럼 소장님은 어떻게 하실지?"

도고는 잠시 침묵한 뒤 말했다. "만약 무시하면 어떻게 될

35

화이트 러시

것 같나?"

"무시……요? 그러니까 거래에 응하지 않는다는 말입니까?"

"그래. 녀석이 연락해와도 상대해주지 않는 거지."

"하지만 그렇게 하면 K-55는 회수할 수 없습니다."

"그러면 안 되나?"

저도 모르게 구리바야시는 너무나 태연스레 묻는 도고의 얼굴을 응시했다. "네?"

"회수하지 않으면 안 되냐고?"

"당연하죠." 뺨을 굳히며 바로 대답했다. 이 아저씨, 지금 무슨 생각인 거야? "지금은 눈에 파묻혀 있어서 괜찮을 겁니다. 하지만 봄이 되어 눈이 녹으면 케이스가 지면에 굴러다닐 거예요. 협박장에 따르면 기온이 10도 이상이면 파손되는 구조라고 했습니다. 총량 200그램의 K-55가 외기外氣에 드러나는 겁니다. 일반적인 포자라면 모를까 초미립자 상태인 K-55는 아주 쉽게 공기 중에 떠다니기 시작합니다. 그 부근에 사람이 다가가면 폐에 감염될 확률이 높습니다. 그러면 확실히 흡입 탄저병이 발생하고 잘못하면 사망할지도 모릅니다."

"하지만 인적이 거의 없는 곳이라면? 게다가 달랑 200그램이잖아?"

구리바야시는 고개를 저었다.

"50킬로그램을 인구 500만 명이 사는 마을의 상공에서 뿌리면 25만 명이 흡입 탄저병에 걸린다는 시뮬레이션 결과가 있습니다. 2001년 미국에서 일어난 사건도 우편물 한 통에 넣은 양이 불과 1그램입니다. 그런데도 인근 일대를 완전히 멸균하는 데 몇 년이 걸렸습니다. 게다가 탄저균의 포자는 가혹한 환경 속에서 수십 년간 생존합니다. 바람이 불 때마다 오염이 퍼져 피해자가 나올 확률이 늘어납니다. 바람이 부는 아래쪽에 주택가라도 있으면 최악입니다."

"그렇게 되면 곤란할까? 우리 연구소에서 도난당한 균이라는 게 밝혀질까?" 도고는 신음하듯 말했다.

"소장님, 그건……." 구리바야시는 책상에 양손을 짚었다. 울음이 나올 것만 같았다.

"알았네." 도고는 성가시다는 듯 손을 흔들었다. "그렇게 요란하게 반응하지 않아도 돼. 그냥 물어본 거야. K-55에 대해선 모르는 게 많아. 야생동물에 감염되어 오염이 퍼질 우려도 있고."

"맞습니다." 구리바야시는 가슴을 쓸어내렸다.

"그렇다면 다른 방법은 없단 말이지……." 도고는 천장을 노려봤다.

"범인의 요구대로 돈을 넘깁니까?"

"그야 그렇지만 100퍼센트 요구대로 할 수는 없어. 무엇보다 3억이라는 큰돈을 어떻게 조달하나?"

"그렇다면……."

"어떻게든 좀 깎아야지." 도고는 낮은 목소리로 말했다. "구즈하라도 경찰에 신고되면 문제라고 생각할 걸세. 3억이라고 크게 불러놓기는 했지만 진짜 받으리라고는 생각하지 않겠지. 고작해야 5분의 1, 아니 10분의 1이면 받아들이지 않을까?"

"3천만 엔이면 줄 수 있나요?"

"음, 가능하면 천만 엔 이하면 좋겠는데."

"아니, 그건 좀 너무 깎는 게 아닌지……."

"역시 그런가? 분하지만 어쩔 수 없지. 3천만 정도라면 연구비 명목으로 얻어낼 수도 있으니까."

물 흐르듯 나온 말에 구리바야시는 저도 모르게 눈을 내리깔았다. 도고가 가공의 연구를 만들어 대학으로부터 비용을 받아낸 일은 전에도 여러 번 있었다. 다만 구리바야시는 이제까지 모르는 척해왔다.

"이틀 뒤 연락이라. 도대체 어떻게 나올까?"

"글쎄요." 구리바야시는 고개를 숙인 채 갸웃했다. 전혀 짐작이 가지 않았다.

책상 위의 전화가 울리기 시작했다. 도고가 수화기를 들었다.

"나야. 미안하지만 지금 회의 중이라……. 뭐, 경찰이? 사이타마현경이라고? 알았네. 연결해주게." 도고는 수화기를 귀에 댄 채 의아하다는 듯 고개를 기울였다. "아, 네. 제가 도고입니다. ……아, 네, 그렇습니다. 구즈하라는 우리 연구소 직원이었습니다. 하지만 지금은 그만둔 상태라……. 네, 뭐라고요? ……네? ……아니, 그게 사실입니까? ……죄송합니다. 잠시만 기다려주십시오."

도고는 송화구를 손으로 막고 긴장한 표정으로 구리바야시에게 고개를 돌렸다.

"무슨 일이 생겼나요?" 구리바야시가 물었다.

도고는 입술을 살짝 움직여 말했다. "가격을 흥정할 필요가 없어졌어."

"네?"

"상대가 없어졌어. 구즈하라 녀석, 사고로 죽어버렸대."

4

혼조고다마IC를 나와 5분쯤 달리니 커다란 사각형 건물의 병원이 나왔다. 주차장에 차를 세우고 구리바야시는 도고와 함께 정면 현관으로 향했다.

유리문을 통과하자 제복 경관이 다가왔다. 나이는 30대 중

반쯤 될까. "다이호대학에서 오신 선생님이십니까?" 구리바야
시 일행을 번갈아 보며 물었다.

"그렇습니다." 도고가 대답했다.

경관은 고개를 끄덕이고 자기소개를 시작했다. 현경 고속
도로순찰대 순사장이라고 한다. "정말 상심이 크시겠습니다."
고개를 숙였다.

"시신은 어디 있나요?" 도고가 물었다.

"이쪽입니다. 안내하겠습니다."

경관이 걷기 시작해 구리바야시 일행도 뒤를 따랐다.

그들이 간 곳은 병원 시신 안치소였다. 머리에 붕대를 감은
구즈하라가 침대에 누워 있었다. 얼굴에는 상처가 별로 없었
다.

"구즈하라가 맞습니다. 도대체 무슨 사고를 당한 겁니까?"
도고가 너무나도 낙담한 목소리로 말했다.

경관은 안됐다는 듯 미간을 찌푸리며 "아주 유감스러운 일
입니다만" 하고 운을 뗀 후 설명을 시작했다. 그의 설명에 따
르면 사고는 오늘 아침 8시 무렵에 일어났다고 한다. 간에쓰
자동차도로를 타는 혼조고다마IC를 지나가다가 뒤에서 달려
온 트럭에 치였다는 것이다.

"아무래도 구즈하라 씨는 도로변에 차를 세우고 밖으로 나
왔던 것 같습니다. 현장에 발연통이 있었습니다. 그걸 놓으려

다가 뒤에서 달려온 트럭에 치인 거죠."

"왜 차 밖으로 나왔을까요?" 구리바야시가 물었다.

"구즈하라 씨의 자동차를 조사해보니 엔진실의 팬벨트가 끊어져 있었습니다. 아마도 그 탓에 엔진이 과열됐을 거고요. 차를 도로변에 세우고 JAF*를 부르려 했겠죠. 고속도로에서는 가끔 이런 사고가 일어납니다. 바로 현지 병원으로 이송했으나 곧 사망했습니다. 면허증으로 신원이 바로 파악되었지만 가족분 연락처는 알 수 없었습니다. 가지고 있던 스마트폰은 완전히 부서져 어느 분에게 연락해야 할지 곤란했는데 차에 있던 소지품을 조사하니 마침 다이호대학 서류 봉투가 나와서 혹시 관계자가 아닐까 싶어 문의한 겁니다."

도고는 고개를 끄덕였다.

"그러셨군요. 전화로도 말씀드렸듯 구즈하라는 독신입니다. 기후 출신으로 그곳에 어머니가 있다고 했는데 연락처 같은 건 모릅니다. 다만 그와 친했던 사람 몇은 압니다. 바로 연락할 테니까 잠시만 시신을 맡아주시지 않겠습니까?"

경관은 살짝 당혹스러운 표정으로 이야기를 듣다가 이윽고 고개를 끄덕였다.

"알겠습니다. 저희도 시신은 되도록 친족분들에게 보내드

---

* 일본자동차연맹, 자동차에 대한 다양한 업무를 취급하는 것 외에 사고 서비스 등을 한다.

리고 싶으니까요. 그럼 연락 기다리고 있겠습니다."

"잘 부탁드립니다. 그런데 차는 어떻게 됐나요? 엔진 과열이 일어났다는 구즈하라의 차 말입니다."

"그 차라면 여기 병원 주차장으로 옮겨놓았습니다. 유족분들에게 인계해야 할 듯해서요. 하지만 가져가시려면 팬벨트부터 고치셔야 할 겁니다."

"차는 사고를 당한 게 아니군요."

"네, 트럭이 구즈하라 씨를 치고 멈췄으니까요."

"안에 있는 짐은?"

"그대로 있을 겁니다."

"차 안에 있다는 말이군요."

"그렇습니다."

도고가 숨을 들이켜는 기척이 느껴졌다.

"좀 봐도 될까요? 대학 비품이 있을지도 몰라서요. 그건 저희가 가져가는 게 좋을 것 같아서요."

경관은 의심스러워하는 것 같지는 않았다.

"알겠습니다. 자, 안내하겠습니다." 선뜻 말했다.

시신 안치소를 나와 그대로 병원 주차장으로 갔다. 구리바야시도 본 적 있는 감색 RV차가 관계자용 주차 공간에 세워져 있었다.

"구즈하라의 차가 맞네요." 구리바야시가 말했다.

경관은 키를 꺼내 문을 열었다. "자, 확인해보시죠."

도고가 눈짓하자 구리바야시가 문을 열고 안을 들여다봤다.

조수석에 가방이, 뒷자리에는 백팩이 놓여 있었다. 벗어놓은 스키 부츠와 장갑 등에는 볼일이 없었으나 스키복 주머니는 확인할 필요가 있어 살펴봤으나 아무것도 없었다.

제일 먼저 가방 안을 봤다. 태블릿 단말과 디지털카메라 그리고 여벌 옷 등이 들어 있다. 가방을 도고에게 건넸다.

"태블릿 내용은 보셨습니까?" 도고가 경관에게 물었다.

"아뇨." 경관은 고개를 저었다.

"비밀번호가 걸려 있는 듯해서요. 만약 다이호대학에 문의해 관계자를 찾게 되면 어떻게든 내용을 보자는 말은 했습니다. 저희도 사생활과 관련된 부분은 최대한 건드리고 싶지 않으니까요."

"그렇군요."

이어서 구리바야시는 백팩을 뒤졌다. 물과 비상식량 외에 손바닥 정도 크기의 사각형 기기가 나왔다. 넣었다 뺄 수 있는 안테나가 달려 있다.

"소장님!" 구리바야시는 도고에게 백팩 안을 보여줬다.

"그게 뭔가요? 저희도 궁금했습니다." 경관이 물었다.

"대학에서 사용하는 측정기입니다. 역시 예상이 맞았네요.

이것 모두 우리 대학 비품입니다. 이 가방과 백팩을 가지고 가도 될까요?" 도고가 태연하게 말했다.

경관은 당황하는 빛을 드러냈으나 "알겠습니다, 상부와 상의할 테니까 잠시만 기다리세요"라고 말하고 주머니에서 휴대전화를 꺼내 구리바야시 일행에게 등을 돌린 채 어딘가로 전화를 걸기 시작했다.

구리바야시는 도고와 눈을 마주쳤다. 험상궂은 얼굴의 연구소장은 의미심장한 표정으로 살짝 고개를 끄덕였다. 아무래도 잘될 듯하다는 말이 얼굴에 쓰여 있었다.

구즈하라의 어머니 연락처를 모른다는 말은 거짓말이다. 연구소에 남아 있는 그의 이력서에 분명히 적혀 있다. 하지만 그 사실을 알리면 경찰은 어머니에게 시신과 소지품을 인도하려 할 것이다. 도고와 구리바야시는 무슨 일이 있더라도 짐만은 자신들이 회수해야 했다. 그러므로 일단 자기들이 들고 가기로 한 것이다.

경관이 통화를 끝내고 두 사람에게 몸을 돌렸다.

"기다리게 해서 죄송합니다. 상사의 허가가 떨어졌습니다. 간단한 절차가 필요하기는 한데 가지고 가셔도 됩니다."

"번거롭게 해드려 죄송합니다." 도고는 묘한 말투로 인사하며 고개를 숙였다.

구리바야시 일행이 연구소로 돌아온 것은 오후 4시가 지나서였다. 도고의 방에서 구즈하라의 가방과 백팩의 내용물을 다시 조사했다.

도고가 경관에게 "대학에서 사용하는 측정기"라고 설명한 것은 방향탐지 수신기였다. 패널에 여덟 개의 발광 다이오드가 있는데 수신 전파의 강도에 따라 빛을 내는 숫자가 달라질 것이다. 구리바야시는 전원을 켜고 안테나를 뽑은 다음 그 자리에서 천천히 돌아봤다. 하지만 다이오드는 하나도 켜지지 않았다. 협박장에는 300미터 이내라면 수신기를 발견할 수 있다고 적혀 있었다. 뒤집어 보면 그 이상의 거리에서는 무용지물이라는 소리다.

"이봐, 이것 좀 보게." 도고가 노트북 컴퓨터 화면을 구리바야시 쪽으로 돌렸다.

화면에는 열 장의 사진이 나와 있었다. 모두 똑같은 설산에서 찍은 듯 보였다.

"디지털카메라에 들어 있던 사진이야. 어떤 산일 것 같나?" 도고가 말했다.

"글쎄요……." 구리바야시는 고개를 기울이고 사진을 한 장씩 화면에 표시했다. 열 장 중 세 장은 K-55를 찍은 것이라 장소 추정에는 전혀 도움이 되지 않았다. 단서를 찾자면 그나마 테디베어를 찍은 일곱 장의 사진 쪽에 가능성이 있다. 그

가운데 멀리 능선이 찍힌 게 있었다. 하지만 설산과 인연이 없는 구리바야시로서는 어떤 산인지 알아낼 재주가 없었다.

그러나 그중 한 장은, 장소는 알 수 없었으나 근처에 어떤 시설이 찍혀 있었다.

"소장님, 이 구석에 찍힌 철탑 같은 거 말인데요." 그 사진의 구석을 가리키며 구리바야시가 말했다. "스키장 리프트 아닌 가요?"

도고가 화면을 들여다봤다.

"그런가? 나는 스키장 같은 데 가본 적이 없어서 잘 모르네."

"저도 그렇게 잘 아는 건 아닌데 아마 리프트일 겁니다. 그게 아니라면 이런 산속에 철탑이 세워져 있을 리 없습니다. 게다가 차에 벗어놓은 스키복이 있었습니다. 눈 쌓인 일반 산이라면 더 중무장하고 가야 하죠. 기후 출신의 구즈하라는 스키를 잘 탔습니다. RV차도 스키를 타려고 샀다고 들었습니다."

"그러면 자네 말이 옳다고 치고 어느 스키장인데?"

"아니, 아무리 그래도 그것까지는……." 구리바야시가 고개를 저었다.

"어떻게든 알아내야 해. 단서가 있지 않을까? 맞다, 고속도로 영수증이 없을까. 어디서 탔는지 알면 스키장도 대강 예상

46
WHITE RUSH

할 수 있지 않을까?" 도고는 가방 속을 마구 뒤지기 시작했다.

"아닙니다. 아마 없을 겁니다. 그의 차에는 ETC*가 달려 있으니까요."

"ETC? 그렇다면 그쪽으로 조사할 수 있지 않을까? 어딘가 기록이 남아 있을 텐데."

"유감스럽게도 그건 안 됩니다. 주차장에서 이용 이력을 발행해주는 기계가 있기도 한데 ETC 카드가 없으면 이용할 수 없습니다."

"카드가 없을까?" 도고는 가방과 백팩으로 눈길을 던졌다.

"없습니다. 차에 꽂혀 있을 겁니다."

"하지만 카드 없이 조사해야 할 때도 있을 거 아냐? 그럴 때는 어떻게 하나?"

"그렇다면 인터넷으로 알아보겠죠."

도고는 손뼉을 쳤다. "뭐야? 방법이 있잖아? 좋아, 그걸로 알아보지."

"안 됩니다."

"왜?"

"ETC 카드 번호를 모르잖아요."

도고는 고개를 툭 떨어뜨렸다. 그러나 곧 고개를 들었다.

---

* Electronic Toll Collecting, 통행료 전자지불. 우리나라의 하이패스와 같은 기능을 한다.

"신용카드 명세서에는 ETC 이력도 기록되어 있을 거야. 카드 회사에 문의해보자고."

"아니, 타인에게 알려줄 리가 없죠."

도고가 험악한 얼굴로 노려봤다.

"자네는 도대체 뭔가? 내가 열심히 아이디어를 내놓을 때마다 반대만 해대고. 나를 놀리나?"

"아, 아닙니다. 그럴 생각은……. 정말 죄송합니다." 구리바야시는 목을 움츠렸다.

"애당초 자네가 ETC 카드를 회수하지 않은 게 잘못이야. 자네도 생각이란 걸 좀 하라고. 해결 방법이 없나?" 도고에게서 튀긴 침이 구리바야시의 안경에 떨어졌다.

구리바야시는 안경을 벗고 셔츠 소매로 렌즈를 닦았다.

"소장님, 역시 이제 각오해야 하지 않을까요?"

"각오? 무슨 각오?"

"그러니까 책임을 질 각오 말입니다. 경찰에 도움을 요청해야……."

"안 돼! 그건 안 돼! 자네는 지금 무슨 말을 하나!" 도고의 얼굴이 순식간에 벌겋게 달아올랐다. "그런 일은 절대 할 수 없어!"

"하지만 말입니다……."

"하지만 같은 소리나 하고 있을 때가 아냐. 잘 들어. 우리가 책임을 진다고 끝날 문제가 아냐. 이 사실이 밝혀진다고 해봐. 일본 전체가 공황 상태에 빠질 거야. 그래서 무사히 K-55를 회수한다면 좋지. 하지만 그것도 안 되면 어떨까?"

"물론 그렇게 되면 아주 심각한 사태가 벌어지겠죠. 그러니까 더 경찰에 연락해야죠."

"안 돼. 안 돼. 절대 안 돼." 도고는 구리바야시의 말을 막고 얼굴 앞에서 격렬하게 손을 내저었다. "이 문제는 무슨 일이 있더라도 우리 손으로 해결해야 해. 우리 스스로 K-55를 발견해야 해. 그 방법 외에는 길이 없어. 지금은 그것 외에는 생각하지 말게. 알겠나?"

구리바야시가 침묵을 지키자 "알겠냐고!"라며 도고는 다시 못을 박았다.

"알겠습니다." 구리바야시는 힘없이 대답했다. 그러면서 일부 연구원 사이에서 돌고 있는 소문을 떠올렸다. 그 소문이란 구즈하라가 생물학무기 개발에 착수한 사실을 도고가 알고 있었다는 것이다. 유전자 조작이나 포자의 초미립자화는 특수 약품과 기구가 필요하다. 그런 비품 구매를 소장이 눈치채지 못할 리 없다. 기술 축적을 위해 알고도 모른 척했는데 완성된 K-55가 너무 위험한 물건이라 서둘러 구즈하라를 처리한 게 진짜 사정이지 않을까.

그렇게 생각하면 도고가 경찰에 의지하지 않으려는 것도

이해가 간다. 구즈하라의 개발 경위를 자세히 조사하면 도고의 관여가 명백해지기 때문이다.

"뭐지? 할 말이라도 있나?" 도고는 침묵을 지키고 있는 구리바야시의 생각이라도 알아차린 듯 질문을 던졌다.

"아닙니다, 아무것도……." 구리바야시는 눈길을 떨궜다.

도고가 일어나 옆에 와 앉았다. 그리고 이름을 부르며 어깨에 손을 올렸다. 그 목소리는 조금 전과는 달리 온화함 그 자체였다.

"자네에게는 늘 감사하고 있다네. 잘해주고 있어. K-55 건도 자네가 없었다면 신속하게 대응할 수 없었어."

구리바야시는 몸을 굳히고 국어책을 읽듯 "감사합니다"라고 말했다.

"그래서 말인데" 도고가 말을 이어나갔다.

"이번에도 자네밖에 믿을 사람이 없어. 어렵겠지만 하나만 해줄 수 없겠나?"

"해주다니요……?"

"당연하지 않은가. 스키장을 알아내 K-55를 회수하는 일이지. 걱정하지 말게. 자네라면 할 수 있어. 만약 무사히 회수해 오면 자네에게는 부소장 자리가 기다리고 있을 걸세. 아들이 내년에 고등학교에 간다고 했지? 여러모로 돈 들어갈 곳이 많을 텐데. 그런 상황인데 직장을 잃어도 괜찮겠어? 그건 아니지?"

그런 문제가 아니라고 말했어야 했다. 그러나 구리바야시는 수긍했다. 직장을 잃는 게 두려웠기 때문만이 아니다. 도고의 이야기를 들으며 아주 희미하나마 한 가지 가능성을 떠올렸기 때문이다.

5

프런트사이드 테일 슬라이드는 알리* 후 공중에서 백사이드 스핀 방향으로 보드를 90도 회전시키며 뒷발에 몸무게를 실은 상태에서 슬라이드하는 기술이다. 핵심은 상반신과 하반신을 반대 방향으로 틀면서 뒷발로 레일을 타는 것이다.

"어라, 무슨 소리야? 상반신과 하반신을 반대 방향으로 틀어……?"

슈토는 책상 위에 스노보드 잡지를 펼쳐놓고 의자에서 일어났다. 잡지 사진을 보면서 그 자리에서 동작을 취해본다. 열린 커튼 사이로 보이는 창문에 비친 자세는 사진의 프로 보더와는 미묘하게 달랐다. 이상하다 싶어 이리저리 자세를 수정하다 보니 점점 비슷해졌다.

* 보드와 함께 점프하는 동작.

역시! 이해하고 다시 자리에 앉았다. 다음은 백사이드 테일 슬라이드이다. 핵심은 뒤꿈치로 뛰어오를 때 뒷발에 중심을 두고 앞발을 바깥쪽으로 차는 것이란다.

해볼까 싶어 자리에서 일어났을 때 노크 소리가 났다.

"슈토, 잠깐 얘기 좀 하자." 아버지의 목소리였다.

슈토는 황급히 의자에 앉아 스노보드 잡지를 책장에 꽂고 대신 수학 참고서를 책상 위에 펼쳤다. "들어오세요."

문이 열리고 아버지 가즈유키가 들어왔다. 막 퇴근했는지 재킷만 벗은 차림이었는데 디지털카메라를 들고 있다.

"공부하고 있었니?"

"뭐, 그렇지. 이제 곧 시험이니까."

"그거 장하구나." 가즈유키가 바닥에 앉아 실내를 둘러봤다.

무슨 일이지? 슈토는 괜스레 불안해졌다. 오늘 아침 일이 떠올랐다. 스노보드 일로 잔소리라도 하려는 걸까? 그렇다면 너무 우울할 듯싶다.

"그건 어때?"

"그거라니?"

"그거 말이야, 스노보드. 여전히 휴일마다 가니?"

역시 그 얘기인가. 아, 우울하다.

"그렇게 자주 안 가."

"그래? 매주 하루 여행으로 다닌다고 엄마에게 들었는데."

"……가끔이지, 뭐."

거짓말이다. 저렴한 버스 투어를 이용해 매주 어디든 스키장에 가서 타고 있다. 군마나 니가타라면 이른 아침에 출발하면 그날 중으로 돌아올 수 있다.

"또 갈 계획은 없니?"

"다음 휴일에는 갈지도 몰라. 친구 사정에 달렸어." 슈토는 고개를 숙인 채 기어드는 목소리로 대답했다. "그런데 그런 걸 왜 물어?"

"응, 실은 스키장과 관련해 좀 물어보고 싶은 게 있어서."

"뭐? 스키장?" 슈토는 아버지의 얼굴을 쳐다봤다.

가즈유키는 들고 있던 디지털카메라를 내밀었다.

"여기 들어 있는 사진 좀 봐줄래?"

슈토는 카메라를 받아 안의 사진을 봤다. 전부 일곱 장인데 기묘한 사진이었다. 눈 속에 서 있는 나무에 테디베어가 걸려 있다.

"이 사진, 뭐야?"

"세 번째 사진 좀 봐. 응, 그거. 끝에 찍힌 철탑이 스키장 리프트 같은데, 어때?"

슈토는 가즈유키가 가리킨 부분을 확대 표시했다.

"그러네, 리프트 같네."

"역시 그렇지?" 가즈유키는 살짝 반색했다.

"그게 왜? 그리고 이 사진은 뭔데? 테디베어가 찍혀 있는데."

"테디베어는 신경 쓰지 말고. 그보다 어느 스키장인지 알겠어?"

"에이!" 슈토는 몸을 뒤로 젖혔다. "그런 걸 내가 어떻게 알아?"

"모르나? 그래도 너는 여러 스키장을 다녔잖아. 경치를 보면 짐작이 가지 않을까 했지."

"그건 무리야. 여러 군데를 다녔다고 해도 빤해. 일본에 스키장이 얼마나 많은지 알아?"

"아니, 전혀 단서가 없는 것도 아니야. 간에쓰자동차도로는 알아?"

"알지. 고속버스 타면 타는 도로니까."

"자세한 얘기는 해줄 수 없지만, 문제의 스키장에 가려면 간에쓰자동차도로의 혼조고다마IC를 지나야 해. 어때? 큰 힌트지?"

"그런가?" 슈토는 고개를 갸웃했다.

"왜 그래? 군마나 니가타 중 하나겠지?"

"그렇지 않아." 슈토는 책장에서 잡지 한 권을 뺐다. 전국의 스키장을 소개한 것인데 일본을 몇 개의 권역으로 나눠 대략적인 스키장의 위치를 표시한 페이지가 있었다. 그것을 가즈유키에게 보여줬다. "보라고. 군마와 니가타도 그렇지만 나가노현 스키장에 가려고 해도 간에쓰를 타는 게 편리해."

"그래? 나가노라면 시가고원이겠지? 그리로 가려면 주오자동차도로를 이용하지 않나?"

"언제 적 얘기를 하는 거야? 주오도로를 타야 빠른 스키장도 있지만 장소에 따라 간에쓰를 타고 후지오카나들목에서 조신에쓰도로를 이용해. 시가고원도 마찬가지야."

"그렇다면 군마, 니가타, 나가노……라는 말인가?"

"적어도 그 세 곳은 들어가겠지."

"그럼 도대체 얼마나 되는데? 그 지역의 스키장이?"

슈토는 지도 위에 표시된 스키장을 대충 헤아렸다.

"간에쓰를 이용한다는 조건을 넣어도 크고 작은 스키장을 다 합치면 100군데는 될 거야."

"100……." 넋을 놓은 듯 가즈유키의 눈이 빛을 잃었다.

"아빠, 왜 그래? 왜 이 사진의 장소를 알아야 하는데?"

가즈유키는 제정신을 차린 듯한 표정을 짓고 고개를 저었다.

"너는 몰라도 돼. 아빠 회사 일로 꼭 알아내야 해서. 그런데 너무 안일했네. 네게 물으면 어떻게든 알아낼 줄 알았는데……." 마지막에는 혼잣말처럼 중얼거리더니 생각에 잠긴 표정이 되었다.

슈토는 아버지의 이런 모습을 본 적이 없던 터라 당황했다. 늘 자신을 어린애 취급했는데 이번에는 아무래도 뭔가 의지하려 한 것 같아 의외였다.

다시금 카메라 화면을 봤다. 사진 끝에 찍힌 철탑이 스키장 리프트임은 틀림없을 것이다. 그밖에 다른 힌트는 없을까. 하지만 슈토가 아는 스키장이라는 법은 없다. 그러지 않을 가능성이 더 크다.

맞다. 생각 하나가 떠올랐다.

"아빠, 이 사진, 인터넷에 올려볼까?"

"뭐?" 가즈유키가 고개를 들었다. "그런 일을 왜 해?"

"어느 장소인지 아냐고 물어보는 거지. 만약 아는 사람이 있으면 알려줄지도 몰라."

가즈유키의 눈길이 허공에서 방황했다. 아들의 아이디어를 받아들일지 음미하고 있는 듯하다. 얼마 후 고개를 흔들었다.

"아냐, 그건 안 돼. 친절하게 가르쳐주면 좋은데 괜히 흥미 위주로 사진 속 장소에 가볼 수도 있잖아. 그런 일만은 절대 피해야 해."

"이곳에 가면 안 돼?" 슈토가 디지털카메라를 가리켰다.

"안 돼. 이유는 말할 수 없지만 절대 안 돼." 가즈유키의 눈이 심각해졌다.

슈토는 어떤 심각한 사정이 있음을 깨달았다. 괜히 더 묻지 않는 게 좋을 듯하다.

"그렇다면 스노보드 동료나 친한 전문점 주인에게 보여줘 볼까? 다들 내가 간 적 없는 스키장을 많이 아니까 혹시 알 수도 있잖아." 그는 아버지에게 말했다.

가즈유키는 눈을 깜빡이고는 중얼거렸다. "그래, 그럴 수도 있겠다."

"이 사진, 사람들에게 보여줘도 돼?"

"그건 괜찮지만 조심해야 해. 방금 말했듯 인터넷에 유출되어서는 안 돼."

"알았어. 믿을 만한 사람에게만 메일로 보낼게. 전문점 주인들은 메일주소도 모르니까 직접 가서 물어볼게."

"그럴래? 시간은 얼마나 걸릴까?"

"메일은 바로 보낼게. 그리고 일단 내일 하루 열심히 돌아다녀보지, 뭐."

"알아낼 수 있겠어?"

"그건 몰라. 힌트도 너무 적고."

그때 가즈유키는 두 팔을 뻗어 슈토의 어깨를 세게 잡았다.

"부탁한다. 어떻게든 알아내줘라. 모든 게 네게 달렸어."

"무슨 말을 그렇게……."

"만약 알아내면 뭐든 사주마. 전에 새 도구가 필요하다고 하지 않았나? 보드 판? 아니면 신발?"

"진짜?" 슈토는 눈을 부릅떴다. "그럼 파우더 런용 보드 판 사줘."

"좋아. 판다용이든 고릴라용이든 뭐든 사주지."

"판다가 아니라 파우더!"

"뭐든 좋아. 사는 김에 신발도 사. 다른 건?"

"그럼 바인도……."

"바인? 그게 뭐야?" 가즈유키는 미간을 찌푸렸다.

"바인딩. 보드와 신발을 연결하는 기구야."

"그래? 아, 좋아. 다 사자. 그러니까 슈토, 최선을 다해주라. 부탁이다." 가즈유키는 그렇게 말하고 슈토의 어깨를 잡고 흔들었다.

"알았어. 알았으니까 이것 좀 놔."

"아, 미안하다. 그럼 부탁한다. 기대하마." 가즈유키는 환한 미소를 지으며 방을 나갔다.

슈토는 의자에 앉아 책장으로 손을 뻗어 스노보드 카탈로그를 꺼냈다. 전부터 점찍어둔 보드가 있다. 하지만 너무 비싸 살 수 없어 포기했던 참이다.

이 녀석이 내 손에 들어올지도 모른다. 게다가 부츠와 바인까지…….

"좋았어!" 주먹을 불끈 쥐었다. 갑자기 의욕이 샘솟았다.

"세 번째 사진을 본 순간, 이상하다는 생각이 들더라." 사토는 그렇게 말하고 인중을 긁적였다. 이마에는 온통 여드름이 뒤덮여 있다. "철탑은 리프트가 틀림없다고 생각했는데 자세히 보니 케이블에 정작 리프트가 걸려 있질 않아. 멀어서 잘 보이지는 않지만 확실할 거야. 이렇게 눈이 많으니 아직 스키장이 문을 안 열었을 리는 없고. 그러니까 이것은 이번 시즌에 사용되지 않는 리프트라는 소리지. 어때, 내 추리가?"

책상 위에 놓인 태블릿을 바라보며 "흠"이라고 맥 빠진 반응을 보인 사람은 스즈키였다.

"뭐, 그럴 수도 있겠다."

"뭐야? 너는 몰랐어? 그럼 감탄 좀 더 해라." 사토가 불만이라는 듯 입을 내밀었다.

"모르진 않았어. 하지만 그걸 알아서 어쩌라고? 아예 운행을 중단했거나 잠시 쉬는 리프트는 얼마든지 있다고."

"보통은 바로 철거하지. 그러지 않았다는 것은 어떤 사정이 있었다는 소리야. 경영이 어려워져 돈이 없다거나. 운행 중단이 막 결정되어 이번 시즌에는 철거하지 못했거나."

"그것만으로 스키장 후보를 줄일 수는 없어."

"어느 정도는 줄일 수 있어." 사토의 목소리가 높아졌다. 기분 나쁠 때의 특징이다.

"야! 싸우지 마. 이러면 내가 아주 곤란해. 이상한 일을 부탁해서 미안해." 슈토가 끼어들었다.

"딱히 싸우는 건 아니야." 사토가 머리를 긁적였다.

점심시간이다. 세 사람은 슈토의 교실에서 태블릿을 둘러싸고 있었다. 사토와 스즈키는 초등학교 때부터 친구로, 6학년 때 함께 니가타에서 열린 스노보드 스쿨에 들어갔다. 여름방학을 이용한 일주일 합숙이었는데 그곳에서 세 사람은 스노보드의 포로가 되고 말았다. 중학생이 되면 실컷 스노보드를 타자고 약속했다. 실제로 중학교 1학년 겨울부터 봄까지 스키장에서 살다시피 했다. 스즈키의 아버지가 스키 마니아라 매주 데리고 가주었다. 봄방학에는 지난해와 마찬가지로 스노보드 스쿨에 들어갔다.

어릴 때부터 해온 축구도 좋아하지만, 슈토는 요즘 스노보드를 생각하는 시간이 더 많다. 추운 계절에는 특히 더 그랬다. 그리고 다른 둘도 마찬가지였다. 대체로 함께 타러 가지만, 따로따로 갈 때도 있다. 그럴 때는 자기만 간, 다른 둘이 가지 못한 스키장 정보를 서로 보고했다. 다만 슈토는 늘 듣는 편이다. 그가 둘과 따로 행동해 갈 수 있는 곳은 가와사키에 있는 조그만 실내 스키장뿐이다.

그런 사이라 어제 아버지가 의논했을 때 제일 먼저 두 사람의 얼굴이 떠올랐다. 바로 사진을 첨부해 메일을 보냈다.

"굳이 사토의 의견을 살려보자면……." 스즈키가 천천히 입을 열었다.

"너 무슨 말을 그렇게 하냐? 내가 언제 살려달라고 부탁했냐?"

"야, 일단 얘기를 들어보자. 스즈키, 뭔데?"

"응, 이 그림자가 신경 쓰여. 보라고, 나무에 그림자가 졌잖아. 이때는 상당히 날씨가 좋았던 것 같아." 스즈키는 화면을 가리켰다.

"그게 뭐?" 사토가 물었다.

"화면 구석에 시각이 표시되어 있어. 16시 12분이야. 만약 이게 정확한 시각이라면 이때의 태양 위치를 알 수 있어. 그럼 리프트가 서 있는 방향도 알 수 있고. 안 쓰게 되었거나 운행을 쉬는 리프트를 조사해 그중에서 방향이 맞는 것을 찾으면 되지 않을까?"

슈토는 스즈키의 말을 머릿속으로 정리했다. 확실히 괜찮은 아이디어 같았다. 사토와 마주 봤다. 그도 나쁘지 않다는 표정을 짓고 있다.

"어때? 안 될까?" 스즈키가 물었다.

사토가 집에서 가져온 태블릿을 들고 인터넷 검색을 시작했다.

슈토도 자신의 스마트폰을 꺼내 스키장, 리프트, 운행 중단이라는 단어를 넣었다. 이걸로 새 보드와 부츠, 바인딩을 얻게 될지도 모른다.

그러나 한껏 흥분했던 것도 그때까지였다. 세 사람은 곧 검색을 중단했다. 조사해보니 엄청난 숫자의 폐지 또는 유휴 리프트가 있었다. 좀 더 후보를 좁히지 않으면 영 찾을 수 있을 것 같지 않았다.

"아무래도 요즘은 어디나 스키장 경영이 힘든가 봐." 스즈키가 힘없이, 아까워하며 말했다.

하곳길, 세 사람은 간다에 있는 전문점으로 향했다. 스즈키의 아버지가 알려준 가게로 용구나 보드복 등도 대체로 여기서 샀다. 슈토가 왁스 칠 하는 법을 배운 것도 이곳이다.

스노보드 층 책임자는 다나카라는 남성으로 슈토 일행과 친하다. 우선 그에게 사진을 보여줬다.

"음, 아주 까다로운 상담이네." 다나카는 일곱 장의 사진을 여러 번 본 다음 미간을 찌푸리고 팔짱을 꼈다. "적어도 힌트가 좀 더 있었으면 좋겠는데."

"역시 어려울까요?"

"어쩐지 백컨트리 같은데 원경이 찍힌 게 없어서."

다나카는 점장과 상담해보자고 말했다.

점장은 야마노라는 백발의 남성이다. 슈토와는 거의 대화를 나눈 적이 없으나 스키 경력 40년의 베테랑으로 일본만이 아니라 세계의 유명한 산에서 활주한 경험이 있다.

야마노는 사진을 보고 제일 먼저 "너도밤나무네"라고 말했다. "표고標高는 천에서 천500미터쯤 될까. 군마에도 없지는 않지만 그래도 니가타나 나가노일 거야. 눈이 가벼워 보여. 멀리서 바람에 흩날리고 있어. 아주 멋진 파우더 같아. 나는 나가노 같은데."

슈토는 놀랐다. 고작 몇 장의 사진만 보고 그런 것까지 알아내다니 대단했다.

"더 자세한 건 알 수 없을까요?"

야마노는 사진을 보고 한숨을 쉬었다.

"조금 더 큰 특징이 있으면 좋았을 텐데. 지형을 알 수 있는 뭔가." 그렇게 말하면서 태블릿 화면 위로 손가락을 이리저리 옮겼다. 이윽고 한 장의 사진을 발견하고 생각에 잠겼다.

"왜 그러세요?"

"아니, 이 사진 위쪽에 아주 살짝 멀리 능선이 찍혀 있어. 이게 단서가 될 것 같은데."

"본 적 있으세요?"

"아니야, 나는 안 돼. 여러 곳을 다니기는 했어도 산의 형태를 다 기억하는 건 아니니까. 하지만 알 만한 사람이 있어. 일종의 전문가지."

"그런 사람이 있나요? 등산가인가요?"

"비슷해. 사진작가야. 게다가 설산 사진만 찍고 다니는 사람이야. 그에게 물어보자." 야마노는 주머니에서 휴대전화를 꺼냈다.

상대가 받았는지 야마노는 전화로 이야기를 시작하다가 슈토에게 고개를 돌렸다.

"지금 시간이 있나 봐. 사진을 보내주면 보겠다는데? 어때?"

슈토는 순간 뭐라고 답해야 할지 몰랐다. 사진을 주의해서 다루라는 아버지의 말이 생각났기 때문이다.

하지만 바로 망설임을 뿌리쳤다. 이 사람들을 믿지 못하면 어쩌겠다는 건가. 자신에게 스노보드의 즐거움을 알려준 사람들이다.

"잘 부탁드린다고 전해주세요."

"알았어."

사진을 상대에게 보내고 답을 기다리는 동안 야마노가 그 사진작가의 작품집을 보여주었다. 새파란 하늘 아래, 스노보더 한 명이 광대한 설산을 활강하는 사진이 있었다. 이 밖에도 수직에 가깝지 않을까 싶은 깎아지른 절벽을 과감하게 공략하는 스키어의 모습이 있고, 환상적인 눈 풍경을 흑백으로 촬영한 사진도 있었다. 그 모든 게 중학교 2학년인 슈토의 마음을 빼앗았다. 굉장하다, 이런 세계가 있구나! 천국이네……. 빤한 말만 떠올랐다.

슈토의 전화가 울렸다. 아버지였다. 어떤 상황인지 묻는 말투에 여유가 전혀 없었다.

"지금 여러 사람의 도움을 받아 조사하고 있어."

"그래? 미안하구나. 어때, 가능성은 좀 있어?"

"몰라. 할 수 있는 건 다 해보려고."

"잘 부탁한다. 너만 믿는다. 좋은 소식 기다리마."

"알았어."

전화를 끊고 나니 가슴이 살짝 뜨거워져 있었다. '너만 믿는다.' 아버지에게 그런 말을 들은 것은 처음이다.

야마노도 자신의 휴대전화를 꺼냈다. 전화가 온 모양이다.

"여보세요. 뭔가 알아냈어? ……아, 그래. 혼슈는 분명하대. 나는 나가노인 것 같은데."

아무래도 사진작가의 전화인 듯하다. 슈토는 숨을 죽이고 대화에 귀를 기울였다.

야마노는 계산대 카운터 옆에 서서 전화로 얘기하면서 메모하기 시작했다.

"가료다케? ……응, 맞아. 그 근처야. ……그래? ……그렇군. 알았네. 고마워. 일단 알려줄게." 전화를 끊고 슈토 일행에게 돌아왔다.

"어떻게 됐어요?" 불안과 기대를 품고 물었다.

"솔직히 말하자면 특정하기는 힘들다네. 역시 판단할 재료가 너무 적다고. 그러나 첫 번째와 다섯 번째 사진에 찍힌 능선으로 보아 나가노현에 있는 가료다케와 비슷하다는데?" 야마노가 말했다.

"가료다케?"

"이런 한자를 써." 야마노가 보여준 메모에는 '와룡악臥龍岳'이라고 적혀 있었다. "다만 이 사진의 장소가 가료다케에서 얼마나 떨어져 있는지는 몰라. 방향도 남동쪽이라는 것밖에는 판단할 수 없고."

"아니에요. 그것만 알아도 어느 정도 범위를 좁힐 수 있을지 몰라요. 그 방향에 있는 스키장을 찾으면 되니까요." 다나카는 말하고 계산대 카운터 뒤의 책장에서 겔렌데 지도책을 꺼내 페이지를 넘기기 시작했다.

슈토 일행도 얼굴을 지도에 가져다 댔다. 지도를 꼼꼼히 살피고 스마트폰으로 주위 경치를 조사한 결과 유력한 장소를 찾아냈다. 사토자와온천 스키장이다. 나가노현에서도 손에 꼽히는 스키장으로 역사도 길고 규모도 광대하다. 유명 선수도 대거 배출했다.

"사토자와라면 백컨트리도 넓어서 이런 장소가 많을 거야." 야마노가 태블릿 화면을 보면서 말했다.

"하지만 꼭 사토자와온천이라고 단정할 수는 없지⋯⋯."

"리프트를 확인해보자. 사용되지 않는 리프트 말이야." 사토가 말했다.

"맞아. 사토자와온천에 폐지되었거나 운행 중단된 리프트가 있는지 조사하는 거야." 스즈키도 동의했다. "그리고 만약 있으면 어떻게 걸려 있는지 리프트를 확인해봐야지. 방향이 일치하면 빙고야!"

한시라도 빨리 함께 조사하기로 했다. 슈토 일행은 가게에서 빌린 낡은 겔렌데 지도를 담당하고, 다나카와 야마노는 지인에게 연락을 넣었다. 둘 다 사토자와온천에서 일하는 사람을 알고 있었다. 그야말로 노포의 위엄이다.

다나카가 제일 먼저 전화를 끊고 말했다. "알아냈어."

그 직후 야마노도 휴대전화 화면을 껐다. "나도."

"어떻게 됐는데요?" 슈토는 두 사람의 얼굴을 번갈아 바라봤다.

"내가 물어본 바로는 사토자와온천에는 3년 전에 폐지된 리프트가 하나 있대."

"너도밤나무 코스 제2로맨스 리프트." 야마노가 뒤를 이어 말했다. "맞지?"

다나카가 고개를 끄덕였다. "접근성이 나빠 이용객이 적은 데다 노후화가 심각했답니다."

"3년 전이라면 아직 이 지도에 실려 있을 텐데." 스즈키가 겔렌데 지도를 손가락으로 훑었다.

"있다!" 사토가 옆에서 지도를 들여다보다 소리쳤다. "여기 있어. 너도밤나무 코스 제2로맨스 리프트라고 적혀 있어."

"여기 적힌 바로는 리프트는 북쪽으로 내려오는 경사면을 따라 세워졌대." 스즈키는 그렇게 말하고 슈토를 봤다. "사진의 시각과 그림자 방향과 완벽하게 일치해."

전원의 눈길이 슈토에게 집중되었다. 모두가 자신의 다음 발언을 기다리고 있음을 깨달았다.

생각나는 말은 딱 하나였다.

"다들, 정말 고마워요." 그렇게 말하고 고개를 숙였다.

집으로 오면서 아버지에게 전화를 걸었다. 스키장이 거의 특정되었다고 하자 아버지는 환희의 소리를 질렀다.

"그래? 알아냈어? 용케 해냈구나. 진심으로 고맙다."

"내 힘으로 한 게 아니야. 다들 도와준 덕분이지. 다음에 소개할 테니까 야키니쿠라도 사줘."

"그래. 수십 인분이라도 얼마든지 먹어라. 그보다 중요한 얘기가 있으니 빨리 집에 오렴."

"중요한 얘기? 이번에는 또 뭔데?"

"집에 오면 얘기할게. 걱정하지 마. 네게 나쁜 얘기는 아니니까."

"흠⋯⋯." 무슨 일인가 생각하면서 전화를 끊었다. 스키장을 알아냈으니 설마 혼날 일은 아니겠지.

집으로 돌아와 현관문을 열었다. 다녀왔다고 안에 대고 목소리를 높였다.

그러자 거실 문이 열리고 성큼성큼 가즈유키가 환한 웃음을 지으며 다가왔다. 그런데 그 웃음보다 슈토를 더 놀라게 한 것이 아버지의 행색이었다. 가즈유키는 온몸을 스키복으로 감싸고 있었다. 심지어 모자까지 갖춰 쓰고 있다.

"그게 뭐야?" 슈토가 눈을 동그랗게 뜨고 물었다.

거실에서 미치요도 나왔다. 한심하다는 표정을 짓고 있다.

"아까 갑자기 이런 걸 입기 시작했다? 오늘 사 왔단다."

"거 참 시끄럽네. 일이라고 했잖아." 가즈유키는 아내에게 말하고 아들에게 미소를 지었다. "슈토, 사실은 부탁이 하나 있다."

절로 뒷걸음질하고 말았다. "도대체 뭔데?"

가즈유키는 살짝 충혈된 눈으로 말했다.

"다른 게 아니라 너희들이 알아낸 사토자와온천 스키장에 같이 가자."

6

핸드 리시버에 꽂은 이어폰을 통해 도고의 또렷한 목소리가 들려왔다.

"그래? 사토자와온천 스키장이라. 나도 이름 정도는 들어본 곳이군. 그런데 틀림없겠지? ……80퍼센트? 좀 불안한데. ……아, 알겠네. 거기까지 알아낸 것만으로도 다행이겠지. 이제는 하늘에 운을 맡기는 수밖에. ……물론이야. 내일 아침 일찍 가주게. 숙소는 정했나? ……그렇다면 서둘러야지. 한창 시즌 중이라 사람이 많지 않을까? ……그렇다면 다행이지만. ……아, 그건 상관없어. 오히려 아들이 같이 가주는 게 좋지. 그쪽이 상급자니까. 다만 절대 사실을 털어놓아서는 안 되네. 아들이란 의외로 약속을 안 지키는 법이거든. 입막음도 효과 없고 소용도 없어. ……응, 그곳 일은 부탁함세. 아, 뭐? ……비용은 신경 쓰지 말라고. 영수증만 있으면 얼마든지 처리해줄 테니까. ……아들 것도 다. 자잘한 일은 걱정하지 말게. 자네는 이제부터 정말 중요한 일을 하는 사람이네. ……정말 잘부탁하네. ……응, 그렇게 해주게. 그리고 하나 더 알아낸 게 있네."

도고가 목소리를 낮췄다.

"CCTV 영상을 조사해 언제 구즈하라가 숨어들었는지 알아냈네. 역시 토요일 밤이었어. 그런데 한 명이 아니었네. ……그 녀석이야. 오리구치 마나미 말이야. ……응, 보조연구원 말이야. 둘이 들어오는 게 제대로 찍혀 있더군. ……게이트에서 구즈하라는 내빈용 ID를 이용한 듯해. 아무래도 오리구치가 준비해줬겠지. 그리고 실험 구역에도 오리구치의 정맥 인증으로 문을 열게 했을 거야. ……글쎄, 어떨까. 공범인지 아닌지는 아직 모르겠어. ……응. 나도 그렇게 생각하네. 구즈하라는 무슨 일이든 다른 사람의 도움을 받는 걸 싫어했으니까. 그럴듯한 구실을 대서 오리구치를 이용한 거 아닐까. 볼게 성실한 것밖에 없는 여자가 이런 위험한 일에 손을 댔을 것 같진 않아. 어쨌든 지금부터 본인에게 직접 물어볼 생각이야. ……응, 뭔가 알아내면 연락하지. 자네는 내일을 준비해야지. 오늘 밤은 얼른 쉬게. 좋은 소식 기다리고 있겠네. ……응, 그럼 잘 부탁하네."

전화 끊는 소리가 났다. 더는 소리가 들리지 않는 것을 확인하고 리시버 전원을 껐다. 이어폰 코드를 둘둘 말아 핸드백에 넣고 변기 뚜껑에서 일어나 물을 내렸다.

세면대에서 손을 닦고 있는데 백 안에서 전화벨 소리가 들려왔다. 누가 걸었는지는 알지만 일부러 조금 기다렸다가 전화를 받았다.

"여보세요."

"아, 오리구치인가? 나야, 도고."

"네, 소장님. 안녕하세요."

"자네 지금 어디 있나? 행선지 표시판에는 사무실에 있다고 되어 있는데."

"죄송합니다. 세면실에 있으니까 곧 돌아가겠습니다."

"그래? 서두를 필요는 없네."

"죄송합니다."

전화를 끊고 세면대의 거울을 봤다. 볼 게 성실한 것밖에 없는 여자의 얼굴을 비추고 있다. 구즈하라에게도 속이기 쉬운 얼빠진 여자로 보였겠지.

"그러니까 부탁할게." 그렇게 말하며 두 손을 모은 구즈하라의 모습이 뇌리에 떠올랐다.

지난주 토요일 낮이었다. 중요한 용건이 있다며 호출되었다. 이야기를 듣고는 놀랐다. 연구소에 들어갈 수 있도록 도와달라는 것이었다.

"어제 내가 쓴 보고서를 보다가 균을 가공하는 최종 과정에서 실수했을 가능성을 발견했어. 이대로 다른 사람이 연구를 이어가면 너무 위험해져. 그러니까 확인해보고 싶어. 소장님에게 말하면 한마디 들을 것 같고 얘기가 너무 커지면 곤란해. 딱 한 시간이면 끝나니까 좀 도와줘."

이야기를 듣자마자 이상하다고 생각했다. 표면적으로는 계약 종료라고 했으나 사실은 구즈하라가 추방되었다는 사실은 연구원이면 누구나 안다.

왜 연구소에 들어오려 하는지도 바로 알아차렸다. 목적은 K-55일 것이다. 그것을 어떻게 할 셈일까.

혹시 가지고 나가려는 게 아닐까 하는 생각이 떠올랐다. 왜? 아마도 보복 때문이겠지. 상대는 도고일 게 분명하다.

그렇다면 재밌겠다는 생각이 들었다. 그들 사이에 어떤 대화가 오갈지 흥미가 솟구쳤다. 둘 다 약점이 있는 인간들이니 잘만 되면 어부지리를 얻을지 모른다. 적어도 도고의 약점은 틀림없이 잡겠구나.

어떻게 하겠냐고 구즈하라는 살피는 눈빛을 던졌다.

멍청한 여자인 척하기로 했다. 알겠다, 하겠다고 의심스러운 태도를 보이지 않고 대답했다. 그 순간 구즈하라는 환하게 웃었다.

"고마워. 덕분에 살았어. 정말 고마워." 수없이 고개를 숙였다. "다음에 느긋하게 저녁이나 먹자."

그 말은 예의상 하는 말이라고도 할 수 없을 정도로 영혼이 없었으나 "아닙니다, 그건 됐어요"라고 아주 착실하게 거절의 의사를 밝혔다. 둔감을 연기한다고 해서 아무 때나 둔해서는 안 된다. 구즈하라는 속으로 혀를 날름 내밀고 있을 것이다.

밤, 둘이 연구소로 갔다. 그를 위해 내빈용 ID 카드를 가지고 있었다. 안으로 들어가 정맥 인증으로 연구소로 들어가는 문을 열자고 구즈하라는 말했다.

"자네는 여기서 돌아가도 돼. 누가 기다리고 있으면 영 불안해서 말이야. 정말 큰 도움이 됐어. 고마워."

여기서도 의심하는 듯한 말은 전혀 하지 않았다.

"천만에요. 그럼 뒤처리는 잘 부탁드려요."

"응, 알았어."

구즈하라가 문 너머로 사라지는 것을 보고 몸을 돌렸다. 그후 바로 도고의 방으로 갔다. 저녁때 아키하바라에서 산 도청기를 설치하기 위해서였다.

월요일 아침, 도청기는 바로 위력을 발휘하기 시작했다. 도고와 주임연구원인 구리바야시의 대화가 또렷하게 들려왔다.

역시 구즈하라는 K-55를 이용해 도고를 협박하고 있는 듯하다. 그 이야기를 듣고는 콩알만 한 간덩이에 실망했다. 돈이 목적이면 대학을 협박해야지. 그러면 3억은커녕 그 두 배는 받을 텐데.

하지만 주인공인 구즈하라가 죽었다는 소식에 더 놀랐다. 그리고 김이 샜다. 처음부터 지능범이 될 그릇이 아니었던 것이다.

구리바야시가 K-55를 회수하러 간단다. 더 바랄 나위가 없다. 저런 남자 하나쯤 제치는 일은 일도 아니다. 무시무시한 생물학무기 K-55를 손에 넣으면 얼마든지 쓸 데가 있다. 팔려고만 하면 꽤 값이 나갈 것이다.

오리구치 마나미는 세면대 거울에 비친 자신에게 미소를 지어 보였다. 이제까지 그다지 좋을 게 없었던 인생인데 드디어 재미있는 미래가 펼쳐질 것만 같았다.

7

머리맡에 맞춰둔 커다란 자명종이 울리기 시작했다. 팔을
뻗어 얼른 껐다. 힘껏 기지개를 켜고 상체를 일으킨다. 머리
는 맑았으나 피로는 조금 남아 있는 듯하다. 나도 이제 나이
가……. 네즈는 혼잣말을 중얼거렸다.

그가 지내는 곳은 대여점 2층이다. 점장이 오랜 지인이라
아주 싼값에 방을 빌려주었다. 원래는 창고로 이곳에도 대여
용 장비를 놓아두었는데 이용객이 줄면서 필요 없어졌다고
한다.

창밖을 보니 가랑눈이 내리고 있다. 예보에 따르면 오늘은
날씨가 나쁘지 않다고 했는데 예보가 틀리지 않기를 바랐다.

준비를 끝내고 가게 뒷문으로 나왔다. 대여점 오픈 시각은
8시라 점장이 출근할 때까지는 아직 시간이 좀 있다. 문단속
을 철저히 하고 나섰다.

스키장은 바로 앞이다. 압설 차량인 피스텐의 작업은 이미
시작되었다.

편의점 도시락을 사서 패트롤 대기실로 가니, 마키타 반장
이 입구 앞에서 스트레칭을 하고 있었다. 패트롤 경력 30년의

베테랑이다. 산악스키 실력에서 네즈는 그의 발꿈치도 못 따라간다.

"안녕하세요!" 인사했다.

"안녕. 들었어. 미인과 데이트했다며?" 마키타가 허리를 굽혔다 펴는 운동을 하며 말했다. "도대체 어디서 찾았어?"

네즈는 그 자리에서 하늘을 올려다봤다.

"정말 소문 빠르네요. 아니면 동네가 너무 좁나? 마키타 씨에게까지 그 얘기가 가다니."

"얼버무리지 마. 꽤 괜찮은 여자라던데."

"그럴지도 모르지만, 저와는 관계없어요. 스노보드 선수예요. 이번 대회에 출전해서 먼저 와 있어요."

"좋네. 좀 어떻게 해봐. 잘되면 내가 중매인을 해줄 수도 있고."

"됐네요. 정말 오랜만에 만났을 뿐이에요."

"그래? 분위기가 아주 좋았다던데."

"헛소문이에요."

반쯤 농담으로 치아키에게 데이트 신청을 받았다는 말은 하지 않았다. 그런 말을 했다가는 얼마나 과장된 소문이 퍼질지 모를 일이다.

마키타는 스트레칭을 한바탕 끝내고 마지막으로 목을 돌리며 네즈를 봤다.

"다른 얘기인데 오늘부터 이타중이 와."

"이타중이오?"

"이타야마중학교 스키 수업. 2학년이라고 했나? 다 합쳐 60명 정도 된다고 했어."

"아……, 그러고 보니 작년에도 왔었죠."

이타야마중학교는 이웃 마을에 있는 학교다. 자동차로 20분쯤 떨어진 곳에 있다.

"연례행사야. 요즘 들어 스키 수업을 하는 학교가 점점 줄고 있는데 그 학교는 매년 꼬박꼬박 하고 있지. 지금은 아주 귀중한 존재야."

"정말 그러네요."

"수업에는 히나타 겔렌데와 파라다이스 코스만 이용한다는데 그 뒤에 자유행동 시간도 있다네. 착실한 학생만 있는 게 아니니까 일단 리프트 아래도 단단히 점검해주게."

"알겠습니다."

학교의 단체 스키와 스노보드 강습은 스키장의 큰 수익원이다. 수도권이나 간사이, 때로는 규슈 지역에서 오는 수학여행은 그야말로 돈주머니라고도 할 수 있다. 하지만 사실 그보다 더 중요한 것이 현지 아이들에게 스키를 보급하는 일이다.

스키장이 북적이려면 조건은 딱 하나다. 스키와 스노보드 인구가 늘어나는 것이다. 그거면 충분하다. 그럼 어떻게 스키나 스노보드 인구를 늘릴 수 있을까. TV나 영화 등에서 화제가 되면 일시적으로 인기를 얻기도 한다. 그러나 역시 일상적인 취미로 받아들여지는 게 더 중요하다. 그러려면 어떻게 해야 할까. 결국은 인간관계가 핵심이라는 결론에 도달한다. 모든 취미와 오락은 친한 사람이 자랑해야 관심을 지니게 되는 법이다.

나가노현 출신의 대다수 젊은이가 수도권이나 도카이, 간사이의 도시로 나아간다. 그곳에서 인간관계를 쌓을 때 스키나 스노보드라는 겨울 스포츠의 매력을 주변 사람들에게 전하는 게 평범해 보이지만 가장 효과적인 보급 방법이다.

다른 대원도 잇따라 출근했다. 네즈는 아침 식사를 끝내고 그들과 회의한 후 스노모빌을 타고 담당 지역으로 향했다. 하늘을 올려다보니 구름이 조금씩 흩어지고 있었다. 이대로 가면 오전 중에 날이 밝아질 수도 있겠다.

스키를 즐기기에 최적의 하루가 될 것만 같았다.

8

전방에 '사토자와온천 스키장에 오신 것을 환영합니다'라고 적힌 입간판이 나타났다. 구리바야시는 그것을 보고 가슴을 쓸어내렸다. 오늘 아침 오전 5시에 집을 나섰다. 예약한 렌터카 대리점에서 사륜구동 RV차를 빌려 출발했다. 고속도로를 달릴 때는 문제가 없었는데 일반도로로 내려온 뒤 약 20킬로미터는 긴장의 연속이었다. 무엇보다 본격적인 눈길을 달리는 게 처음이었던 것이었다. 액셀을 밟을 용기가 나질 않아 느릿느릿 운전했다. 오는 동안 여러 대의 차가 자신의 차를 추월했다. "아빠, 속도 좀 내." 슈토가 재촉했으나 "무슨 소리냐? 무엇보다 안전이 제일이야. 사고 나서 스키장에 못 가게 되는 건 싫겠지?"라고 말해 입을 다물게 했다.

덕분에 시간이 정말 많이 걸렸다. 렌터카 대리점을 출발한 뒤로 약 네 시간이 지나려 하고 있었다. 이럴 바에는 신칸센을 타고 올 걸 그랬다고 후회했다. 나가노역까지는 약 한 시간 반이다. 거기서 직통버스를 타면 한 시간 남짓이면 도착한다. 그렇게 하지 않은 이유는 스키장에 갈 때는 차로 간다는 생각이 박혀 있었기 때문이다. 신칸센을 이용하는 방법이 있음을 안 것은 출발한 후였다. 슈토가 말해준 것이다.

어쨌든 무사히 도착했으니 다행이다. 간판을 통과하자 오른쪽에 버스 전용 주차장이 있었다. 이제부터 앞이 사토자와 온천 마을이다. 갑자기 분위기가 북적거렸다. 길을 걷는 사람도 많다.

도로 폭이 급격히 좁아졌다. 게다가 복잡하게 얽혀 있었다. 덕분에 예약한 숙소에 도착할 때까지 같은 곳을 몇 번이나 오락가락했는지 모른다.

어젯밤 갑자기 예약한 곳은 서양식 이름이 붙은 숙소였다. 주차장에 차를 세우고 짐을 내렸다.

숙소로 들어가자 왼쪽에 조그만 카운터가 있었다. 그곳에 있던 마흔 살 정도의 여성에게 이름을 댔다. 이 숙소의 여주인 같다.

"구리바야시 씨죠? 기다리고 있었습니다. 바로 스키장에 가실 건가요?" 여주인은 미소를 지으며 말했다.

"네, 그럴 생각입니다."

"그럼 짐을 맡아드릴게요. 옷은 목욕탕 탈의실에서 갈아입으셔도 돼요."

"고맙습니다."

"부럽네요. 아버지와 아들이 함께 여행이라니."

여주인의 말에 "아, 뭐" 하고 얼버무리며 대답했다. 생각해 보면 슈토와 둘이서만 여행한 적은 한 번도 없었다. 마지막 가족 여행이 언제였고 어디였는지조차 기억나지 않았다.

학교를 쉬게 하고 슈토를 스키장에 데려가겠다고 하자 아내 미치요는 이글거리는 눈빛으로 왜 그렇게까지 할 필요가 있냐고 따졌다.

구리바야시는 일 때문이라고 대답했다.

"사토자와온천 스키장의 눈에는 다른 곳에 없는 신종 박테리아가 있어. 연구를 위해 무슨 일이 있더라도 그걸 채취해야 한다고."

"그럼 당신 혼자 가면 되잖아?"

"스키장은 수십 년이나 안 갔다고. 요령이 없으니 괜히 시간만 낭비할 테지. 가이드가 있는 게 여러모로 편리하다고."

"학교는 어떻게 하고?"

"그야 쉬면 되지. 이것도 사회 경험이야. 그렇지, 슈토?"

"나는 좋아. 럭키!" 아들은 두 손으로 브이 사인을 그렸다.

미치요는 어이없다는 표정을 지었으나 더는 잔소리를 늘어놓지 않았다. 오늘 아침 둘이 집을 나설 때는 "귀한 기회니까 사이좋게 즐기고 와"라며 배웅해주었다. 오랜만에 부자가 어울릴 기회가 생기자 내심 기뻐했을지도 모른다.

여주인의 안내대로 목욕탕 탈의실에서 스키복으로 갈아입었다. 파란 재킷에 노란 바지였다. 스키복이라고 하면 좀 더 몸에 딱 붙어야 한다는 이미지가 구리야바시에게는 있었는데 위아래 모두 헐렁한 디자인이다.

마지막으로 조그만 백팩을 멨다. 안에는 그 방향 탐지 수신기와 K-55를 담기 위한 수납 용기가 들어 있다. 용기는 이중 구조로 어떤 일이 있어도 균이 밖으로 유출되지 않도록 만들어졌다.

슈토를 보니 보호대가 있는 바지를 입고 양쪽 무릎에 배구 선수처럼 패드를 달았다.

"엄청난 중장비구나."

"이렇게 안 하면 위험해. 키커*를 하고 싶으니까."

"키커가 뭔데?"

"점프대야."

"저, 점프대?" 목소리가 높아졌다. "노멀힐**이나 라지힐***이라는 건가? 그런 데서 나는 거."

슈토는 뒤로 넘어가는 시늉을 했다.

"그럴 리 있겠어? 눈을 쌓아 만든 거야. 높이는 겨우 2, 3미터 정도이고."

"뭐야, 그런 거야?"

"그래도 처음에는 엄청 무서워."

슈토는 말하면서도 익숙한 손놀림으로 준비해나갔다. 그의 옷도 커서 바지는 헐렁하다 못해 흘러 내려와 있었다. 그 점을 지적하자 "이런 게 좋아"라고 일축했다. "겔렌데에 가보면 알 거야. 다들 이러니까."

"흠……."

---

* kicker, 높이 날아오르거나 회전할 수 있게 경사지 코스에 설치한 가파른 도약대.
** 70미터급 스키점프 경기.
*** 90미터급 스키점프 경기.

요즘 스키장은 어떤 모습일까. 구리바야시는 생각했다. 그가 마지막으로 스키장에 왔을 때는 대학 2학년이었다. 친구들이 가자고 해서 나에바 스키장에 갔다. 그때도 차를 이용했는데 간에쓰자동차도로를 탈 때까지 무지막지하게 정체되었던 기억이 있다. 스키장에서는 리프트 승차장에서도 줄을 섰다. 심할 때는 한 시간이나 걸렸다. 초보자였던 구리바야시는 중간쯤에 리프트 타기를 포기하고 스키 판을 짊어진 채 경사면 중간까지 걸어 올라갔다.

짐을 맡기고 숙소를 나왔다. 슈토는 스노보드를 옆구리에 끼고 있는데 꽤 익숙한 모양새였다.

민가와 숙박업소에 끼인 좁은 오르막길을 걸어갔다. 지면은 눈으로 덮여 여기저기 미끄러지기 딱 좋은 곳이 많아 걸음을 옮길 때마다 조심했다.

건조하고 차가운 공기가 불어와 얼굴이 조금 얼얼했다.

"으윽, 정말 춥네." 구리바야시가 목을 움츠렸다.

"타기 시작하면 몸은 따듯해져."

"그래? 너, 그 보드복 밑에는 뭘 입었니?"

"히트텍."

"그 얇은 긴소매 옷? 어? 근데 그거 한 장이 다야?"

"보통 그래. 너무 많이 입으면 더워." 너무나 자연스럽게 말한다.

구리바야시는 경악했다. 그는 스키복 밑에 옷을 세 벌이나 더 입었다. 그래도 불안한데 역시 젊은 신체는 자신의 상식이 통용되지 않음을 실감했다.

곧 폭이 넓은 도로로 나왔다. 모퉁이에 대여점이 있었다. 안쪽에 카운터가 있고 그 앞에 두 줄로 여러 명의 손님이 서 있다. 스키와 스노보드로 나뉘어 있는 듯하다.

중앙의 탁자 위에 서류 다발과 필기구가 있었다. 서류에는 이름과 연락처 외에 빌리려는 물품, 키, 신발 사이즈 등을 기재하는 칸이 있었다.

"음, 일단 신발을 빌려야 해. 스키 부츠라고 하나? 응? 얘, 슈토야. 스키 폴이라는 게 뭐냐?"

"저거야." 슈토는 안쪽에 여럿 걸려 있는 것을 가리켰다.

"저건 스톡이지."

"요즘은 다 폴이라고 해."

"그래? 그러고 보니 빌릴 수 있는 물품 중에 스톡이 없네."

20여 년 사이에 많은 게 변한 듯하다. 역시 슈토를 데리고 오길 잘했다.

"그럼 핵심인 스키는……. 어라?" 구리바야시는 눈을 부릅떴다.

"이번엔 또 뭔데?" 진저리를 내며 슈토가 아버지가 든 서류를 들여다봤다.

"여기 말이야, 이게 뭐야?"

구리바야시가 가리킨 것은 스키 판 칸이었다. 카빙 스키, 팻 스키, 스키보드, 트윈 팁이라는 항목이 나열되어 있다. 뭐가 다른지 도통 모르겠다.

"스키 종류야. 어떤 활주를 할지에 따라 다르게 골라야 해."

슈토의 말로는 압설된 경사면을 활주하려면 카빙 스키, 비압설 경사면이라면 팻 스키, 프리스타일을 즐기고 싶으면 스키보드나 트윈 팁을 선택해야 한단다.

구리바야시는 테디베어 사진을 떠올렸다. 명백히 정규 코스 안의 풍경은 아니었다.

"그렇다면 팻 스키여야 하나."

"뭐?" 뒤에 선 슈토가 몸을 살짝 휘청였다. "일반 코스를 타는 거 아니었어?"

구리바야시는 아들 쪽으로 얼굴을 댔다.

"너는 자유롭게 타면 되지만 아빠는 놀러 온 게 아니야. 일이라고. 압설되지 않은 곳에도 가야 한다고."

슈토가 가만히 구리바야시를 응시했다. 뭔가 하고 싶은 말이 있는 듯하다.

"왜?"

슈토는 정색하고 헛기침을 한 번 하더니 입을 열었다.

"아빠, 스키 타본 게 20년도 전이라며? 그때 실력은 어느 정도였어? 이거 아주 중요한 문제니까 솔직히 얘기해야 해."

"그게 그러니까……." 구리바야시는 왼쪽 허공을 바라보며 검지를 세웠다. "슬금슬금 다니는 정도랄까."

"있잖아, 아빠. 나 좀 봐."

"그래." 구리바야시는 아들을 봤다. 하지만 바로 눈길을 피하고 싶어졌다.

"당시에는 어떻게 탔어? 아마 그때 스키 판은 무척 길었을 텐데 두 판을 나란히 놓고 커브를 돌았어?"

"아, 그게…… 가끔 평행이 되기는 했어."

"가끔……? 다른 때는? 판을 이렇게 펼치지 않았어?" 슈토는 양쪽 팔로 허공에 팔자를 만들었다. "보통 보겐*이라고 해."

"응, 그랬……었나?"

"오케이. 알았어." 슈토는 고개를 끄덕이고 볼펜을 잡았다. 그리고 서류의 카빙 스키라는 곳에 동그라미를 쳤다.

"그건 압설된 곳에서 타는 스키잖아?"

"이거면 돼. 그리고 코스 밖으로 나갈 때는 반드시 스키를 벗어. 스키로 가려고 하면 안 돼."

"규칙을 지키라는 말이야? 의외로 착하네." 구리바야시는 흐뭇한 표정을 지었다.

---

* bogen, 스키 회전 기술의 하나로, 스키 판의 뒤쪽 끝을 V자형으로 벌리고 속도를 줄이면서 도는 것을 말한다.

슈토는 답답하다는 듯 손사래를 쳤다.

"규칙보다 아빠를 위해서야. 압설이 안 된 곳에서 타는 건 정말 어려워. 코스가 아닌 곳에서 넘어지기라도 하면 좀처럼 일어날 수 없고 자칫 잘못하면 코스로 돌아오지 못해 조난된다고."

구리바야시는 심각한 표정으로 돌아와 살짝 턱을 당겼다. "지금 겁주는 거냐?"

"겁주는 게 아니라 사실이야. 부탁이니까 내 말 들어. 구조대를 부르고 싶지 않으니까."

슈토의 진지한 표정으로 보건대 아무래도 과장은 아닌 듯하다. 알았다고 고개를 끄덕였다.

"진짜야? 약속을 어기면 가만 안 둘 테니까."

"아이고, 알았어."

"정말 알아들었어? 걱정이네." 슈토가 얼굴을 찌푸렸다.

구리바야시는 서류를 들고 카운터로 향하면서 이게 무슨 일인가 싶었다. 완전히 아버지와 아들의 처지가 역전되었다.

카빙 스키라는 것을 보고 또 조금 놀랐다. 옛날 스키와는 모양부터 완전히 달랐고 길이도 짧다.

"괜찮아. 보겐은 옛날 스키와 똑같으니까." 슈토가 말했다.

스키 장비 일체를 대여해 가게를 나왔다. 판은 무겁고 스키 부츠는 딱딱해 걷기 힘들었다. 이런 신발로 깊은 눈 속을 이동할 수 있을지 불안했다.

슈토는 옆에서 "굉장해!"라며 조그맣게 환성을 질렀다. 구리바야시도 고개를 들었다. 바로 눈앞에 광대한 스키장이 펼쳐져 있었다. 산은 높고 곤돌라가 아주 먼 곳까지 이어져 있다.

"오호, 엄청나네……." 구리바야시도 절로 목소리를 높이고 말았다.

시야가 미치는 한 온통 눈밭, 은백색의 세계였다. 20여 년 전 기억이 되살아났다. 그래, 스키장은 이런 곳이었지. 일상과는 다른 차원의 공간이다.

리프트권 판매소가 있어서 1일권을 두 장 샀다. 숙소에서 할인권을 받아 오길 잘했다. 게다가 중학생은 어린이 요금이다.

겔렌데의 구성은 미리 조사해 왔으나 최신 지도를 펼쳐 봤다. 문제의 너도밤나무 코스 제2로맨스 리프트는 적혀 있지 않다. 하지만 어디 부근인지는 이미 머릿속에 넣어 왔다.

"일단은 정상까지 가볼까?" 구리바야시가 중얼거렸다.

"아니야, 그건 무리야." 바로 슈토가 이의를 제기했다. "20년 이상 안 탔잖아. 꼭대기까지 가서 못 내려오면 어쩌려고? 일단 연습을 해야지."

그것도 맞는 말 같았다. 한시라도 빨리 K-55를 찾아야 할 것 같아 너무 서둘렀다.

슈토가 시키는 대로 근처 리프트 승차장으로 향했다. 그 리프트를 타면 초보자용 경사면을 활주할 수 있다는 듯하다.

"와, 이게 뭐야?" 리프트를 보고 놀랐다. "4인승이잖아? 요즘은 이런 게 있어?"

"쿼드 리프트는 요즘 상식이야."

"그래? 예전에는 다 혼자 탔는데."

"나는, 1인승 본 적도 없어."

"허허……."

스키 판을 설면雪面에 놓고 준비체조를 했다. 드디어 오랜만에 스키를 탄다. 부츠에 판을 장착하고 앞뒤로 다리를 움직여본다. 당연히 잘 미끄러진다. 스톡, 이 아니라 폴로 설면을 뒤로 밀어봤다. 예상보다 몸이 더 획 앞으로 나가 살짝 무서웠다.

슈토를 보니 왼발에만 보드를 고정하고 오른발은 그냥 놔두고 있다. 평탄한 곳에서는 고정하지 않은 발로 설면을 차며 이동하는 듯하다.

그렇구나. 구리바야시는 납득했다. 생각해보니 스노보드를 실제로 보는 건 처음이다. 모든 게 신선했다.

평일이라 그런지 리프트는 한산했다. 줄을 전혀 서지 않고 승차장까지 이동했다. 조금 긴장했으나 리프트에 무사히 앉을 수 있었다. 하지만 타고 나서 "어어!"라고 저도 모르게 소리를 지르고 말았다.

"아, 정말 일일이 놀라네. 이번에는 뭔데?" 슈토가 어이없다는 표정으로 물었다.

"아니, 속도가 너무 빨라서. 리프트가 이렇게 빨랐나?"

"고속 리프트니까. 지금은 대체로 이래."

"그렇구나. 많이 발전했네."

구리바야시는 리프트 위에서 스키장을 둘러봤다. 형형색색의 복장을 갖춘 스키어와 스노보더들이 넓은 겔렌데를 각자 활주하고 있다. 자유자재로 움직이고 있어 모두 상급자처럼 보였는데 아마 다 그렇진 않을 것이다.

문득 꿈을 꾸는 것만 같은 기묘한 감각에 사로잡혔다. 주변은 온통 은빛 세상이고 자신은 아들과 공중에 떠 있다. 일주일 전에는 생각하지도 못한 일이다.

하지만 이는 틀림없는 현실이고 황홀한 감상에나 빠져 있을 때가 아니다. 자신에게는 중대한 임무가 있다. 구리바야시는 다시금 마음을 다잡았다.

리프트 하차장이 다가오자 조금 긴장되었다. 표시된 곳에서 일어나자 그대로 스키가 앞으로 미끄러지기 시작했다.

"악, 어어엇!" 서둘러 판을 열어 커브를 돌려고 했으나 제대로 방향을 바꿀 수 없었다. 앞을 향해 똑바로 미끄러지다가 균형을 잃고 그대로 굴렀다.

"괜찮아?" 슈토가 걱정스럽게 물으며 팔을 내밀었다.

"아, 아무렇지도 않아." 아들의 도움을 받으며 구리바야시는 자리에서 일어났다.

"어째, 아주 위험해 보이는데."

"아직 익숙해지지 않았을 뿐이야."

그대로 옆으로 이동해 겔렌데 입구에 섰다. 전망을 내려다 보니 절로 소심해졌다. 상당한 급경사였다.

그런데 옆에 선 슈토는 태평하게 말했다. "아, 이 정도는 아 빠도 괜찮겠다. 초보자용 경사면이니까."

"아니, 여기가 초보자용이야?"

"응, 저기 봐. 저런 애들도 타잖아."

슈토가 가리킨 쪽을 보니 열 살도 안 되어 보이는 꼬마가 보겐으로 능숙하게 활주하고 있었다.

"아빠, 잠깐 타봐."

"응? 아니야. 네가 먼저 가. 어디로 내려가면 좋을지 잘 모 르겠어."

"그럼 알았어. 리프트 승차장을 향해 오면 돼."

슈토는 오른발을 보드에 고정하고 휙 뛰어올라 활주하기 시작했다. 몇 번인가 턴을 되풀이하더니 점프해 회전하기도 한다. 왼발을 앞에 두고 활주하는가 싶었는데 어느새 오른발 이 앞에 와 있다. 도대체 얼마나 연습하면 저렇게 곡예사처럼 움직일 수 있단 말인가.

얼마 후 슈토는 멈추고 손을 흔들었다. 여기까지 오라는 소리 같다.

구리바야시는 조심조심 출발했다. 물론 다리를 활짝 벌린 보겐이다. 하지만 예상보다 훨씬 속도가 나 허리를 뒤로 뺄 수밖에 없었다.

"아, 아악, 악!"

하반신이 앞으로 가버려 상체만 남고 말았다. 정신을 차렸을 때는 넘어져 등으로 미끄러지고 있었다. 멈췄을 때는 어느새 눈이 그치고 맑게 갠 파란 하늘이 눈앞에 펼쳐져 있었다.

천천히 일어났다. 멀리서 아들이 팔짱을 끼고 서 있다.

"일단, 절대 무리하지 마. 안 되겠다 싶으면 판을 떼고 걸어서 내려가. 알았어?" 슈토가 강하게 못을 박았다.

"알았다고 했잖아. 몇 번을 말해야 성이 차겠냐?"

"아빠가 걱정되어서 그러지. 솔직히 별로 기대하지도 않았지만 이 정도일 줄은 몰랐네. 보겐도 제대로 못 할 줄이야."

"참 이상하네. 전에는 이러지 않았는데." 구리바야시가 고개를 갸웃했다.

"나, 스키는 타본 적 없지만, 아빠보다 잘 탈 것 같아."

"그건 아니지. 보는 거랑 타는 거는 전혀 달라."

"그래? 어쨌든 조심해."

"그래, 걱정하지 마."

둘은 곤돌라를 탔다. 12인승으로 서서 승차하는 타입이다. 드디어 정상으로 가는 것이다. 구리바야시 부자 외에 다섯 명의 손님이 있었다. 그들은 각자 즐겁게 담소하고 있었다.

창으로 내려다보니 여기가 얼마나 규모가 큰 스키장인지 잘 알 수 있었다. 이렇게 넓은 산속에서 그 작은 테디베어를 발견해야만 한다. 너도밤나무는 헤아릴 수 없이 많겠지. 정말 찾을 수 있을지 불안해졌다.

약 15분에 걸쳐 곤돌라는 위쪽 역에 도착했다. 밖으로 나오자 차가운 공기가 아래와는 비교할 수 없었다.

"와, 산꼭대기는 역시 춥구나."

"여기는 아직 산꼭대기가 아니야. 이 앞에 리프트가 있어. 우선 그걸 타야 해. 그 리프트를 내려 조금 더 가서 다른 리프트를 타. 그래야 정상에 갈 수 있어." 슈토가 말했다.

"그래……?"

"어떻게 할래? 나는 일단 여기서 한번 타고 싶은데."

"그러고 싶으면 그래. 아빠는 정상에 가려고. 무엇보다 중요한 일이 있으니까."

"알았어."

"조심해서 타라."

"아빠한테 들을 말은 아닌 것 같네." 슈토는 불만스럽게 말하고 보드를 안고 걷기 시작했다.

조금 겁이 났으나 구리바야시도 스키 판을 짊어지고 이동을 시작했다. 짧은 오르막이었기 때문인데 이윽고 내려가는 경사면 입구에 도달했다. 모두가 그 앞에서 스키 판과 스노보드를 장착했다. 내려다보니 수십 미터 아래에 리프트 승차장이 있었다.

엉망진창 보겐으로 불안하게 활강했다. 무사히 도착해 그대로 리프트에 탔다. 아래에서 잠시라도 연습해두길 잘했다 싶었다. 연습하지 않았으면 리프트도 못 탔을지 모른다.

리프트 바로 옆은 숲이었다. 하지만 나무 간격이 비교적 넓다. 그래서 활주 금지 구역이 아닌지 이따금 스노보더가 휙 지나갔다. 눈보라가 일어난다. 정말 기분이 좋을 듯했다.

그런데 그런 생각을 하며 바라보고 있는데 눈에 파묻힌 스키어가 있었다. 일어나보려고 애를 쓰는데 무릎 위까지 눈에 빠져 움직이질 못하고 있다. 구리바야시는 슈토의 이야기를 떠올렸다. 역시 비압설 경사면을 스키로 활주하는 일은 상당히 어려운 모양이다.

리프트를 내리자 산정 리프트라고 화살표로 그려진 간판이 서 있었다. 그쪽으로 가라는 소리일 것이다. 보기에 그리 급한 경사면도 아닌 것 같아 살살 타기 시작했다.

하지만 곧 구리바야시의 눈에는 깎아지른 절벽으로밖에 안 보이는 경사면이 나타났다. 주위를 둘러봤으나 돌아갈 길은 없는 듯하다. 다른 스키어와 스노보더들은 거침없이 경쾌하게 활주한다. 다 달인으로 보였다.

구리바야시는 최대한 다리를 벌리고 엣지를 세워 브레이크를 걸면서 슬슬 내려갔다. 활강이라기보다 질질 미끄러져 내려가는 느낌이다.

그때 갑자기 옆에서 사람이 나타났다. 분홍색 스키복을 입은 몸집이 작은 스키어였다. 구리바야시는 바로 피하려 했으나 그 순간 스키가 벌어지고 말았다. 큰일 났다고 생각했을 때는 이미 늦었다. 엉덩방아를 찧고 그 상태로 미끄러졌다. 모자가 벗겨지고 고글도 날아갔다.

"죄송해요." 어디선가 남성의 목소리가 들려왔다.

구리바야시는 간신히 멈추고 몸을 일으켜 두리번두리번 주위를 살폈다. 하얀 스키복을 입은 남성이 바로 옆에 멈춰 서서 그에게 손을 뻗었다. "괜찮으세요?"

"아, 감사합니다." 그의 손을 잡고 일어났다.

"죄송해요. 다치지 않으셨어요?" 남성이 물었다.

"네. 괜찮은데……, 그게." 구리바야시는 왜 상대가 자기에게 사과하는지 알 수 없었다.

그때 스키어 두 명이 다가왔다. 한쪽은 노란 스키복 차림이고 다른 하나는 분홍색 스키복이었다. 분홍색 스키복을 입은 사람은 몸집이 아주 작았다. 아직 초등학생일 것이다.

죄송하다며 노란 스키복 여성이 구리바야시의 모자와 고글을 내밀었다. 주워 온 모양이다. 고맙다고 인사하며 받았다.

"자, 너도 사과해야지. 네가 진로를 방해했으니까." 여성이 아이에게 말했다.

분홍색 스키복을 입은 여자아이는 죄송하다며 고개를 숙였다. 귀여운 목소리였다.

그랬던 건가. 구리바야시도 드디어 상황을 이해했다. 여자아이가 그의 앞을 가로지른 것을 그들이 사과한 것이다.

"아니, 괜찮습니다. 제가 너무 못 타서 벌어진 일이니까요."

"아닙니다. 스키장에서는 초보자도 잘 살펴야 하니까요. 다치지 않으셔서 다행입니다." 남성이 말했다.

"아무렇지도 않습니다. 신경 쓰지 마십시오." 구리바야시는 남성에게 말하고 괜찮으니 걱정하지 말라고 여자아이에게도 말을 걸었다. 아이는 살짝 고개를 끄덕였다.

그럼 가보겠다며 셋은 스키를 타고 사라졌다. 그 뒷모습을 바라보면서 정말 매너 있는 사람들이라고 감탄했다. 저런 사람들만 있으면 세상은 더 살기 편해질 텐데.

모자와 고글을 다시 썼다. 정신을 차려보니 경사면의 상당히 아랫부분까지 내려와 있었다. 20미터 이상 온 것 같다. 구른 덕분에 급경사를 내려온 셈이다. 조금 전 여자아이에게 감사해야 할 정도였다.

바로 옆의 숲을 내려다보고 놀랐다. 너도밤나무 숲이었다. 그 사진의 광경과 비슷한 듯하다.

구리바야시는 코스 옆으로 이동해 판을 떼고 폴과 함께 눈 위에 놓았다. 그리고 백팩에서 방향 탐지 수신기를 꺼냈다. 만일을 대비해 완충재로 감싼 덕분에 여러 번 굴렀는데도 수신기에 이상은 없는 듯했다.

숲으로 안테나를 향하고 가슴 가득 기대를 안고 스위치를 켰다. 하지만 나란히 놓인 여덟 개의 발광 다이오드는 하나도 켜지지 않았다. 안테나 방향을 조금 바꿔봤으나 결과는 마찬가지였다.

혹시…….

더 깊은 곳으로 가야 할지 모른다고 구리바야시는 생각했다. 수신 범위 300미터라고 해도 이 광대한 산속에서는 대단한 거리가 아니다. 그 사진의 이미지로는 코스에서 상당히 떨어진 곳처럼 보였다.

구리바야시는 주위를 둘러봤다. 다행히 다른 사람은 없었다.

붉은 로프를 통과해 코스 밖으로 걸음을 내디뎠다. 갑자기 눈이 부드러워졌다. 걸을 때마다 푹푹 스키 부츠가 빠졌다. 게다가 알아차리지 못했는데 숲 쪽은 상당한 급경사의 내리막 길이었다.

과연 아까 그 장소로 돌아갈 수 있을까 불안해져 걸으면서 뒤를 돌아봤다. 그 순간 오른발이 훅 빠졌다.

으악! 소리쳤을 때는 이미 늦었다. 눈 속에 얼굴부터 쓰러지고 말았다.

9

오케이, 통화를 끝낸 네즈는 트랜시버를 홀더에 꽂고 스노모빌 키를 들고 대기실을 나섰다.

"무슨 일 있어?" 바깥에서 구명 도구를 점검하던 마키타가 물었다.

"산정 리프트 승차장에서 연락이 왔어요. 스키어 한 사람이 코스 밖으로 떨어져 움직이지 못하고 있습니다."

"또? 어떤 코스 밖인데?" 마키타는 떨떠름한 표정을 지었다.

"어택 제1코스 옆이랍니다."

"어택 제1? 이상한 곳으로도 들어갔네. 그런 데서 타면 좋나?"

"아니, 스키를 탄 건 아니래요. 코스 옆에 판과 폴을 놓아뒀다니까요. 지나가던 다른 스키어가 사람이 눈에 파묻혀 있는 것을 발견하고 리프트 담당자에게 알려줬답니다."

"흠, 그 사람은 뭘 하고 있었을까?"

"글쎄요, 다치진 않은 것 같아요. 일단 가볼게요." 네즈는 스노모빌 엔진을 켜고 출발했다.

최근 몇 년, 어느 스키장이나 활주 금지 구역에 침입하는 스키어와 스노보더가 늘어났다. 이유는 단순하다. 비압설 경사면을 타는 게 유행이기 때문이다. 원래 스노보드는 그런 경사면을 타는 데 적합한 데다 스키도 폭이 넓은 판이 개발되어 붐에 박차를 가하고 있다.

하지만 활주를 금지하는 데는 나름대로 이유가 있다. 한마디로 말해 위험하기 때문이다. 나무와 충돌해 크게 다치거나 길을 헤매 돌아오지 못하는 경우가 끊이질 않고 있다. 설붕雪崩을 만나 하마터면 눈에 파묻힐 뻔한 경우도 있다.

그래서 스키장도 온갖 조치를 강구하고 있다. 정규 코스 안에 비압설 구역을 늘리거나 가이드를 동반한 백컨트리 투어를 기획하기도 한다. 그래도 만족하지 못하는 사람이 늘고 있다. 어쩌면 규칙을 위반하고 있다는 감각도 그들에게는 쾌감일지 모른다.

연락이 온 지점까지 왔다. 네즈는 조금 속도를 늦추고 전방을 응시하면서 코스를 나아갔다. 이윽고 코스 옆에 놓인 스키 판과 폴을 발견했다.

판과 폴 근처에 스노모빌을 세우고 바로 옆으로 눈길을 옮기니 코스 밖으로 나간 발자국이 점점이 이어져 있다.

네즈는 신중히 발자국을 따라갔다. 그러자 파란 스키복을 입은 남성이 눈 속에 고꾸라져 있는 게 보였다.

"괜찮으세요?" 큰 소리로 물었다.

남성이 목을 비틀어 돌아봤다. 몸을 움직이는 게 상당히 힘든 듯하다. 안경을 쓰고 있다. 고글을 머리에 올려놓은 것은 아마 렌즈가 뿌옇게 되어서일 것이다. 눈 속에서 바둥거리면 바로 땀이 찬다.

"나갈 수가 없어요! 움직일수록 점점 가라앉아요. 어떻게 해야 하죠?" 남자의 목소리가 갈라졌다.

"알겠습니다, 거기 계세요."

네즈는 스노모빌로 돌아와 짐칸에서 로프를 꺼내 다시 조금 전 자리까지 내려왔다. 더 내려가면 자신도 탈출에 시간이 걸릴 위험이 있다.

남성이 있는 곳까지는 5미터 정도의 거리였다.

"로프를 던질 테니까 받으세요."

"네!"

네즈는 거리를 가늠해 로프를 던졌다. 다행히 남성 바로 옆에 떨어졌다. 남성이 팔을 뻗어 잡는 게 보였다.

"좋습니다. 로프를 잡고 올라오세요."

남성이 로프에 의지해 올라오기 시작했다. 움직임이 둔한 것은 이미 지쳤기 때문일 것이다. 정신 차리고 힘을 내라고 중간중간 말을 걸었다.

네즈는 남자가 근처까지 왔을 때 팔을 뻗어 남성의 손을 잡고 잡아당겼다. 남성은 헉헉 거친 숨을 몰아쉬고 있었고 얼굴은 땀투성이였다.

코스로 돌아오자마자 남성은 주저앉았다.

"왜 그런 데 들어가셨습니까? 볼일 보시려고요?" 네즈가 물었다.

갑자기 소식이 왔는데 더는 참을 수 없어 코스 밖에서 해결하려는 사람이 가끔 있다.

그러나 남자는 손을 내저었다. "아닙니다. 뭐라고 해야 할까……. 맞아요, 자연 관찰이오."

"자연 관찰? 이 근처에 특이한 거라도 있습니까?"

"취미예요. 신경 쓰지 마세요."

"그렇게 말씀하셔도 코스 밖에서 미끄러져 떨어지면 곤란합니다."

"죄송합니다. 설마 이런 일이 있을 줄은……. 앞으로 조심하겠습니다." 남성은 얌전히 고개를 숙였다.

"그러시길 바랍니다." 네즈는 말했다. 스키 판을 벗었다는 것은, 활주 금지 구역에서 활주하려고 코스를 벗어난 것은 아니라는 소리다. 게다가 보기에 장비도 다 대여인 데다 심설深雪용

판도 아니다.

남성이 스키 판을 장착하기 시작하자 네즈는 스노모빌을 타고 떠나려다 괜스레 마음에 걸려 바로 멈추고 돌아봤다.

남성은 막 활주를 시작하고 있었다. 생각대로 스키 실력이 별로 좋지 않다. 그보다 완벽하게 초보자 수준이다. 강습을 받는 게 좋겠는데 그것까지 얘기하는 건 지나친 참견이겠지.

저런 실력으로 그것도 달랑 혼자, 왜 이런 곳에서 활주하고 있을까. 게다가 자연 관찰을 하겠다고 코스까지 벗어나다니…….

여러 의문이 끓어올랐으나 합리적인 답을 발견하지 못한 채 네즈는 스노모빌을 다시 출발시켰다.

10

사토자와온천 최고! 파우더가 죽여줘! 넓고 길어, 어딜 타도 감동! 미안하지만, 실컷 즐기고 갈게. 전부 너희들 덕분이야. 땡큐. 선물 사 갈 테니까 용서해줘. 안녕.

분설*이 흩날리는 겔렌데를 촬영한 사진을 첨부해 사토와

---

* 粉雪, 영하 15도 이하일 때 내리는 고운 가루 상태의 눈. 가볍고 말라 있어서 스키를 타기에 가장 좋은 눈으로 본다. 파우더 스노라고도 한다.

스즈키에게 메시지를 보냈다. 어젯밤 늦게 갑자기 사토사와 온천 스키장에 가게 되었다고 두 사람에게 알렸더니 비난의 메시지가 날아왔다. 물론 악의가 느껴지지는 않았다. 둘 다 사토자와온천 스키장에 가본 적이 없으니까 좋은 정보를 모아 오라고 마무리했다.

시계를 보니 오후 1시를 조금 넘어서고 있었다. 슈토는 곤돌라 하차장 옆의 커피숍에서 햄버거를 거의 다 먹은 참이었다. 가게는 혼잡했는데 주위를 보면 대부분 서양 사람들이라 일본인이 오히려 적었다.

아버지 가즈유키와는 오후 5시까지는 숙소로 돌아오기로 합의했다. 아버지는 그래도 괜찮겠냐고 확인했는데 슈토는 오히려 아버지가 정말 돌아올 수 있을지가 더 걱정이었다. 설마 저렇게 형편없을 줄은 생각도 못 했다.

생각해보면 아버지의 젊은 시절 이야기는 제대로 들어본 적이 없다. 말을 붙여도 우울하기만 해서 최대한 피했다. 최근에는 되도록 마주치지 않으려고 했다. 어차피 또 잔소리를 늘어놓으리라 생각했기 때문이다.

그런데 한심할 정도로 못 타면서도 보겐으로 열심히 활주하는 아버지의 뒷모습을 보고 있자니 슬그머니 가슴이 뭉클해진 것도 사실이다. 아버지가 지금 자신이 완전히 빠져 있는 스노보드와 전혀 무관한 세계를 살아온 것만은 아니라는 사실이 너무 기뻤다. 구르면서도 어떻게든 하려는 모습에 조금 과장일 수도 있겠으나 감동했다.

슈토는 오길 잘했다고 생각했다. 혹여 이토록 멋진 스키장이 아니었더라도 그렇게 생각했을 것이라는 실감이 들었다.

그건 그렇고 아버지는 도대체 뭘 하고 있을까. 다치지나 않기를 간절히 바랐다.

콜라를 마저 마시고 준비를 마친 뒤 커피숍을 나왔다. 오늘은 계속 날씨가 좋다. 경사면 입구까지 걸어 보드를 장착하고 타기 시작했다. 이번에는 다른 곤돌라를 타려 한다. 사토자와 온천 스키장에는 곤돌라가 두 개 있다.

슈토는 속도를 올려 기분 좋게 활주했다. 압설되어 있고 딱 알맞은 각도의 경사면이 오래 이어졌다. 카빙*을 하기에 최적이었다.

프런트사이드 턴에서 백사이드 턴으로 들어갔다. 그 순간 시야의 왼편에 인기척이 느껴졌다. 큰일 났다 싶었을 때는 이미 늦었다. 자기 보드의 앞날과 스키 판이 교차하는 게 보였다. 다음 순간 몸에 충격이 찾아왔고 균형을 잃고 그대로 쓰러졌다.

양손을 짚고 상반신을 일으켰다. 바로 옆에 상대 스키어도

---

* carving. 턴의 기술 중 하나로 보드 판의 양 사이드를 짚으며 방향을 바꾼다. 설면에 홈이 파이는 데서 나온 명칭.

쓰러져 있었는데 천천히 일어나 그를 봤다. 짙은 감색 스키복을 입은 여자였다. 고글을 쓰고 있지만, 꽤 젊어 보인다.

"앞 좀 잘 보고 타." 슈토가 말했다.

"나?" 상대는 의외라는 목소리를 냈다. "그쪽이 갑자기 앞으로 나왔잖아?"

"아니야, 나는 제대로 봤다고."

상대는 불쾌한 듯 입을 다물더니 "됐어"라고 말하며 일어났다. 벗겨져버린 오른쪽 스키 판을 장착하고 폴을 다시 잡았다. "안 다쳤어?"

"나는 괜찮아……."

"그럼 됐네." 그렇게 말하고 활주하기 시작했다. 멋진 폼이었다.

슈토도 출발했으나 영 찝찝했다. 대판 싸워도 이상할 게 없는 상황이었는데 상대가 털어버리는 바람에 싸움을 피할 수 있었다. 게다가 상대는 나를 걱정까지 해주었다.

여럿이 고속으로 활주하는 겔렌데에서는 항상 주위 상황에 신경을 써야 한다. 그래도 접촉 사고가 일어났을 때는 혹여 내가 잘못하지 않았더라도 상대를 걱정하고 꼭 말을 건 다음 헤어지는 것이 에티켓이라고 배웠다. 그런데 그러지 못한 자신이 한심했다.

불쾌한 감정을 안고 달리는 것은 전혀 즐겁지 않았다. 코스가 어떤지 둘러보지도 않고 활주하다 정신을 차려보니 곤돌라 승차장까지 와 있었다.

보드를 벗고 건물로 들어가 계단을 올랐다. 그러자 바로 앞에 조금 전 만난 스키어의 짙은 감색 스키복이 보였다. 아무래도 혼자인 듯하다.

곤돌라는 6인승인데 비어 있어서 손님들은 둘이나 셋씩 동료끼리 탔다. 금방 짙은 감색 스키복 여성이 탈 차례가 되었다.

문이 닫히고 곤돌라가 출발했다.

"저기, 아까는 미안했어." 슈토는 꾸벅 고개를 숙였다.

그녀는 살짝 허리를 폈다. 고글 렌즈가 거울이라 표정은 보이지 않는다.

"그 말을 하려고 탄 거야?"

"응. 그게, 그냥 기분이 좀 안 좋아서. 네 말처럼 내가 잘못한 것일 수도 있고."

그녀의 입가가 풀어졌다.

"피차 마찬가지야. 나도 사과하지 않았어. 미안해."

"응." 슈토는 고개를 끄덕였다. 갑자기 기분이 풀렸다.

"어디서 왔어?" 그녀가 물었다.

"도쿄. 아빠랑 둘이, 오늘 아침에 도착했어."

"아빠? 몇 학년이야?"

"중학교 2학년인데."

"앗, 나랑 똑같네. 키가 커서 고등학생인 줄 알았어."

"너도? 그랬구나. 그런데 스키 진짜 잘 타더라."

"고마워. 하지만 이 동네에 나 정도 타는 애는 아주 많아."

"그 말은 여기 사람이란 뜻이야?"

"응, 오늘은 학교 스키 수업으로 왔어."

"아, 그러고 보니 제킨*을 붙인 사람이 무척 많았지."

"강습이 있으니까. 나도 오전 중에는 제킨을 했는데 오후부터 상급자는 자유 시간이야."

그래서 혼자 타고 있었구나. 슈토는 바로 이해했다.

"그건 그렇고 정말 좋은 스키장이야. 나, 처음 왔는데 이렇게 넓을 줄은 몰랐어. 설질雪質도 아주 좋고." 창밖의 풍경을 바라보며 슈토가 말했다.

"어떤 코스를 탔어?"

"음……." 슈토는 겔렌데 지도를 꺼내 오늘 아침부터 탄 코스를 설명했다.

"그러면 거기는 안 갔네."

"거기?"

"숨은 명당 말이야. 접근하기가 좀 나빠 알기 힘들어. 그래

---

* 운동선수들이 가슴과 등에 붙이는 번호표.

서 사람들이 거의 안 오지. 아마 지금 시기에도 파우더가 꽤 남아 있을 거야."

"진짜? 어떻게 가면 돼?"

그녀는 고개를 저었다. "설명하기는 어려우니까 안내할게."

"괜찮겠어?"

"응, 나도 가고 싶으니까."

"잘됐다. 운이 좋네."

"저기, 이름을 물어봐도 돼?"

"응, 물론이지."

"슈토라니, 이름 멋지다. 축구*가 생각나." 이름을 알려주자 칭찬해주었다.

"엄마가 라모스**의 팬이었어."

"어머, 그랬어?"

그녀도 이름을 알려주었다. 야마자키 이쿠미라고 했다.

슈토는 상대가 고글을 벗지 않을까 생각했다. 꽤 귀여울 것 같은데 벗을 기미가 전혀 없다. 우선 자신이 먼저 벗는 게 좋겠다고 생각했으나 속이 너무 빤히 보이는 것 같아 망설여졌다.

* 슞의 일본어 발음이 슈토라 나온 말.
** 세르히오 라모스, 스페인 출신 축구 선수.

결국은 그대로 곤돌라가 도착했다. 밖으로 나와 슈토가 보드를 장착하고 있는데 "야마자키" 하고 누군가가 그녀를 불렀다.

또래 소년 둘이 다가왔다. 둘 다 스키를 신고 있다.

"이제부터 다카노와 비밀 장소로 갈 거야. 같이 갈래?" 갈색 스키복을 입은 소년이 말했다. 다카노라는 사람은 뒤에 있는 초록색 스키복의 소년인 듯하다.

이쿠미는 손을 살살 흔들었다. "안 가. 지인에게 코스를 안내할 거야."

"그래?" 소년은 슈토를 흥미롭게 바라봤다.

"다카노, 스키 재밌어?" 이쿠미가 뒤에 있는 소년에게 물었다.

"그냥저냥." 소년은 목을 살짝 움츠리며 대답했다. 무뚝뚝해 보였다.

"그럼 나중에 보자." 갈색 스키복의 소년이 말하고 활주를 시작했다. 다카노라는 소년도 그 뒤를 쫓는다. 둘 다 순식간에 사라졌다.

"안 가도 괜찮아?" 슈토가 일어나 이쿠미에게 물었다.

"괜찮아. 비밀 장소라고 해봤자 어차피 코스 밖일 거야. 패트롤에게 들키면 학교에 연락이 가서 나중에 혼이나 나지."

"그러면 안 되지."

"그러니까 신경 쓸 필요 없어. 가자."

이쿠미가 활주를 시작하는 바람에 슈토도 서둘러 뒤를 따랐다.

II

목적지에 거의 다 도달하자 가와바타 겐타는 속도를 올렸다. 중간에 오르막길이 있어서 속도를 붙여놓지 않으면 멈추고 만다. 뒤는 보지 않았으나 다카노 유키도 잘 따라오고 있을 것이다. 둘은 어렸을 때부터 함께한 동급생이다.

커브를 돌자 오른쪽 전방에 목표물이 보였다. 나무가 듬성듬성 자라 있고 그 바로 앞에 빨간 로프가 쳐져 있다. 높이는 설면에서 1미터 정도다.

겐타는 자세를 낮춰 곧장 다가가 로프 밑을 통과해 그대로 나무 사이로 빠져나갔다. 예상대로 자신들보다 먼저 사람이 침입한 흔적은 없었다.

나무들이 조금 밀집된 곳이 나왔으나 겐타 일행에게는 아무것도 아니었다. 특별한 스키 판을 신고 있는 것도 아니나 어릴 때부터 심설을 타는 데 익숙했다. 압설된 코스를 얌전히 타봤자 재미는 하나도 없다. 오전 중 강습도 지루하기 그지없었다.

갑자기 눈앞이 확 트였다. 겐타는 멈췄다. 바로 뒤에 따라오던 다카노도 멈춰 나란히 섰다.

"럭키! 역시 아직 아무도 타지 않았네." 겐타가 경사면을 내려다보며 말했다.

"어제 꽤 내렸잖아." 다카노도 수긍했다.

눈 아래 펼쳐진 설면에는 트랙이 하나도 없었다. 밀집한 나무에 가려져 코스에서는 이곳이 보이지 않는다. 겐타와 유키도 친구 형이 알려주지 않았다면 이렇게 훌륭한 파우더 존이 있는 줄 전혀 몰랐을 것이다.

"가자. 너는 어디서 탈래?"

"왼쪽으로 탈까?" 다카노가 가볍게 고개를 기울이며 말했다.

"오케이. 그럼 나는 오른쪽으로 돌아갈게."

"너무 가지는 마."

"알았어." 겐타는 뛰어오르듯 활주를 시작했다. 이곳의 경사면은 어떻게 내려가도 즐겁겠지만 오른쪽이 더 가파르고 게다가 눈도 깊어 기분이 좋았다. 다만 너무 지나치면 원래 코스로 돌아가지 못할 위험이 있다.

심설을 탈 때의 핵심은 중심의 위치다. 평소보다 중심을 뒤에 둬야 한다. 그러면 자연스럽게 스키 판의 앞날이 들려 눈에 빠지지 않고 떠서 가듯 활주할 수 있다. 이 감각에 익숙해지면 눈 내린 직후 일반 코스에서 타는 일은 너무나 바보같이 느껴진다. 하면 안 된다는 것은 알지만 활주 금지인 숲속이나 리프트 밑을 공략하고 싶은 유혹에 빠지고 만다.

정신없이 타다 보니 더 가면 쉽게 돌아가지 못하는 지점이 다가왔다. 잘못 지나쳤다가 판을 짊어지고 걸어서 코스로 돌아간 일이 몇 번 있다. 그것만은 사양하고 싶다.

턴을 해 왼쪽으로 진로를 바꿨다. 한참 나아가자 전방에 초록색 스키복이 보였다. 다카노였다. 왜 멈춰 있지? 자신을 기다리나 했는데 그런 것 같지 않다.

속도를 늦춰 다가가며 말했다. "왜 그래?"

그러자 다카노는 아무 말 없이 옆의 나무를 가리켰다.

"응? 뭔데?" 겐타는 그가 가리킨 곳을 봤다. 나무에 못이 박혀 있고 그곳에 기묘한 것이 매달려 있었다. "어라, 왜 이런 곳에⋯⋯."

나무에는 작은 테디베어가 매달려 있었다. 의외로 새것처럼 보였다.

"뭐 같냐?" 다카노가 물었다.

"글쎄, 모르겠어. 분실물은 아닌 것 같고." 겐타가 고개를 갸웃했다.

"여기서 누가 죽었나? 교통사고가 일어났을 때 종종 현장에 꽃 같은 걸 놓아두잖아."

"그건 아닐걸? 이 스키장에서 그런 일이 있었다면 엄청 난리가 났을 테고, 패트롤의 순찰이 더 엄격해지지 않은 것도 이상하고."

"그런가……?" 다카노는 석연치 않은 태도로 중얼거렸다.

겐타는 팔을 뻗어 테디베어를 빼냈다. 자세히 보니 상당히 고급스러웠다.

스키복 주머니를 열고 인형을 집어넣었다.

"야! 가져가려고?" 다카노가 목소리를 높였다.

"헤헤헤, 아무래도 안 될까?" 겐타는 쑥스러운 웃음을 지었다.

"그러면 안 되지 않을까? 아무래도 무슨 의미가 있을 것 같은데."

"하지만 말이야, 원래는 여기 아무도 들어오면 안 되는 곳이야."

"그렇기는 하지만 멋대로 가져가는 건 좋지 않아."

"그럼 누구한테 허락을 받아야 하냐?"

"그야 모르지. 하지만 멋대로 가져갔다가 나중에 귀찮은 일이 벌어지는 건 싫잖아?"

"음……." 겐타는 주머니에서 테디베어를 꺼냈다. 그에게는 좋아하는 여자아이가 있다. 이것을 주면 기뻐하지 않을까 생각했다. 사서 선물하는 건 부끄럽지만, 이 인형이라면 가벼운 마음으로 건넬 수 있을 듯했다. 숲속에서 주웠어, 너 가져. 이렇게 말하면 되는데.

그러나 친구의 의견을 무시하는 것도 마음에 걸렸다. 성실한 성격의 다카노는 이런 면에서 깐깐하다. 원래는 이렇게 코스 밖에서 타는 것도 좋아하지 않는데 겐타와 함께 와준 것이다.

알았다고 하고 테디베어를 다시 나무에 걸었다.

둘은 나무 사이를 빠져나와 경사면을 가로질러 패트롤이 없는 것을 확인하고 코스로 돌아왔다.

"좋았어. 한 번 더 가볼까?" 겐타가 친구에게 물었다.

다카노는 떨떠름한 표정으로 고개를 기울였다.

"나는 그냥 내려가서 좀 쉴래."

"아니, 벌써? 이제 막 타기 시작했는데?"

"그냥 영 기분이 안 나. 미안해."

"흠……, 그래. 나는 괜찮아."

요즘 다카노는 늘 저런 상태다. 겐타는 그 이유를 어렴풋하게나마 짐작하고 있어서 일부러 건드리지 않고 있다. 이렇게 같이 스키를 타며 힘을 얻길 바랐는데.

다카노와 헤어진 겐타가 혼자 타고 있는데 "야!" 하고 옆에서 목소리가 들렸다. 돌아보니 1학년 때 같은 반이었던 남자애였다. 겐타와 나란히 달린다. 상대도 스키 실력은 상급자 수

준이다.

"어디 갔었어?" 큰 목소리로 묻는다.

"산꼭대기." 겐타도 목소리를 높여 대답했다.

"거짓말하지 마. 아까 봤거든? 코스 밖으로 나갔었지? 나도 나중에 갔다 와야지."

"관둬라. 영 안 좋아."

"말도 안 돼. 누굴 속이려고. 그럼, 또 보자." 상대는 한쪽 손을 흔들고 멀어졌다. 그도 코스 밖 지리에 훤하다. 지금 막 겐타 일행이 타고 온 곳으로 갈 것이다.

그 테디베어를 발견하지 않을까. 분명 포기해놓고도 팬스레 불안해졌다.

12

다양한 색의 스키웨어가 오가는 가운데 파란 재킷과 노란 바지는 정말 눈에 띄었다. 게다가 상대의 스키 기술이 너무 형편없어 추적이 정말 쉬웠다. 오히려 좀 더 빨리 타주면 안 되나 싶었다. 상대에게 들키지 않으려면 일정한 거리를 유지해야 했다. 그러니까 이쪽도 엉금엉금 이동해야 했다는 소리다. 조금 내려가다 멈추고 조금 나아가다 구르는 짓을 되풀이하고 있는 탓에 뒤를 쫓는 사람 역시 부자연스럽게 스키를 탈

115

수밖에 없었다. 다른 스키어들이 의아한 눈길을 던지고 있어 영 거북하다.

그래도 목표물, 구리바야시 가즈유키는 천신만고 끝에 산기슭까지 내려왔다. 6인승 곤돌라로 가려는 듯하다. 다시 위로 올라가려는 모양이다.

오리구치 에이지는 구리바야시를 뒤쫓으면서 전화를 걸었다. 상대는 누나인 마나미였다. 전화가 연결되자 지금 상황을 보고했다.

"슬슬 접촉해. 일단 인사 정도면 충분하니까." 마나미가 차가운 목소리로 말했다.

"그다음은? 뭐라고 해야 하는데?"

후, 숨을 내쉬는 소리가 들렸다.

"상대를 방심시키는 게 목적이야. 적당히 수다나 떨어. 그 정도는 할 수 있지? 애도 아니고."

순간 화가 치밀었으나 일단 참았다.

"수신기를 빼앗으라며? 어떤 복선을 깔든, 화제는 있어야 할 거 아냐?"

"화제? 너답지 않게 그럴듯한 단어를 다 쓴다. 곤란한 일이 생기면 불러달라고 해. 이 동네 산을 꿰고 있다고."

"나, 이 동네 전혀 몰라."

"그건 나도 알아. 넌 이상한 데서 정직하더라. 됐으니까 시키는 대로 해."

"알았어."

오리구치는 전화를 끊고 걸음을 재촉했다. 구리바야시가 곤돌라 승차장 계단을 오르기 시작했기 때문이다.

승차장은 몇 명만 줄을 서 있을 뿐 한적했다. 파란 스키복이 가장 끝에 있어서 그 뒤에 섰다.

"아까 괜찮으셨어요?" 상대의 귓가에 대고 속삭였다.

"네?" 구리바야시는 깜짝 놀란 듯 뒤를 돌아봤다. 고글 속 눈을 동그랗게 뜨고 있다.

"코스 밖에 떨어져 있는 걸 제가 발견했어요."

"아!" 구리바야시는 크게 입을 벌렸다.

"그러셨어요? 저는 아래쪽에 있었어서 잘 보이지가 않았어요……. 아니, 아까는 정말 큰 도움을 받았습니다. 몸을 움직일 수도 없고 도움을 요청하려 해도 코스가 보이지도 않아서 잠깐 정말 난감했습니다. 위에서 소리가 들렸을 때는 하늘이 도왔다고 생각했습니다. 정말 감사했습니다."

"아닙니다. 안 다치셔서 다행입니다."

곤돌라가 도착해 함께 탔다.

구리바야시는 장갑과 고글을 벗었다. 고글 안에 금테 안경을 끼고 있는데 렌즈에 김이 서려 있다. 주머니에서 꺼낸 휴지로 렌즈를 닦고 다시 쓰는 일련의 동작을 끝낸 후 말했다.

"이거 참 큰일입니다. 스키, 참 어렵네요." 말에 진심이 담겨 있다.

오리구치도 장갑과 고글을 벗었다. "혼자 오셨어요?"

"아뇨, 아들과 같이 왔습니다. 녀석은 지금 어디쯤에서 타고 있을까?" 구리바야시는 창으로 겔렌데를 내려다봤다.

"괜한 질문일지 모르겠으나 아까는 그런 데서 뭘 하고 계셨나요? 스키 판은 떼어놓으셨던데요."

"아, 그거요? 아니, 특별히 이렇다 할 목적이 있는 건 아니었습니다. 좀 흥미가 생겼다고 해야 할까요……. 코스 밖은 어떨까 싶어서요." 구리바야시는 어색한 미소를 지으며 대답했다. 눈이 살짝 허공을 헤매고 있다.

"그러셨어요? 저는 또 뭔가 찾으시는 게 있는 줄 알았습니다."

"찾는 거요?"

"종종 그런 일이 있답니다. 리프트에서 장갑을 떨어뜨렸다거나 의도적으로 활주 금지 구역을 탔다가 뭔가를 잃어버린 사람이."

"하하, 그렇군요……."

"만약 그런 일이라면 제가 좀 도움이 될 텐데요."

"네? 무슨 말씀이시죠?"

"자랑은 아닙니다만, 이 근처 산을 아주 잘 압니다. 이 스키장 코스 밖 지형도 꽤 많이 파악하고 있죠." 오리구치는 과감하게 미끼를 던져봤다.

"아하……. 저, 사토자와온천 마을에 사시나요?"

"아뇨, 그런 건 아니지만 여러 번 와봐서요."

구리바야시는 살짝 고개를 끄덕이고 생각에 잠긴 표정이 되었다. 망설이고 있는 게 분명하다. 얼마 후 주저하며 입을 열었다. "저기요, 보여드리고 싶은 게 있는데요."

"뭔데요?"

구리바야시는 주머니에서 스마트폰을 꺼내 잠시 조작한 후 화면을 보여줬다. "이겁니다."

설경이 찍힌 사진이었다. 아무래도 숲속인 듯한데 나무 하나에 테디베어가 걸려 있는 게 눈길을 끌었다.

"일단은 테디베어는 신경 쓰지 않으셔도 됩니다." 이쪽의 생각을 짐작한 듯 구리바야시가 말했다. "이 장소가 어딘지 아시겠습니까? 이 스키장 안에 있을 것 같은데요."

"네? 이 사진 하나로요?"

"다른 사진도 있습니다. 손가락으로 밀어보세요."

정말 다른 사진도 있었다. 하지만 다 비슷했고 장소를 특정할 만한 것이 찍혀 있지 않았다. 굳이 말하자면 멀리 보이는 리프트 같은 것이 눈에 띄었으나 참고가 되지는 않았다.

"이것만으로는 판단 내리기 힘들어요."

"역시 그런가요?"

"이 사진, 제게 보내주시겠어요? 자세히 검토하면 뭔가 알 수 있을지도 모릅니다."

"아……, 아닙니다. 그건 안 됩니다. 죄송해요." 구리바야시는 얼른 스마트폰을 거둬들였다.

"그 장소를 찾고 있나요?"

"아, 네." 영 대답이 어색하다.

"테디베어가 표시고요."

"그렇습니다만……." 구리바야시는 정신을 번쩍 차린 표정으로 양손을 살짝 내밀었다. "죄송합니다. 이상한 걸 물었습니다. 부디 신경 쓰지 말아주세요. 지금 얘기는 잊어주세요."

"왜요? 돕게 해주세요. 저도 마냥 스키만 타고 있자니 재미가 없어서요. 게다가 대놓고 얘기하기는 그렇지만 이따금 코스 밖으로 나가기도 합니다. 혹시 그 테디베어를 만날지도 모르죠."

구리바야시는 눈을 깜빡였다. 눈길이 불안정하다. 마음이 흔들리고 있다는 증거이리라.

오리구치는 주머니에서 지갑을 꺼내 명함 한 장을 꺼냈다. "와다라고 합니다. 잘 부탁드립니다."

이 명함은 어젯밤에 급히 컴퓨터로 만든 것이다. 나가노 시내의 의료품 도매점 이름과 '와다 하루오'라는 이름이 인쇄되어 있다. 물론 둘 다 가짜다. 휴대전화 번호는 진짜인데 두말할 필요 없이 오리구치 명의는 아니다.

"아……, 저는 구리바야시라고 합니다. 죄송합니다. 명함을 안 가져와서."

"그러세요? 그럼 일단 전화번호라도 알려주시죠. 만약 테디베어를 보면 알려드리는 게 좋겠죠?"

"아! 그게……. 네, 그렇겠네요."

구리바야시가 번호를 대자 오리구치는 전화에 등록했다.

"이제부터 또 테디베어를 찾으러 가시나요?"

"그렇습니다만…… 저, 와다 씨, 부디 이 얘기는 다른 사람에게 말하지 말아주세요. 코스 밖을 돌아다닌다고 패트롤 대원들에게 들키면 곤란하니까요."

오리구치가 웃었다.

"안심하세요. 아무에게도 말하지 않아요. 다만 만약 당신이 무사히 테디베어를 발견하면 제게도 알려주세요. 궁금하니까요."

"아, 그러죠. 알겠습니다. 알려드릴게요."

곤돌라 하차장이 다가왔다. 구리바야시는 고글을 쓰고 장갑을 꼈다. 오리구치도 고글과 장갑을 챙겼다.

곤돌라를 내리자마자 구리바야시는 활주를 시작했다. 변함없이 엉덩이가 뒤로 빠진 보겐이었다. 오리구치는 두 개의 폴을 한 손에 들고 미끄러지면서 빈손으로 전화를 조작했다.

"어때?" 마나미가 느닷없이 물었다. "설마 의심을 사진 않았겠지?"

"염려 마. 연락처도 교환했어."

오리구치는 곤돌라 안에서 나눈 대화를 전했다.

"흥, 테디베어라고? 분명 그게 발신기일 거야."

"하지만 내가 보기에 그 아저씨는 절대 발견 못 해."

"그럼 더 좋지. 너를 믿게 해서 수신기를 손에 넣어."

"그 정도는 나도 알아. 그보다 정말 돈이 되는 일이야? 도대체 보물이란 게 뭔데? 이제 좀 가르쳐주면 안 돼?"

"여러 번 말하게 하지 마. 네가 알아도 의미가 없으니까. 일단 발신기를 발견할 것, 알았어?"

"아, 알았어." 내뱉듯 말하고 전화를 끊었다.

어젯밤, 오랜만에 누나 마나미에게 연락이 왔다. 부모님이 이혼한 뒤로는 남매간의 관계도 소원해졌다. 무슨 일인가 싶었는데 짭짤한 일이 있는데 같이 하지 않겠냐는 것이었다. 일종의 보물찾기이고, 하기에 따라서는 큰돈이 굴러들어 온다고 했다.

그냥 넘길 수 없었다. 최근 오리구치는 새로 시작한 비즈니스가 실패로 끝나는 바람에 큰 빚을 안고 어쩔 줄 몰라 쩔쩔매고 있는 상태였다.

하지만 마나미는 더 자세한 이야기는 해주지 않았다. 그녀는 사토자와온천 스키장 어딘가에 보물이 묻혀 있고 다이호 대학 의과학연구소의 구리바야시라는 사람이 단서를 가지고 있다고만 말했다. 그 단서란 보물의 위치를 탐지하는 수신기라고 했다.

수상한 냄새가 났으나 밑져야 본전이라는 생각에 오늘 아침 일찍 이 스키장을 찾아왔다. 어차피 이대로 가면 빚 갚을 길은 없다.

일단은 구리바야시가 어디 있는지 찾는 게 급선무였다. 오리구치는 마나미에게 구리바야시의 얼굴 사진을 받아 제1곤돌라 하차장에서 감시했다. 이 스키장 전체를 둘러보려면 꼭 타야 하는 곤돌라다. 게다가 승차 시간이 15분으로 길어서 대다수 스키어와 스노보더가 고글을 벗는다.

사진과 똑같이 생긴 사람이 나타난 것은 오전 10시를 넘겼을 때였다. 기다리다 지쳐 혹시 안 오는 게 아닐까 걱정하던 차라 저도 모르게 그 자리에서 펄쩍 뛰었다.

구리바야시는 아들로 보이는 스노보더와 같이 있었는데 곧 각자 행동했다. 추적을 시작한 오리구치는 구리바야시의 스키 실력이 너무 처참해 당황했다. 조그만 꼬마가 앞을 가로지르는 정도만으로 그냥 쓰러졌다.

그런 모습을 멀리서 바라보고 있었는데 드디어 구리바야시가 스키 판을 벗고 옆의 로프를 넘어 숲속으로 들어가려는 듯했다. 오리구치는 다가가 아래를 살폈는데 구리바야시가 앞으로 고꾸라져 눈에 파묻히는 모습이 보였다. 아무래도 움직일 수 없는 듯했다.

기회였다. 구리바야시에게 말을 건 후 패트롤이 출동하게 알렸다. 덕분에 조금 전 아주 자연스럽게 접촉할 수 있었다. 앞으로도 우연을 가장해 계속 마주치다 보면 수신기를 빼앗을 기회가 찾아올지 모른다.

문득 정신을 차리니 구리바야시가 사라지고 없었다. 서둘러 둘러보니 코스 옆에 스키 판과 폴이 나란히 놓여 있는 게 보였다. 아무래도 코스 밖으로 나간 듯하다.

오리구치는 다가가 숲속을 봤다. 파란 스키복을 입은 구리바야시가 눈 속에 있다. 본인은 걷고 있다고 생각할지 모르겠으나 여기서 보기에는 몸부림을 치는 것처럼 보였다.

13

와, 굉장해, 굉장해, 굉장해! 말도 안 돼, 정말 말도 안 돼, 말도 안 돼…….

슈토는 활주하면서 속으로 환희의 아우성을 질러댔다.

이쿠미가 안내해준 코스는 그야말로 비밀 명당이었다. 메인 코스에서 접근하기 힘들고 게다가 비압설인 탓에 잔뜩 쌓인 눈이 시야를 방해해 경사면 입구가 잘 보이지 않는다. 하지만 덕분에 거의 아무도 타지 않은 곳이다. 눈으로 만들어진 벽을 뛰어넘자 앞에 펼쳐진 풍경은 극상의 파우더 스노의 세계였다. 이곳이 정규 코스라고는 도무지 생각할 수 없었다.

리프트를 이용해 똑같은 곳을 세 번 계속 탔다. 그래도 질리지 않았다.

"완전 감동이다! 이런 데는 처음이야. 고마워, 정말 좋은 곳을 알려줬어."

"좋다니까 다행이다." 이쿠미도 기쁜 듯 웃었다. "그런데 좀 피곤하다."

"나도. 그리고 목도 말라. 아래에서 주스라도 마실래? 고마우니까 내가 살게."

"됐어. 뭘 그런 걸."

"아니야, 보답하고 싶어. 앗! 그런데 이제 곧 집합 시간 아니야?"

"아직 괜찮아. 그럼 좋은 데가 있어. 친구 부모님이 하는 가게야. 그리로 갈까?"

"근처야?"

"응, 겔렌데 밑이야."

슈토는 경쾌하게 활주를 시작한 이쿠미를 뒤쫓았다.

그 가게는 초보자용 코스를 바라보고 있었다. '뻐꾸기'라는 이름이었고 산 오두막을 본뜬 디자인이었다. 슈토는 가게 앞에서 보드 판을 떼고 이쿠미 뒤를 따라 들어갔다.

반 정도 차 있는 가게에서 이쿠미는 창가 테이블을 선택했다. 장갑과 고글을 벗고 모자는 그냥 썼는데 얼굴은 다 보였다.

긴 속눈썹에 커다란 눈이 약간 도톰한 입술과 어울렸다. 슈토가 예상한 것보다 훨씬 귀여웠다.

이 가게는 식권을 사는 시스템인 듯한데 이쿠미는 직접 카운터로 갔다. 그러자 안에 있던 젊은 남성이 그녀를 발견하고 상쾌한 미소를 지었다. 가슴에 '다카노'라고 적힌 이름표를 달고 있었다.

"이쿠미, 수업 끝났어?" 남성은 친근하게 물었다. 구릿빛 피부에 하얀 이가 돋보였다.

"지금은 자유 시간이에요. 위에서 유키 봤어요."

"그랬구나. 녀석, 어때?" 남성의 얼굴이 진지해졌다.

"가와바타와 같이 비밀 장소로 가겠다고 했어요."

"흠. 아, 주문은?" 남성은 생각에 잠겼다가 정신을 차린 듯 물었다.

이쿠미가 슈토 쪽을 봤다. "오렌지 주스면 돼?"

"응……, 좋아."

이쿠미는 남성에게 오렌지 주스 두 잔을 주문하고 슈토에게 200엔이라고 말했다.

"200엔? 주스 두 잔에? 정말 싸네."

"스키 수업 가격이야." 이쿠미가 그렇게 말하고 웃었다.

"자, 여기." 남성이 오렌지 주스 잔 두 개를 내려놓았다. 그래서 식권을 안 샀던 거구나. 그제야 슈토는 이해했다.

자리로 돌아와 둘이 주스를 마셨다. 눈을 내리깔고 빨대에 입을 대는 이쿠미를 보고 있자니 슈토의 가슴속에서 뭔가가 톡 터졌다. 덥지도 않은데 손바닥에 땀이 찼다.

그녀가 얼굴을 드는 바람에 눈이 마주치고 말았다. 서둘러 눈길을 피하고 눈을 깜빡였다.

"왜 그래?"

"아니야. 저…… 카운터 사람은 아까 위에서 만난 남학생의 가족이야?"

"응, 형이야." 이쿠미가 고개를 끄덕였다. "다카노라고, 초록색 스키복을 입은 애. 형은 작년에 대학을 들어갔고 올해부터 이 가게를 돕고 있어."

"그렇구나."

부모가 스키장 안에서 카페를 운영하고 형은 그곳에서 아르바이트를 하며 동생은 학교 수업으로 스키를 배운다, 지역 토박이들은 굉장하다는 생각이 들었다.

이쿠미가 계속 한곳을 보고 있다. 시선을 따라간 끝에는 패널에 담긴 커다란 사진이 있었다. 다이내믹한 폼으로 활주하는 스키 선수 사진이고 전국체전 우승이라는 글자가 보였다.

"그런데 내일도 스키 수업이 있다고 했지?" 슈토가 말했다. 둘이 리프트를 탔을 때 그런 말을 들었다. "그거 오늘과 같은 시간이야?"

"아마도. 오전 중에는 강습이고 우리는 오후에 자유일 거야."

"흠……."

그러면 내일도 같이 탈래……. 그 한마디를 입 밖에 낼 용기가 없었다. 이제 막 만난 주제에 뻔뻔하다고 생각할까 봐 두려웠다.

그러나 여기서 제안하지 않으면 더는 만날 수 없다. 그렇다면 거절당해봤자 본전 아닌가.

좋았어. 결심하고 숨을 들이켰을 때 이쿠미가 "앗!" 소리를 냈다. 입구를 보고 있다.

초록색 스키복을 입은 스키어가 막 들어오고 있었다. 아까 얘기한 다카노다. 갈색 스키복은 없는 듯하다.

다카노는 고글을 벗고 카운터로 다가갔다. "엄마는?"

"정오 넘어서 들어가셨어. 몸이 안 좋대." 카운터의 남성이 대답했다.

"또? 혼자 가시게 했어?"

"할 수 없잖아. 아버지는 주방 일로 바쁘고, 누구 보고 데려 다달라고 하냐?"

"그냥 둬도 괜찮을까?"

"괜찮아. 너무 걱정하지 마. 그냥 기분 문제야."

다카노는 불만스러운 표정으로 카운터에서 떨어졌다. 이쿠 미를 발견한 듯 눈길을 돌렸으나 그녀가 손을 흔들자 살짝 고 개만 끄덕이더니 고글을 쓰고 다시 밖으로 나갔다.

"쟤네 집, 안됐어." 이쿠미가 툭 내뱉었다.

"무슨 일 있었어?"

"응……, 두 달쯤 전에 여동생이 죽었어."

"뭐?"

이쿠미는 더 자세한 말은 하지 않았다. 생각해보면 당연한 일이다. 슈토는 외부인이고 오늘 만났을 뿐이다.

숙연해진 슈토는 무슨 말을 해야 할지 몰라 주스만 마셨다. 잔은 곧 비었고 빨대가 바닥 공기를 빨아들이는 소리가 났다.

"다른 얘기인데, 내일은 뭐 해?" 이쿠미가 말했다.

"어……?"

"오늘 왔다며. 그럼 내일도 탈 거 아냐? 설마 안 타고 그냥 갈 건 아니지?"

"아, 응. 아마 타겠지."

"타겠지……? 아니, 언제까지 여기 있는데?"

"그걸 잘 몰라. 아빠 일 때문에 와서, 그게 언제 끝날지 예상할 수 없어."

"하지만 내일은 탈 수 있다는 말이네. 계획 있어? 스쿨에 들어가거나 백컨트리 투어나."

슈토는 고개를 저었다. "계획은 전혀 없어. 그냥 타는 거지, 뭐."

"그럼 내일도 같이 탈래? 오늘 간 곳도 좋지만, 사토자와에는 더 굉장한 곳이 얼마든지 있어. 안내하고 싶어."

"진짜? 그럼 나야 좋지. 너는 괜찮아?" 단숨에 몸이 뜨거워지고 얼굴이 달아올랐다.

"물론 괜찮지. 무엇보다 이 스키장의 좋은 점을 더 알아줬으면 해. 시간과 장소를 정하자. 아마 우리는 점심 먹은 다음에는 자유 시간일 거야. 오후 1시에 제1곤돌라 승차장 앞에서, 어때?"

"응, 좋아. 맞다, 혹시 모르니까 라인 ID 교환하자."

"그래."

이쿠미는 스키복 주머니를 뒤져 스마트폰을 꺼냈다. 슈토도 꺼내 ID를 교환했다.

스키 수업 집합 시간이 다 되어 둘은 가게를 나왔다.

"그럼 내일 보자." 가게 앞에서 스키 판을 장착하고 이쿠미가 말했다.

"응, 내일 봐."

상쾌하게 내달리기 시작한 이쿠미의 뒷모습을 바라보며 슈토는 행복한 기분에 잠겼다. 내일도 함께 탈 생각을 하니 벌써 가슴이 두근거렸다. 한편 왜 자기가 먼저 제안하지 못했는지 후회스러웠다. 처음 부딪혔을 때도 그랬듯 상대방에게 끌려 쩔쩔매고 있다.

내일은 제대로 하자 마음먹고 보드를 타기 시작했다.

영업이 끝나는 오후 4시 반 끝까지 즐기고 숙소로 돌아가기로 했다. 혼자 타는 것도 나쁘지 않으나 역시 외롭다. 이쿠미와의 시간이 너무 즐거워서 더 그렇게 느껴졌다.

숙소로 돌아오자 아버지는 벌써 돌아와 있다고 한다. 지하 1층의 건조실에서 부츠를 벗고 보드를 세워 기대놓고 방으로 갔다.

노크했으나 대답이 없어 아빠, 하고 말을 걸었으나 마찬가지였다. 혹시나 해서 손잡이를 잡고 돌렸는데 문이 열렸다. 문도 안 잠근 것이다.

안으로 들어가니 캄캄했다. 슈토는 벽을 더듬어 전기 스위치를 켰다.

나란히 놓인 침대 두 개 가운데 안쪽 침대에 가즈유키가 속옷 차림으로 뻗어 있었다.

14

"무리라고? 무리라니 무슨 소린가? 겨우 하루 만에 그런 약한 소리를 하면 어쩔 셈인가?" 노기를 품은 도고의 목소리가 구리바야시의 고막을 뒤흔들었다. 저절로 스마트폰을 귀에서 뗐다.

"아무리 그래도 무리입니다. 수신 범위는 300미터라고 했는데 그것도 아마 조건이 가장 좋을 때 얘기일 겁니다. 훤히 트인 평지에서 중간에 장애물이 하나도 없다거나. 하지만 스키장은 생각보다 장애물이 많습니다. 발신기가 있는 장소는 아마 코스 밖일 거고요. 나무로 둘러싸여 있고 그곳까지는 기복이 수없이 많을 겁니다. 그러므로 코스 위에 있는 한 아무리 수신기 안테나를 돌려봐도 전파가 잡히지 않아……"

"그렇다면!" 도고의 목소리가 겹쳐 날아왔다. "코스 밖으로 나가면 되는 거 아닌가? 삼림이든 숲이든 그냥 다 들어가라고."

참 아무 말이나 막 하는구나. 구리바야시는 속으로 독설을 퍼부었다. 인정머리 없는 인간.

"저기요, 소장님. 스키장 코스 바깥이 어떤지 아세요?"

"몰라, 그런 거. 생각해본 적도 없어."

"그럼 상상해보세요. 스키장이니까 당연히 눈이 엄청나게 쌓여 있습니다. 10센티나 20센티미터 정도가 아닙니다. 1미터나 2미터, 아니, 장소에 따라서는 그 이상입니다. 그런 곳에 들어가면 발이 푹푹 빠져요. 정신을 차려보면 허리까지 묻혀 있다고요. 몸을 움직이지 못하니 발신기를 찾을 형편도 안 되고요."

"하지만 구즈하라는 갔어. 똑같은 인간이니 자네도 갈 수 있겠지."

구리바야시는 입가를 일그러뜨렸다. 이 양반 도통 모르네. 그런 말이 튀어나올 뻔했다.

"그게 아니라니까요? 이 상황에서는 그와 저는 완전히 다른 인간입니다. 그에게는 스키라는 무기가 있습니다. 스키를 이용해 그런 곳까지 휙휙 갈 수 있죠."

"그렇다면……"

"저는 못 해요." 이번에는 구리바야시가 그의 말문을 막았다. "일반 코스를 타는 게 제 최선입니다. 게다가 엉덩이로 미끄러져 내려가는 시간이 더 많아요. 코스 밖을 스키로 이동하는 일은 단연코 불가능합니다."

전화 너머에서 도고가 신음했다.

"그럼 어쩌자는 건가?"

"그러니까 저는 안 된다고요. 지원 가능한 사람을 좀 보내주시면 좋겠어요."

"지원?"

"네, 스키 탈 줄 아는 사람이오. 스노보드도 괜찮습니다. 연구소 안에도 몇 명 있을 겁니다."

"있다고 쳐. 그 사람에게 어떻게 설명해야 하지?"

"그야 물론 사실대로 얘기해야죠…… 안 될까요?" 뒤로 갈수록 말투에 힘이 빠졌다.

"어디서 그런 멍청한 소리를!" 도고가 호통을 쳤다. "당연히 안 되지. 그 사람 입을 확실히 막을 수 있다는 보장이 어디 있나? 말도 안 되는 소리 말게."

"그럼 뭔가 다른 이유를 생각하겠습니다. 스키장에서 발신기를 찾아야 하는 이유를. 그러면 어떻습니까?"

도고는 잠시 침묵한 후 흥 콧방귀를 꼈다.

"그렇게 적당한 이유가 있을까? 설득력이 없으면 안 돼. 조금이라도 의심을 받으면 끝장이라고."

"압니다. 잘 생각해보겠습니다. 그러니까 스키나 스노보드가 가능한 사람을 찾아주세요."

한숨이 들려왔다. "오늘은 이미 틀렸고 내일 알아보지."

"어쩔 수 없죠. 일단 내일까지는 저 혼자 열심히 찾아보겠습니다. 아마도 안 될 것 같지만요."

이번에는 혀 차는 소리가 들렸다. "약해빠진 소리 좀 그만하게. 포기하면 지고 들어가는 거야."

"그야 알지만……."

"그리고 말이야, 어제 전화 통화를 끝내고 오리구치 마나미와 얘기해봤네. 예상대로 구즈하라에게 속아 실컷 이용당한 모양이야. 내가 들은 얘기로는 그녀는 아무것도 모르더군. 위반 행위를 했다는 자각도 없었어. 정말 둔한 여자라니까. 그런 주제에 주의를 줬더니 울더라니까."

"네? 오리구치가요?"

구리바야시는 같이 일한 적이 거의 없어 오리구치 마나미에 관해서는 잘 모르지만, 표정이 거의 없는 인상이라 울었다니까 의외였다.

"이번 일로 그녀를 징계하실 겁니까?"

"아니, 괜히 문제를 키우고 싶지 않아서 그냥 두기로 했어. 그러나 본인은 꽤 충격을 받은 것 같더군. 잠시 쉬겠다네. 자택 근신하겠다고."

"그래요? 어쩐지 안됐네요."

"자업자득이지. 신경 쓰지 말게. 그럼 앞으로도 잘 부탁해. 부디 포기하지 말게나. 응? 알겠나?"

도고는 못을 박듯 같은 이야기를 수없이 되풀이하고 드디어 전화를 끊었다. 구리바야시는 스마트폰을 움켜쥐고 하얀 입김을 내쉬었다.

슈토가 대화를 듣지 못하도록 숙소 밖에 나와 있었다. 추위

135

화이트 러시

를 견디려고 통화하는 내내 발을 동동 굴렀다. 기껏 온천물에 몸을 담가 따뜻하게 덥힌 온몸이 차갑게 식었다.

숙소로 들어가 방으로 가는데 계단 오르는 게 버겁다. 한 걸음 내디딜 때마다 다리와 허리가 비명을 질렀다.

방에서는 슈토가 침대에 누워 전화하고 있었다.

"일단 너희도 오면 알 거야. 믿을 수 없을 정도로 굉장한 파우더라니까. ……아니, 진짜 그런 게 아니라니까. ……뭐야? 가끔은 괜찮잖아. 늘 너희들 자랑만 들었는데. ……맞아." 슈토는 아버지를 힐끔 봤다. "그럼 잘 부탁해. ……응, 그래. 또 연락할게. ……응, 그럼." 전화를 끊고도 그대로 스마트폰을 만지작거렸다.

구리바야시는 침대 말고 간이 소파에 앉아 리모컨을 조작해 TV를 켰다. 느닷없이 어두컴컴한 풍경이 화면에 나타나고 자막에는 내일 일기예보가 흘렀다. 저게 뭐야. 혼잣말을 내뱉었다.

"라이브 카메라야. 겔렌데의 현재 상황을 보여주는 거지. 바람의 세기나 손님이 얼마나 있는지 알 수 있게." 슈토가 말했다.

"그런 거야? 아주 친절하군."

"맞아. 마을 전체가 스키장을 활성화하려고 애쓰고 있어. 현지 주민 스키어는 상대가 멀리서 온 사람이면 관심을 보일 만한 포인트를 알려주기도 하고 스키 수업을 받고 오는 학생에게는 주스를 싸게 팔기도 하고."

"아니, 너, 어떻게 그런 걸 다 아니?"

"아……, 곤돌라를 같이 탄 사람에게 들었어." 슈토는 그렇게 말하고 다시 스마트폰으로 눈길을 떨어뜨렸다.

구리바야시는 TV 채널을 바꾸면서 자신이 얼마나 심각한 상황에 있는지를 새삼 깨달았다.

K-55의 위험성은 충분히 알고 있다. 도고에게 주장한 위험성에 과장은 전혀 없다. 그런데도 이곳에 올 때까지는 희미하나마 기대를 품고 있었다. 그것은 스키장 입지와 관련이 있었다. 주위에 주택가가 없어 눈이 녹을 무렵에는 사람이 거의 접근하지 않는 장소라면 피해가 생기지 않을 가능성도 있다고 생각했다.

그런데 이곳에 와보고 그것이 얼마나 안일한 생각이었는지 알았다. 주택가 정도가 아니었다. 사토자와온천이라는 수많은 사람이 사는 버젓한 마을이 바로 눈앞에 있는 것이다.

구리바야시는 K-55의 케이스가 깨지는 모습을 상상했다. 초미립자는 봄바람에 실려 아주 쉽게 산기슭까지 다다를 것이다. 여름을 맞을 때쯤에는 사토자와온천 마을에서 피해가 나올 가능성이 극히 크다. 흡입 탄저병은 인플루엔자와 증상이 흡사해 필시 치료도 늦어질 것이다. 가령 탄저병으로 판명

되어도 기존 치료제인 페니실린 같은 항생제는 전혀 효과가 없다. 무엇보다 유전자를 조작한 생물학무기이니까.

무슨 일이 있더라도 반드시 찾아서 회수해야 한다. 그러나 오늘 하루를 돌아보면 절망적인 기분이 들었다. 도고에게 보고한 그대로였다. 한심한 보겐으로 코스 안을 이동하는 한 전파를 잡을 가능성은 극히 낮다. 그렇다고 코스 밖으로 나가면 이번에는 이동 자체가 극히 어려워진다. 첫 번째 추락 후 필사적인 각오로 두 번이나 코스를 나가봤으나 두 번 다 온갖 고생 끝에 원래 자리로 돌아오느라 시간만 허비했다.

역시 지원이 필요하다. K-55에 관해 숨긴 채 발신기 수색에 협력하게 할 적당한 이유를 어떻게든 내일까지 생각해야 한다.

하지만…….

머리가 무거웠다. 아니, 눈꺼풀이 무겁다고 해야 하나. 강렬한 졸음이 급격히 몰려왔다. 무리도 아니다. 이른 아침부터 운전했고 익숙지 않은 눈길을 걸어 다닌 데다 더 익숙지 않은 스키까지, 그야말로 체력이 한계에 달했다.

침대가 아니라 소파에 몸을 털썩 던졌다. TV를 꺼야지 하고 생각은 했으나 리모컨으로 손을 뻗을 기력도 없다.

"아빠, 그런 데서 자면 감기 걸려."

슈토의 목소리에도 대답하지 못했다.

15

누가 몸을 흔들어 눈을 떴다. 바로 눈앞에 슈토의 얼굴이 있다.

"어? 왜?" 구리바야시는 조금 혼란스러워하며 실내를 둘러봤다. 자신이 어디 있는지, 잘 모르겠다.

"벌써 아침이야. 얼른 안 일어나면 아침 못 먹어."

슈토의 이야기에 이곳이 스키장 숙소라는 사실을 떠올렸다. 게다가 침대가 아니라 소파에서 몸을 웅크리고 있다. 아무래도 슈토가 덮어준 듯 담요를 덮고 있다.

천천히 몸을 일으키는데 온몸의 근육이 굳어 있고 관절은 녹이 슨 듯 제대로 움직여지지 않았다. 몸을 일으키자 허리와 다리에 격렬한 통증이 찾아왔다. "앗, 아이고!"

"뭐 해?" 슈토가 한심하다는 듯 말했다.

"안 되겠어. 일어날 수가 없어."

"그럼 나, 먼저 간다."

"기다려봐. 어떻게든 움직여볼게."

옆벽에 손을 대고 천천히 일어났다. 몸의 마디마디가 삐걱삐걱 소리를 내는 듯하다. 조심스럽게 걸음을 내디딜 때마다 근육통이 너무 심해 제대로 걸을 수 없었다.

"괜찮아?"

"응……, 괜찮아."

100세 노인이라도 되는 양 다리를 질질 끌며 식당으로 갔다. 계단을 내려갈 때는 지옥의 고통을 맛보는 것만 같았다.

식당에 도착하니 다른 숙박객은 이미 식사를 시작하고 있었다. 구리바야시 일행의 테이블 옆에는 가족으로 보이는 세 명이 있었다. 여자아이는 아직 초등학교 저학년인 듯했다.

"앗!" 아버지로 보이는 남성이 구리바야시를 보고 놀란 목소리를 흘리며 고개를 숙였다. "어제는 죄송했습니다."

"네?"

"어머! 같은 숙소였네요" 여성도 뭔가 알아차린 표정으로 말했다.

"아, 그게……" 구리바야시는 세 사람의 얼굴을 한참 보고서야 마침내 여자아이의 분홍색 스키 바지에 기억이 환기되어 입을 크게 벌렸다. "아, 어제?"

예의 바른 스키 가족이다. 그때 구리바야시는 고글을 벗고 있어서 그들은 자신의 얼굴을 기억한 듯하다.

"여러분도 이 숙소였나요? 이거 참 신기한 우연이네요."

"어제는 정말 실례했습니다." 남성은 웃으며 고개를 숙였다. 30대 중반일까. 적당히 그을린 피부의 상당한 미남이다.

"아닙니다, 저야말로."

여자아이는 약간 굳은 표정을 짓고 있었으나 구리바야시가 좋은 아침이라고 인사하자 예의 바르게 "안녕하세요"라고 인사했다. 예절 교육이 잘되어 있는 듯하다.

슈토가 의아한 표정이어서 어제 일을 알려주었다.

"분명 아빠가 느릿느릿 타고 있었겠지." 슈토가 투덜댔다.

"아니에요, 그건 우리 애가 잘못해서." 남성이 죄송하다는 듯 손을 살살 흔들었다.

"하지만 굉장해요. 이렇게 작은데 벌써 그렇게 잘 타다니. 부럽습니다." 구리바야시는 여자아이를 봤다.

남성은 얼굴을 찌푸리며 고개를 저었다.

"제대로 주위를 보지 않고 속도를 내서 정말 위험해요. 어제 스키를 거의 끝낼 무렵에도 다른 사람과 충돌하고 말았습니다. 다행히 아무도 다치지 않았지만요."

"그건 내가 잘못하지 않았어. 상대 오빠가 사과했다고." 여자아이가 입을 쑥 내밀었다.

"그렇기는 하지만 미하루가 주위 상황을 잘 봤으면 막을 수 있었어. 서로 잘못한 거야. 오늘은 조심하면서 타야 해. 알겠니?"

아버지의 말에 여자아이는 조금 불만스러운 표정을 지었으나 알았다고 대답했다. 미하루가 이름인 모양이다.

구리바야시는 그들을 보며 가슴이 따뜻해졌다. 부모와 자식이 공통의 취미를 즐기고 그를 통해 부모가 아이에게 다양한 규칙을 알려준다. 그리고 아이의 성장을 명확한 형태로 확인한다.

슈토와는 무리겠지 생각하며 구리바야시는 건너편을 바라봤다. 이마에 여드름이 난 중학교 2학년 아들은 부루퉁한 얼굴로 아침 식사로 나온 빵을 우물거리고 있다.

식사를 마치고 방으로 돌아와 준비를 시작했다. 근육통이 심해 옷을 갈아입는 것조차 고통이었다.

"나, 먼저 건조실에 갈게." 슈토는 그렇게 말하고 나갔다.

악전고투하면서 스키복으로 갈아입고 구리바야시는 짐을 점검했다. K-55를 담을 용기가 망가지지 않았는지 확인하고 백팩에 넣었다. 이어서 수신기 스위치를 켰다. 파일럿램프가 켜지는 것을 보니 배터리가 닳지는 않은 것 같은데…….

깜짝 놀랐다. 여덟 개의 발광 다이오드 중 두 개가 켜졌다.

"어라?" 저도 모르게 눈을 비볐다.

그러나 다음 순간 다이오드가 동시에 꺼졌다.

"어? 뭐지? 무슨 일이지?" 구리바야시는 수신기를 든 채 일어나 방 안을 걸어 다녔다. 근육통도 더는 느껴지지 않았다.

그러나 발광 다이오드가 켜지는 일은 다시 없었다. 구리바야시는 침대에 걸터앉아 수신기를 바라봤다.

방금 일어난 일은 도대체 뭐지? 아니면 내가 잘못 봤나.

아니다. 절대 착각이 아니었다. 분명히 불이 들어왔다. 왜지? 전원 스위치는 이제까지 여러 번 켰다 껐는데 한 번도 이런 적 없었다.

단순한 동작 오류인가. 그게 아니라 고장 난 거라면…….

어제, 구리바야시는 여러 번 굴렀다. 그 충격으로 수신기가 망가졌다 해도 이상할 것도 없다.

등줄기에 오한이 찾아오고 이마에는 차디찬 땀이 흐르기 시작했다.

옆에 둔 스마트폰이 착신을 알렸다. 슈토였다. 구리바야시는 혼란스러운 상황에서 일단 전화를 받았다. "응."

"뭐 해? 먼저 간다." 슈토의 불만스러운 목소리가 들려왔다.

"아……, 바로 갈게." 구리바야시는 일어나려 했으나 다리에 힘이 들어가지 않아 비틀거렸다. 근육통 때문인지 동요 때문인지 그 자신도 알 수 없었다.

어제와 마찬가지로 12인승 곤돌라 하차장 앞에서 슈토와 헤어졌다. 스키 판을 메고 조심조심 리프트 승차장으로 간다. 머릿속에서는 다양한 생각이 교차하고 있다. 이 수신기는 정말 정상일까. 고장 난 게 아닐까. 만약 고장 났다면 먼저 수리부터 해야 하는 게 아닐까. 하지만 어떻게 수리하지? 제조사에 보내 수리를 의뢰하는 것은 너무나 비현실적이다. 수리가 끝날 무렵에는 발신기의 배터리가 다 닳아 있을 것이다.

아무리 생각해도 결론은 나오지 않았다. 일단 지금은 고장 나지 않았기를 기도하는 수밖에 없다. 너무 걱정된 나머지 위가 아파 토할 것만 같았다.

스키 판을 장착하고 리프트 승차장까지 활강했다. 4인승 리프트인데 비어 있어서 줄을 설 필요는 없었다.

다가온 리프트에 앉아 멀거니 설면을 바라보고 있는데 "아, 안녕하세요!"라며 옆에서 인사가 날아왔다. 고개를 돌려 옆을 보니 어제 곤돌라에서 만난 남자가 웃고 있다.

"아, 당신은······?" 이름을 들었을 텐데 까먹었다.

"와다입니다. 안녕하세요!"

"아, 네······. 안녕하세요. 자주 만나네요." 고개를 숙였다.

"앞에 계시는 게 보여서 급히 따라왔어요. 실례가 되었나요?"

"아뇨, 그런 건 아닙니다."

"오늘도 혼자세요?"

"네, 뭐······."

"그럼 오늘 같이 탈까요? 저도 혼자라."

"아, 아니. 그건 좀."

"안 되나요? 그 테디베어를 찾으시죠? 도와드릴게요."

"아뇨, 아닙니다. 그럴 수는 없죠. 상관없는 분의 도움을 받을 수는 없죠. 신경 써주신 것만으로 충분합니다." 구리바야시는 고개를 절레절레 흔들었다.

"그래요? 그렇게 거절하지 마시지요. 어쩐지 재미있을 것 같아서 같이 하게 해주시면 좋겠다 싶어서."

"재밌다니요? 그런 게 아닙니다. 게다가 거절이라니요. 부디 어제 얘기는 잊어주세요. 부탁드립니다."

"음." 와다는 신음하며 덧붙였다. "그렇게 말씀하시니 더 궁금하네요."

"정말 아무것도 아닙니다. 별일 아니라니까요."

귀찮은 일이 벌어졌다는 생각이 들었다. 테디베어 사진을 보여준 걸 후회했다. 그때는 지푸라기라도 잡고 싶은 심정이었는데 조금은 상대를 선별했어야 했다.

와다는 그 뒤로도 이리저리 말을 걸었다. 구리바야시는 적당히 받아넘기면서 얼른 도착하기를 바랐다. 고속 리프트라는데 너무나 느리게 느껴졌다.

드디어 하차장에 도착했다. 그런데도 와다는 좀처럼 떠나려 하지 않았다.

이거 참 곤란하다 싶었는데 구리바야시를 향해 손을 흔드는 인물이 있었다. 하얀 스키복을 입고 있고 옆에는 노란 스키복과 분홍색 스키복도 있다. 그 가족 손님이다. 다행이다 싶었다.

"아이고, 안녕하세요! 아까는 고마웠습니다. 이거 참 반갑네요, 이런 데서 만나니." 구리바야시는 한껏 밝은 목소리를 내며 다가갔다.

"오늘은 정말 좋네요. 어젯밤에 또 눈이 내렸는지 컨디션이 최고예요." 남성이 말했다.

"그래요? 그거 기대되는데요. 아, 미하루였지? 열심히 탔어?" 구리바야시는 여자아이에게 물었다. 아이는 "네"라며 고개를 끄덕였다.

와다를 보니 마침 활주를 시작하고 있었다. 구리바야시가 지인을 만났다고 여겨 포기한 듯하다.

가족들도 활주를 시작했다. 역시 폼이 아주 훌륭했다. 소녀도 과감하게 활주하고 있다.

구리바야시도 스키를 타기 시작했다. 근육통이 있는데도 어제보다 자세는 더 안정되어 있었다. 이제 몸에 익은 모양이다. 학창 시절의 감이 돌아왔는지도 모른다.

한참 내려오니 스노보더 몇 명이 코스 밖으로 나가는 게 보였다. 고개를 숙이고 능숙하게 로프 밑을 통과한다.

혹시, 구리바야시는 생각했다. 이 스키장에는 마니아만 아는 기가 막힌 코스 밖 구역이 존재하는 게 아닐까. 구즈하라는 그런 곳에 K-55를 묻었을 가능성이 있다.

그렇다면 가볼 만한 가치는 있다. 그러나 스키 판을 벗고 걸어 들어가는 것은 말도 안 되는 일일 것 같았다. 일단 움직이기가 힘들 것이다. 스노슈*라는 것을 신으면 훨씬 편할 텐데 어차피 걷는 것이라 행동반경에 한계가 있다.

그냥 스키로 가볼까. 무엇보다 시간이 아깝다. 이런 곳에서 우물쭈물하고 있을 때가 아니다. 게다가 오늘은 활주 컨디션이 나쁘지 않다.

결심한 구리바시야는 한 번 심호흡하고 로프를 향해 활주를 시작했다. 최대한 자세를 낮추고 다리에 힘을 줬다.

로프를 성공적으로 통과해 그대로 숲속으로 들어간다. 몇 개의 트랙이 이미 있어서 그것을 따라가면 될 것이다.

앞이 탁 트인 곳까지 나와 일단 멈추고 백팩에서 수신기를 꺼내 전파를 점검했다. 여전히 반응은 없다. 고장 난 건 아닐까 하는 의심이 다시 뇌리를 스쳤다.

그 후로도 조금 더 타다가 전파 찾는 일을 되풀이했는데 익숙해지니 일일이 수신기를 가방에 넣었다 빼는 게 거추장스러웠다. 슈토는 유난스럽게 잔소리했는데 심설을 타는 건 그리 어렵지 않았다. 속도가 나지 않으니 압설된 코스보다 더 쉬웠다.

하지만 그런 생각을 하며 방심한 순간 갑자기 발이 훅 밑으

---

* snowshoe, 길이 50센티미터, 폭 20센티미터 전후의 판에 부츠를 장착한 스포츠 용구로, 바닥에 톱날이 있어 겨울 전문 산행이나 동계올림픽의 스노슈잉 경기 등에 사용한다.

로 빠졌다. 마치 유도의 다리 후리기를 당한 것 같았다. 천지가 뒤집히는가 싶더니 기묘한 충격이 하반신에 찾아왔다. 구리바야시는 옆으로 쓰러지며 얼굴부터 눈에 처박혔다.

"악! 젠장!"

일어나려다가 경악했다. 오른발이 움직이지 않았다. 움직이려 하자 엄청나게 격렬한 통증이 찾아왔다.

아니, 이런 데서…….

눈앞이 캄캄해졌다. 이래서는 스키 타는 건 불가능하다. 아니, 걷는 것조차 안 될 듯하다.

슈토에게 전화를 걸어 구조 요청을 부탁해야 하나. 하지만 이 상황을 어떻게 설명해야 할까. 대여점에서의 대화가 떠올랐다. 코스 밖으로 나갈 때의 주의사항을 아들에게 귀가 아프도록 들었다. 그 이야기를 무시했다가 꼼짝없이 눈에 갇힌 아버지를 슈토는 도대체 어떻게 생각할까.

그러나 그런 걱정이나 하고 있을 때가 아닌 것도 사실이다. 이대로 가면 K-55를 찾을 수 없다. 아니, 그보다 자신이 먼저 조난될 우려가 있다.

눈에 묻힌 채 고민하고 있는데 어디선가 소리가 들려왔다. 구리바야시는 목을 늘려 뒤를 봤다.

새빨간 보드복을 입은 스노보더가 밀집한 나무 사이를 화려하게 활강해 오고 있다. 넋을 놓고 볼 만한 활주였는데 가만히 보고만 있을 상황이 아니었다. 여기요! 여기! 열심히 소리를 높였다.

16

스키객이 리프트를 타다가 흘린 장갑을 회수해 주인에게 돌려준 직후 주머니에 넣어둔 휴대전화가 울렸다. 화면을 보니 세리 치아키였다.

"어이, 왜?"

"아, 네즈 씨? 나, 치아키."

"알아. 무슨 일 있어?"

"응, 부상자 발생. 긴급 구호 부탁해."

부상자라는 말에 네즈는 긴장했다. "어딘데?"

"음, 설명하기가 좀 힘든데." 치아키가 신음한 뒤 말했다.

"코스 이름을 알려줘. 그게 애매하면 어느 리프트를 타고 어떻게 갈아탔는지를 설명하면 대체로 알 수 있어."

"그게 말이야. 네즈 씨, 화내지 마." 치아키의 말투가 영 어색했다.

"뭐? 그게 무슨 의미지?" 묻다가 바로 알아차렸다. "이봐, 혹시 코스 바깥이야?"

"딩동댕! 정답." 치아키가 말했다.

"이런 멍청이. 무슨 딩동댕이야! 도대체 어딘데? 상황을 설명해."

"아, 그게, 입구는 너도밤나무 코스 제1리프트 바로 앞이고……."

치아키의 설명을 들으니 대충 위치는 파악할 수 있었다. 눈만 내리면 스키어와 스노보더 대다수가 침입하는 지역이다. 설붕 위험은 적으나 나무와 충돌할 위험이 있는 데다 자칫 잘못하면 코스로 돌아오지 못해 활주를 금지한 곳이다.

"부상 정도는? 다리야?"

"오른발. 잘 모르겠는데 부러지지는 않은 것 같아. 하지만 움직이지는 못해."

네즈는 한숨을 내쉬었다. 사실 코스 밖에서 다치면 구조할 의무는 없다. 그러나 그냥 놔둘 수도 없다. 기다리라고 하고 전화를 끊었다.

대기실로 돌아와 스노모빌에 올라탔다. 경보음을 요란하게 울리며 겔렌데를 가로질렀다. 즐겁게 타고 있던 스키어들이 무슨 일인가 하며 주목했다.

목적지 부근에 도착해 스노모빌을 세우고 스키를 장착했다. 근처 로프를 지나 주위를 살피면서 천천히 활주하기 시작했다.

이윽고 아래쪽에 빨간 보드복이 보였다. 바로 옆에 파란 스키복을 입은 인물이 주저앉아 있다. 빨간 스키복이 네즈를 알아보고 손을 흔들었다. 그쪽이 치아키일 것이다.

활강해 그들 옆에 정지했다.

"일하느라 고생이십니다." 치아키가 경례를 건넸다.

네즈는 혀를 차고 파란 스키복의 남성을 내려다봤다. 바지는 요란한 노란색이다. 빠진 스키 판과 폴이 나뒹굴고 있다.

"아니, 당신은 어제……?"

"앗, 죄송합니다." 남성은 미안했는지 목을 잔뜩 움츠렸다.

코스 밖에서 눈에 파묻혀 있던 사람이다. 자연을 관찰하려고 했다는 둥 영문 모를 소리를 했다.

"이러시면 안 되죠. 어제, 주의 드렸잖아요? 코스 밖으로는 나가지 말라고요."

"어머, 그랬어? 이틀 연속이라……. 둔하시네." 치아키가 옆에서 놀라면서 거들었다.

"게다가 오늘은 스키까지 신으신 것 같네요. 도대체 뭐 하시는 겁니까!" 네즈는 거친 목소리를 내며 남성을 내려다봤다.

"죄송합니다. 저, 사정이 좀 있어서." 남성은 꾸벅꾸벅 고개를 숙였다.

"무슨 사정입니까? 이해할 수 있게 설명하세요."

"아니, 그게, 무슨 일이 있더라도 이런 곳에서 한번 타볼까

해서……."

네즈는 들고 있던 폴을 힘껏 눈에 꽂았다. "농담하지 마세요!"

헉. 남성은 놀라며 몸을 뒤로 뺐다. 그리고 아프다며 얼굴을 일그러뜨렸다.

"네즈 씨, 일단 이 사람을 아래로 데려가야지."

치아키의 말에 네즈는 입술을 악물었다. 옳은 말이기는 하다.

"걸을 수 있어요?"

"아뇨, 그게 아무래도 무리인 듯……. 죄송합니다."

"어쩔 수 없지." 네즈는 중얼거리고 발밑을 다진 다음 스키 판을 떼고 남성에게 등을 보이며 앉았다. "업히세요."

"네? 이 나이에 업히라고요?"

"체면이나 차리고 있을 때가 아니죠. 자력으로 움직일 수 있다면 모르겠지만. 자, 빨리요."

"괜찮겠어요? 저, 의외로 무거운데요."

"익숙하니까 괜찮습니다. 치아키, 좀 도와줘."

치아키의 도움을 받은 남성은 눈 속에서 기어 나와 네즈의 등에 업혔다. 확실히 가볍지는 않았다. 들어 올린 순간 네즈의 양쪽 발이 깊이 눈에 박혔으나 그래도 간신히 스키 판을 장착할 수 있었다.

"치아키, 이 사람 폴과 판을 가져다주라."

"오케이." 치아키는 가볍게 대답하고 스키 판을 쥐다가 "어? 이게 뭐지?"라며 눈 속에서 뭔가를 주웠다. 보니 무슨 장치 같았다. 안테나가 달린 것으로 보아 무선기 종류인 듯하다.

"앗, 그, 그건!" 갑자기 남성이 당황했다. "제 겁니다. 아가씨, 백팩에, 제 백팩에 넣어주세요. 부탁입니다."

수상했으나 따지는 건 나중에 할 수 있다. "그렇게 해." 네즈는 치아키에게 지시했다.

남성을 업은 채 활주해 우선 코스로 돌아왔다. 스노모빌을 가져와 남성을 태우고 구호실로 향했다.

"뼈에는 이상이 없습니다. 인대가 조금 늘어난 정도죠. 응급처치는 했으니 바로 옆 병원으로 가보세요." 단발의 남성이 냉정하게 말하고 병원 장소가 표시된 지도를 내밀었다. 도수치료사이기도 하고 구조대원 중에서도 베테랑에 속하는 인물이다. 그가 한 말이니 중상은 아닐 것이다.

사실 부상한 남성도 그리 고통스러워하지는 않았다. 고맙다고 고개를 숙이고 침대에서 자기 힘으로 일어섰다. 오른발을 질질 끌고 있는데 걸을 수는 있는 듯하다.

"괜찮으세요?" 네즈가 물었다. 자세한 사정을 캐묻기 위해 응급처치가 끝나기를 기다렸다. 옆에는 치아키도 있다. 너는 상관없는 일이니까 가도 된다고 했는데 궁금하다며 함께 이야기를 듣겠다고 했다.

"네, 그럭저럭. 병원에 다녀오겠습니다." 남성은 힘없는 목소리를 냈다.

"그 발로는 힘들 겁니다. 차로 모셔다드리겠습니다."

"아닙니다. 너무 죄송해서요." 남성은 양손을 흔들었다.

"그 대신 두세 가지 질문을 할 겁니다. 괜찮으시죠?"

"아, 네……." 남성은 고개를 숙였다.

구호실 밖 벤치에 남성을 앉혔다.

"성함은?"

"이름……은, 아, 야마모토라고 합니다."

눈이 허공을 헤매고 있다. 너무나 수상쩍었다.

"그럼 당신 신원을 밝힐 만한 것을 보여주세요. 면허증이나 다른 거, 가지고 계시죠?"

"네? 아니, 지금은 하나도 없는데요."

"거짓말! 보통 가지고 다니죠." 치아키가 말했다.

"정말입니다. 숙소에 두고 왔습니다."

"숙소는 어디죠? 병원에 가다가 들르죠." 네즈가 말했다.

"네? 아니, 그건 좀."

점점 더 수상했다. 치아키를 불렀다. "치아키, 경찰에 신고 좀 해."

"네?" 남성의 눈이 휘둥그레졌다.

"수상한 인물을 발견하면 바로 연락하라는 현지 경찰의 지도가 있어서요."

"아니!"

치아키가 보드복 주머니를 열고 스마트폰을 꺼냈다. 남성의 낯빛이 변했다.

"알겠습니다. 네, 알겠다고요. 보여드릴게요, 보여드리죠. 면허증, 있어요. 가지고 있는 걸 잊고 있었네요." 남성은 바지 주머니를 뒤져 지갑을 꺼냈다. 거기서 뭔가를 꺼내려 했는데 손가락이 얼었는지 제대로 되질 않았다. 참다못해 치아키가 지갑째 빼앗았다.

그녀는 면허증을 꺼내 슬쩍 보고 "야마모토가 전혀 아니네"라고 말하며 네즈에게 내밀었다. 거기에는 '구리바야시 가즈유키'라고 되어 있었다.

네즈는 구리바야시라는 남자를 내려다봤다. "왜 가명을?"

하지만 구리바야시는 대답하지 않았다. 고통스러운 표정을 짓고 입을 다물고 있었다.

"앗!" 치아키가 소리를 흘렸다. "이런 것도 있네."

네즈에게 신분증 같은 것을 보여줬다. 거기에는 다이호대학 의과학연구소 출입증, 이라고 적혀 있었다. 사진이 붙어 있고 이름도 일치했다.

"다이호대학이라면 일류야."

치아키의 말에 네즈는 고개를 끄덕이고 구리바야시에게 물었다. "그런 대단하신 분이 그런 곳에서 뭘 하고 있었습니까? 조금 전 무선기는 뭡니까? 이제 슬슬 말씀하시죠?"

그러나 여전히 구리바야시는 입을 다물고 있을 뿐이다. 네즈는 한숨을 내쉬었다.

"어쩔 수 없군요. 진짜 신고할 수밖에 없겠어요."

구리바야시가 고개를 들었다. 안경 속 눈이 충혈되어 있다. 네즈는 주머니에 손을 넣고 자신의 휴대전화를 꺼냈다. 진심이라는 것을 보여주기 위해서다.

"알겠……습니다." 구리바야시가 신음하듯 말했다.

"말씀하시겠습니까?"

"네, 그 전에 지갑을 돌려주세요. 면허증도."

"아." 네즈는 면허증을 치아키에게 건넸고 그녀가 지갑에 면허증과 신분증을 다시 넣고 구리바야시에게 돌려줬다.

"조금 복잡한 이야기가 될 겁니다." 그는 지갑을 주머니에 넣으면서 말했다. "이 얘기는 비밀로 해주시길 바랍니다. 실은 최근 우리 연구소는 어떤 것을 도난당했습니다."

"어떤 것이라니요?"

"그게, 저…… 극비의 물품입니다."

"그렇게 말씀하시면 알 수가 없지요. 구체적으로 말해주셔

야죠."

"그러니까 극비라 말하기가……." 구리바야시는 말문이 막힌 듯했다.

"약품 같은 건가요?" 치아키가 말했다.

구리바야시가 전기 충격이라도 받은 듯 가늘게 몸을 떨며 그녀를 가리켰다.

"말도 안 돼! 빙고?"

"빙고입니다. 바로 그겁니다, 약품. 우리 연구소에서 개발한 신약이 도난당했습니다. 아직 세상에 공표되지 않은, 중요 기밀이기도 합니다."

"경찰에 신고하셨어요?" 네즈가 물었다.

"아뇨, 안 했습니다."

"왜죠?"

"그게…… 신고할 수 없기 때문입니다. 저희에게도 사정이 많습니다."

"무슨 켕기는 일이라도?"

네즈가 말하자 구리바야시는 눈동자를 데굴데굴 굴리면서 그렇다고 고개를 끄덕였다.

"맞습니다. 경찰에 신고하면 신약이 밝혀집니다. 그것만은 피하고 싶습니다."

"밝혀지면 왜 안 되죠?"

"왜 안 되냐면, 그게…… 실은 우리 병원에 한 사람, 목숨이 위험한 환자가 있습니다. 불치병이죠. 그를 살리려면 그 신약이 꼭 필요합니다. 지금 당장 투여하면 회복될 가능성이 있습니다. 그러나 신약 치료를 하려면 많은 절차가 필요합니다. 하지만 시간이 없어서 허가 없이 하려 했습니다. 그래서 일을 키우고 싶지 않았죠."

"약이 공개되면 그렇게 할 수 없나요?"

"그렇습니다. 국가가 개입하니까요."

네즈는 이야기를 듣고 고개를 살짝 끄덕였다. 자세한 내용은 잘 모르겠으나 대강의 사정은 이해했다. 그러니까 공식 절차를 밟지 않고 비합법적인 치료를 하려 했다는 것이다.

"사람의 생명을 구하기 위해섭니다. 어쩔 수 없었습니다."

구리바야시는 매달리는 눈빛을 던졌다.

"알겠습니다만 그것과 이 스키장과 무슨 관계가 있습니까?"

"약품을 훔쳐 간 범인이 메일을 보냈습니다. 약품을 돌려받고 싶으면 3억 엔을 내라는 내용이었습니다. 3억 엔이오. 너무하지 않나요?"

네즈와 치아키는 서로의 얼굴을 바라봤다. 이야기가 예상보다 커지는 듯했다.

"정말 큰돈이네요. 그래서요?"

"관계자가 모여 회의를 했죠. 어떻게 하면 좋을까 하고. 하

158

WHITE RUSH

지만 결국은 그 회의도 소용없어졌습니다. 범인이 죽어버렸거든요."

"죽어요?" 네즈는 이맛살을 찌푸렸다.

"네, 교통사고로요. 사흘 전입니다. 간에쓰자동차도로에서 트럭에 치여 죽었습니다."

네즈는 허를 찔려 몸을 살짝 뒤로 젖혔다.

"말도 안 돼. 거짓말 같아." 치아키가 툭 내뱉었다.

"거짓말이 아니에요!" 구리바야시는 화가 치밀었다.

"하지만 그런 한심한 일이 있을까? 엄청난 협박 사건을 일으켜놓고 중간에 트럭에 치이다니."

"나도 같은 생각이지만 사실이니 어쩔 수 없죠. 거짓말 같으면 인터넷으로 찾아봐요. 간에쓰 혼조고다마IC 부근에서 일어난 교통사고 사망 사건. 죽은 사람은 구즈하라라는 남자고."

치아키가 스마트폰을 조작하기 시작했다. 그 모습을 곁눈질로 지켜보며 네즈가 말했다. "여전히 이 스키장과의 관련성은 모르겠는데요."

구리바야시가 헛기침했다.

"범인은 연구소에서 해고당한 사람이었습니다. 그야 뭐 어찌 되었든 문제는 약을 어디에 숨겼냐는 거죠. 그래서 범인에게 온 메일과 유류품을 조사했더니 아무래도 이 스키장 어딘가에 묻어둔 것으로 판명되었습니다."

"묻어요? 왜 그런 짓을?"

"약이라고 했지만 실은…… 백신입니다. 그 백신은 섭씨 10도 이상이 되면 사멸하므로 눈 속에 파묻어두는 게 이상적인 보존 방법이죠. 범인은 3억 엔을 주면 묻어놓은 장소를 알려주겠다고 했습니다." 구리바야시는 주머니에서 스마트폰을 꺼내 잠시 조작한 뒤 네즈에게 화면을 내밀었다. "범인이 가지고 있던 사진입니다. 이 스키장이죠?"

네즈는 사진을 봤다. 그의 말처럼 사진에는 이 스키장 같은 풍경이 찍혀 있었다.

"나무에 테디베어를 달아놓았네요."

구리바야시가 고개를 끄덕였다. "발신기입니다."

"발신기?"

"백신을 이 나무 아래에 묻었답니다." 구리바야시는 옆의 백팩에서 조금 전 들킨 무선기를 꺼냈다. "이 수신기는 발신기의 전파를 탐지하도록 설정되어 있습니다."

"앗!" 옆에서 치아키가 소리를 질렀다.

"왜 그래?"

"이거." 그녀는 스마트폰 화면을 네즈에게 보여줬다. 화면에는 간에쓰자동차도로에서 일어난 사고를 보도한 뉴스가 나와 있었다. 장소는 혼조고다마IC 근처였다. 고장 난 차에서 밖으로 나온 운전사가 뒤에서 달려온 트럭에 치인 사고였다. 날짜도 일치했다.

"제 말이 맞죠?" 구리바야시가 기세등등하게 말했다.

네즈는 팔짱을 끼고 생각에 잠겼다. 너무나 갑작스러운 일이기는 했으나 구리바야시의 이야기는 앞뒤가 맞았다. 순간적으로 만들어낸 거짓말 같지는 않았다.

"부탁입니다. 제발 좀 봐주세요. 아까도 말했지만, 사람의 생명이 달린 문제입니다." 구리바야시가 깊이 고개를 숙였다.

"하지만 앞으로 어쩔 셈인데요? 그 다리로는 아무 데도 못 다닐 텐데요."

"그래서 다른 사람의 지원을 받을 수밖에 없죠……." 말꼬리가 흐려졌다. 구리바야시도 앞으로의 방침은 정한 바 없었다.

어떻게 해야 할지 네즈는 망설였다. 어차피 구리바야시 본인은 다시 코스 밖으로 나가지 못할 것이다. 다른 사람이 지원하러 온다니 그 사람이 어떻게 행동할지를 확인하고 그때 대응을 생각하면 될 일인데…….

"치아키, 이 사람을 병원까지 안내해줘."

"네즈 씨는?"

"반장님과 의논해보려고. 사람의 목숨이 달렸다니 그냥 보고만 있을 수는 없잖아."

구리바야시가 눈을 동그랗게 뜨고 계속 깜빡였다. "무슨 말씀이시죠?"

"그 수신기를 제게 주실래요? 당신 대신 제가 찾을게요."

"네? 당신이……?"

"사정은 알겠습니다. 하지만 지형도 모르는 사람이 산에 들어가는 것을 가만히 놔둘 수는 없습니다. 만에 하나 조난되면 그게 더 문제가 되니까요. 그렇다고 사람의 생명이 달린 일이라니 손 놓고 있을 수도 없고요. 어때요?"

뜻밖의 제안이었는지 구리바야시는 당혹한 듯 눈을 이리저리 굴렸다. 마침내 생각이 정리된 듯 네즈를 올려다봤다.

"당신이 찾아주겠다면 그게 제일 좋은 방법이겠죠. 저로서도 큰 도움이 될 겁니다. 부탁드려도 될까요?"

"일단 반장님과 상의해보겠습니다. 다른 사람에게는 말하지 않을 겁니다. 그럼 되겠죠?"

구리바야시는 크게 고개를 끄덕이고 "잘 부탁드립니다"라고 말하며 일어서려 했다. 하지만 그 직후 "아악, 아파, 아파!" 하며 얼굴을 찡그리고 주저앉았다.

"괜찮으세요?" 치아키가 걱정스럽게 말을 걸고 네즈에게 몸을 돌렸다. "네즈 씨, 그거 나도 도울게."

17

오후 1시에서 10분쯤 지났을 때 짙은 감색 스키복을 입은 스키어가 곤돌라 승차장을 향해 활강해 왔다. 슈토는 그 폼을 보고 야마자키 이쿠미임을 바로 알아보고 손을 흔들었다.

이쿠미는 그의 옆까지 내려와 멈추고는 미안하다고 사과했다. "점심 먹고 일단 위에서 집합하라고 해서 늦었어. 전화하려 했는데 얼른 오는 게 빠를 것 같아서."

"괜찮아. 문제 될 것도 없지, 뭐."

둘이서 곤돌라를 탔다. 이쿠미는 고글을 벗어 주머니에서 꺼낸 천으로 렌즈를 닦기 시작했다. 슈토는 고글을 벗지 않았다. 그녀의 얼굴을 뚫어져라 보는 모습을 들킬 것 같았기 때문이다.

어젯밤, 잠들기 직전까지 이쿠미를 생각했다. 그녀와 나눈 대화를 회상하고 그녀의 미소를 수없이 떠올렸다. 오늘 아침 눈을 뜨고 처음 한 생각이 어제 일이 현실이었는지 확인하는 것이었다. 둘이서 함께 보낸 다양한 장면을 뇌리에 떠올리며 꿈이 아니었음을 확신하고 실실 웃었다. 오늘도 만날 생각을 하니 한껏 기분이 날아올랐다.

오늘은 사진을 찍자고 마음먹었다. 어제도 찍고 싶었으나 이상하게 말이 나오지 않았다. 가능하면 두 장을 찍고 싶다.

이쿠미 혼자 찍은 것과 둘이 나란히 선 모습까지.

곤돌라에 타 있는 동안 이쿠미는 슈토의 학교에 대해 이런저런 질문을 던졌다. 어떤 게 유행인지, 어떤 패션인 애가 많은지 등등. 여학생 패션은 제대로 설명하지 못했으나 최신 유행하는 인터넷 게임에 대해서는 말했다.

"어머, 그럼 우리랑 별로 다르지도 않네. 그 게임, 우리 반에도 푹 빠져 있는 애가 많아."

"당연하겠지. 인터넷은 전 세계가 이어져 있으니까."

"앗, 그런가? 그러네. 나 바보 같다." 이쿠미가 혀를 쏙 내밀었다. 그런 행동이 슈토의 가슴을 뜨겁게 했다.

곤돌라를 내려 다시 다른 리프트를 탔다. 리프트 밑을 스노보더 몇 명이 지나갔다. 바로 옆 숲속에도 사람이 있었다.

"어제, 여기서 탔어?" 이쿠미가 물었다.

"아니. 활주 금지 구역이잖아."

"그게 그렇지 않아. 자기 책임 구역이야."

"뭐, 그런 거야? 안 된다고만 생각했는데."

"그럴 줄 알았어. 그래서 제일 먼저 이곳을 안내하고 싶었어."

"그래?"

돌아보니 온통 파우더였다. 아직 트랙이 전혀 없는 곳이 많았다. 이쿠미와 함께 있다는 것만으로도 기쁜데 더 가슴이 두

근거렸다.

리프트에서 내려 이쿠미가 말한 자기 책임 구역으로 들어갔다. 실제로 타보니 상상보다 훨씬 멋졌다. 심설 특유의 부유감을 느낄 수 있었을 뿐만 아니라 경사면 중간에 적당한 커브가 있었다. 안정적으로 활주하려면 기술이 필요했으나 예상치 못한 방향으로 신체가 흔들리는 느낌은 슈토로서는 처음이었다.

나무 사이를 빠져나오는 것도 상쾌했다. 후반에는 자연이 만들어놓은 듯한 하프파이프* 같은 것도 있어서 슈토는 자신이 가진 기술을 구사해 자연 파이프 안을 종횡무진 누볐다. 트릭을 선보이다가 구른 것은 부끄러웠으나 일반 코스로 돌아가 360도 회전 점프를 선보인 것으로 만족했다. 마침 이쿠미가 보고 있다가 손뼉을 쳐주어 피스 사인으로 응했다.

그렇게 타다 보니 순식간에 시간이 흘렀다. 정신을 차려보니 2시가 넘어 있었다. 쉬기로 하고 어제와 마찬가지로 '뻐꾸기'로 갔다.

가게 앞에서 판을 떼고 안으로 들어가 빈자리를 찾으려고 안을 둘러보다 경악했다. 아버지 가즈유키가 앉아 있었기 때문이다. 순간 못 본 척하고 나가려 했으나 때를 놓치고 말았

---

* half-pipe, 파이프를 세로로 자른 듯한 반원통형 슬로프. 점프와 회전 등의 공중연기가 가능하다.

다. 아버지가 알아봤기 때문이다. "야, 슈토!" 커다란 목소리로 부르며 손까지 흔들었다. 혀를 차고 싶은 심정이었다.

어쩔 수 없이 손을 살짝 흔들었다.

"아버지셔?" 이쿠미가 물었다.

슈토는 그렇다고 대답하고 가즈유키에게 다가갔다. 어쩐지 아버지 옆에는 스키 폴이 하나만 놓여 있고 스키 부츠도 신고 있지 않았다. 대신 생소한 고무장화를 신고 있다.

"왜 여기 있어?" 슈토가 고글을 벗으면서 물었다.

"왜냐니……, 휴식이지. 아빠도 가끔은 쉬어야지."

"일은?"

"그건…… 조그만 사고가 있어서 다른 사람에게 대신 맡겼어. 그래서 지금은 휴식하며 그 사람의 연락을 기다리고 있어."

"사고? 무슨 사고?"

"구르다가 그만 다리를." 가즈유키는 오른 무릎 부위를 문질렀다. "크게 다치지는 않았어."

"진짜? 집에 안 가도 돼? 병원에는 갔어?" 슈토는 얼굴을 찌푸리고 아버지의 얼굴을 바라봤다.

"이미 다녀왔어. 괜찮아. 뼈에 이상은 없다고 운전에도 지장 없대." 가즈유키는 자신만만하게 말하고 나서 "아마도"라고 덧붙였다.

"그게 뭐야……." 옆에 놓인 스키 폴의 의미를 깨달았다. 아마도 지팡이 대신일 것이다.

정신을 차리니 가즈유키의 눈길이 슈토의 등 뒤로 가 있었다. 호기심이 가득한 표정이다. 귀찮은 일이 벌어졌다 싶었다. 꼬치꼬치 캐물을 게 뻔하니 아예 자신이 먼저 얘기하는 게 낫겠다고 생각했다.

"야마자키 이쿠미라고 해. 여기 중학교 학생이고 스키 수업을 받으러 왔어. 겔렌데의 숨겨진 명당을 알려줬어."

"아하, 그래?"

이쿠미가 고글을 벗고 안녕하세요, 라고 인사했다. 얼굴은 안 보여줘도 되는데. 슈토는 속으로 생각했다.

"안녕." 가즈유키도 인사를 건넨다. 그리고 슈토를 올려다보며 의미심장한 미소를 지으며 말했다. "너 좀 한다?"

"뭐가?"

"아니, 다시 봤다."

"도대체 뭘? 이상한 말 좀 하지 마."

"딱히 이상할 것도 없지……."

"우리는 저쪽 자리에 앉을게." 아버지의 말을 막고 슈토는 조금 떨어진 테이블을 가리켰다.

"그래, 알았다. 방해하지 않으마." 가즈유키는 히죽히죽 웃으며 눈썹을 위아래로 움직였다.

슈토는 잔소리를 퍼붓고 싶었으나 시간을 낭비하고 싶지 않아 잠자코 자리를 이동했다.

장갑과 모자, 스키복 재킷을 벗고 카운터로 향했다. 그런데 오늘은 여성이 있었다. 슈토의 어머니와 비슷한 나이대였다. 가슴에 '다카노'라는 이름표를 단 것으로 보아 다카노 형제의 어머니일 것이다.

"어머, 이쿠미구나? 잘 지냈어? 스키 수업 받으러 왔구나. 재밌어?" 카운터 너머에서 말을 걸어왔다.

"네, 뭐." 이쿠미는 대답하고 슈토에게 물었다. "오늘은 뭐 마실래?"

"나는 콜라."

"그럼 콜라 둘 주세요."

슈토가 지갑을 꺼내자 이쿠미는 제지하며 말했다. "아, 오늘은 내가 낼게. 어제, 집에 가서 네 얘기를 했는데 부모님께 혼났어. 사토자와온천을 홍보하는 건 좋은데 얻어먹고 다니면 어떡하냐고."

"하지만 안내를 받았으니 고마우니까……."

"그럼 다행이다. 도쿄 친구들에게도 홍보해줘."

"물론이지. 엄청나게 자랑했어, 어젯밤에도……"

"자, 여기 나왔다."

슈토가 살짝 흥분해 말을 시작하는데 아주머니가 콜라 잔

168

WHITE RUSH

을 카운터에 내려놓았다. 그리고 이쿠미에게 또 물었다. "학교 사람들은 다 잘 지내니?"

"네, 다 잘 지내요."

"그래? 그럼 다행이구나." 아주머니의 얼굴에서 쓱 웃음기가 사라졌다. "인플루엔자는 유행 안 해?"

슈토는 왜 저렇게 구체적인 병명을 물어보나 생각했다. 인플루엔자가 유행하고 있나? 그런데 이 질문에 이쿠미가 바로 대답하지 않는 게 더 마음에 걸렸다. 그래서 그녀를 보니 조금 상태가 이상했다. 뺨이 굳어 있는 듯했다.

"네, 지금은 특별히 그렇진 않아요." 그렇게 대답할 때의 말투가 딱딱했다.

"그래." 고개를 끄덕인 아주머니의 얼굴에서 웃음기가 사라졌다.

자리로 돌아와 둘이서 콜라를 마셨는데 이쿠미의 모습이 확연히 이상했다. 말이 없어졌고 멍하니 창밖만 바라보고 있다.

"저기, 왜 그래?" 슈토가 질문을 던져봤다.

"응? 아니야, 별거 아니야." 이쿠미가 화들짝 놀랐다.

"그래? 하지만 갑자기 기운이 없어진 것처럼 보여서."

"아무것도 아니야. 괜찮아. 이제 가자." 이쿠미는 스키복을 들었다.

"그래. 하지만 아직 콜라가 남았어." 슈토는 그녀의 잔을 가리켰다.

"괜찮아. 배불러."

"그래?" 슈토의 잔에도 콜라가 남아 있어서 빨대로 단숨에 마셔버렸다.

잔을 놓고 출발 준비를 하는데 가즈유키가 일어나는 게 보였다. 전화가 걸려온 듯 스마트폰을 귀에 대면서 입구로 향했다. 스키 폴을 짚고 이동하는 모습이 꽤 아파 보였다.

18

"네, 구리바야시입니다." 스키 폴을 지팡이 삼아 걸으면서 대답했다. 아직 익숙지 않아 의외로 팔이 아팠다.

"상황은 어떤가?" 도고의 굵직한 목소리가 들려왔다.

"아직 큰 변화는 없습니다. 패트롤 대원의 연락을 기다리는 상태입니다."

"아무 할 말 없나? 중간보고 같은 것도 없고?"

"아, 지금까지는……. 네, 없습니다."

혀 차는 소리가 들리고 이어서 "무슨 일 처리가 그래?"라며 짜증 섞인 목소리가 울렸다. "그 사람들은 패트롤이지? 그 산에 대해 누구보다 자세히 알 거 아닌가? 지형을 숙지한 프로에게 맡기는 게 낫다고 한 사람이 바로 자네야. 그 얘기를 받아들여 외부인에게 수신기를 넘기도록 허가했어. 그런데 왜 바로 발견하지 못하나? 이상하지 않아?"

"그렇게 말씀하셔도." 구리바야시는 말을 잇지 못하고 우물거렸다.

"그 사람들, 정말 믿을 수 있나?"

"그건, 네, 믿을 수 있습니다. 오전 중 전화로도 말씀드렸듯 이해득실을 따지지 않고 협력해주었습니다. 보수도 요구하지 않았고요. 그들이 거짓말할 이유는 없다고 생각합니다." 구리바야시가 말했다.

"그러면 왜 이렇게 시간이 걸리나?"

"글쎄요, 그것까지는……. 자세한 이유는 들어봐야 알겠지만 아무래도 그 조그만 테디베어를 찾기에는 여기 산이 너무 넓지 않을까요?"

"하지만 수신기가 있잖나. 그 사람들은 산속을 자유자재로 돌아다니잖아. 수신기의 스위치를 켜고 샅샅이 뒤지면 어디선가 전파를 잡을 수 있을 텐데, 안 그래?"

"네, 맞습니다……."

그렇게 쉽게 되겠냐? 속으로는 그렇게 중얼거렸다. 도고는 광대한 스키장을 무슨 공원 정도로 착각하고 있는 듯하다.

"애당초 자네 말이야, 그런 데서 다치기나 하고 어쩌자는 건가? 너무나 부주의해."

"죄송합니다."

그건 이전 통화에서 수없이 사과했잖아! 속으로 또 투덜댔다.

"내 참. 뭘 시켜도 자네는 늘 덜떨어졌다니까. 중요한 부분에서 실수할 때가 많아. 늘 그래. 그래서 주임연구원이 끝인 거야. 일테면 요전 연구 발표도 그래, 자네가 더 잘 분석했으면⋯⋯."

도고의 불평이 K-55와는 관련 없는 설교로 넘어갔다. 여기까지 오면 이야기가 길어진다. 구리바야시는 적당히 대답하며 주위를 봤다.

카페 문이 열리고 슈토와 여학생이 같이 나오는 게 보였다. 아무래도 함께 타러 가는 모양이다. 의외로 괜찮은 여학생이네. 여자에게 말 거는 재능이 중학교 2학년 아들에게 있다는데 놀랐다. 저 나이 때 자신은 같은 반 여학생에게 말을 거는 것조차 살짝 긴장했는데.

둘의 모습을 눈으로 좇고 있으니 슈토도 느꼈는지 시선이 마주쳤다. 구리바야시는 살살 손을 흔들었으나 아들은 응하려 하지 않는다. 고글 탓에 잘 보이지 않지만 부루퉁한 얼굴일 게 빤하다. 물론 어색한 상황임은 이해한다. 헌팅한 여학생과 함께 있는 모습을 아버지에게 들켰으니 좋을 리 없겠지.

둘이 활주해 사라지는 모습을 지켜보는데 "구리바야시? 구리바야시?"라고 도고가 불러댔다. 서둘러 스마트폰을 다시 잡았다.

"아, 네."

"아, 네라니? 그러고 있을 때가 아니잖나? 왜 잠자코 있나? 내 얘기를 듣고는 있나?"

"듣고 있습니다. 지금 잠시 전파가 안 좋아서요. 하지만 들립니다. 충분히 반성하고 있습니다."

"무슨 소리야? 그런 걸 물은 게 아니잖아? 그 사람들이 정말 찾아줄 것 같냐고 물었지."

"틀림없이 그럴 겁니다."

"발신기 탐색에 전념하는 건가? 패트롤 업무 틈틈이 하는 게 아니고?"

"아니, 그럴 리 없습니다. 인명이 걸린 일이라고 했으니까요. 시간이 없다고도 했고요."

"인명이 걸린 일이라……, 신개발 백신 말인가? 그런 얘기를 정말 믿었을까?" 도고는 의심스럽다는 듯 말했다.

"의심하는 것 같지는 않았습니다."

"섭씨 10도에서 사멸하는 백신이라니? 그러면 인간의 몸에 들어간 순간 무효가 되지 않나? 그런 건 전혀 쓸모가 없다고."

"그렇게 바로 짚는 건 소장님이 전문가라서 그렇습니다. 보

173
화이트 러시

통 사람들은 그냥 흘려들어요. 게다가 제 얘기를 믿었으니까 자기들이 찾아주겠다고 했겠죠. 그러지 않았다면 나서지 않았겠죠."

구리바야시의 반박에 도고는 낮게 신음할 뿐 대답하지 않았다. 동의한다는 증거다.

"앞으로는 어떻게 할 셈인가?" 화제를 바꾸려는 듯 물었다.

"일단 오늘은 스키장 영업이 끝날 때까지 수색을 계속한다고 했습니다. 그래도 찾지 못하면 협의해 새로운 대책을 세울 겁니다."

"대책? 구체적으로 어떤 대책?"

"그야 산을 더 잘 아는 사람과 상의하는 거죠."

"그래도 될까? 얘기가 잘못되어 인터넷에라도 퍼지면 돌이킬 수 없어. 그거야말로 거짓말인 게 들통날 우려가 있어."

"그러니까 그것도 신중하게 진행할 겁니다. 경솔한 짓은 하지 않을 생각입니다."

"잘 부탁하네. 정말, 설산에서 고작 유리 용기 하나 회수하는 데 이렇게 애를 먹을 줄 몰랐네."

"아, 죄송합니다."

구리바야시는 사과하면서도 도대체 이게 누구 때문이냐고 말하고 싶은 것을 간신히 참았다. 구즈하라가 딴짓한다는 사실을 어렴풋이 알면서도 일부러 놔둔 게 원인 아닌가. 그래놓고 자기는 도쿄에 버티고 앉아 부하에게 전화로 타박이나 하다니…… 불만을 다 말하자면 도고에 대한 험담이 성난 물결처럼 쏟아져 나올 것만 같았다.

"발신기 배터리 수명을 고려하면 오늘 내일이 승부야. 무슨일이 있더라도 찾아내야 해. 부탁하네."

구리바야시가 알겠다고 말하자 전화가 일방적으로 끊겼다.

스마트폰을 주머니에 넣었을 때 두 가지 생각이 오갔다. '왜나 혼자 이런 일을 당해야 하나'라는 불만과 '과연 정말 K-55를 발견할 수 있을까'라는 불안감이다.

네즈라는 패트롤에게 붙잡혔을 때는 눈앞이 캄캄했다. 다리를 다쳐 어쩔 줄 몰랐을 뿐만 아니라 죄다 경찰에 털어놓을각오를 해야 하는 상황에까지 쫓겼다.

그러나 다시 마음을 고쳐먹고 지어낸 거짓말이 길을 개척했다. 공식적으로 인가되지 않은 백신을 도난당했다. 확실히도고의 말처럼 전문가가 들으면 너무나 치졸한 거짓말이었으나 상대는 믿어주었다. 그것만이 아니라 자기가 대신 찾아주겠다고 나섰다.

구리바야시는 그들에게 걸어보기로 했다. 어차피 자신은움직일 수 없다. 그렇다면 누군가에게 부탁하는 수밖에 없다. 그리고 눈앞에 있는 건장한 패트롤 대원은 아주 듬직해 보였다. 모든 것을 맡길 만한 분위기가 있었다. 어쩌면 이로써 모든 게 해결될지도 모른다는 기대에 가슴이 부풀었다.

다만 낙관하지는 않았다. 도고는 프로에게 맡겼으니 당연히 바로 발견되리라 생각하는 듯한데 진절머리 나게 눈 속에서 우왕좌왕해본 구리바야시의 생각은 다르다. 이 산은 광대하다. 지형을 이해하고 스키 기술이 뛰어난 점은 분명 이점으로 작용하겠지만 그렇다고 한두 시간 안에 그 작은 테디베어를 발견할 것 같지는 않았다. 이 '뻐꾸기'라는 카페에서 기다리라고 했는데 여러 시간을 기다려야 하리라고 각오했다.

다만…….

구리바야시의 마음속에는 여전히 개운치 않은 무언가가 있었다. 그것만은 도고에게도, 발신기 탐색에 나서준 네즈 일행에게도 이야기하지 않았다. 발설하면 사실이 될 것 같아 두려웠다. 또 그 이야기를 들으면 네즈 일행은 둘째치고 도고는 미쳐 날뛸 것이다.

생각해봤자 소용없는 일이라고 자신을 다독였으나 기어이 생각하고 만다. 그리고 그때마다 구리바야시의 위 언저리가 조이듯 아팠다.

그 수신기는 과연 정상일까, 고장 난 게 아닐까, 테디베어를 찾아줄까…….

19

힘껏 정지하자 눈보라가 일었다. 이 산의 눈은 정말 가볍구나. 새삼 감탄한다. 아무리 엄격하게 주의를 줘도 코스 밖을 활주하려는 사람들이 좀처럼 줄지 않는 것도 이해가 된다. 패트롤이 해서는 안 될 생각을 하고 만다.

네즈는 트랙이 하나도 없는 경사면을 둘러봤다. 개성 없는 너도밤나무가 설면을 지키는 파수꾼처럼 거의 같은 간격으로 서 있다.

바로 옆에 정지한 세리 치아키가 스마트폰을 꺼내 액정 화면을 확인했다.

"리프트가 보이는 각도를 생각하면 대강 이쯤인데."

그녀의 스마트폰에는 구리바야시가 가지고 있던 사진이 있다. 그것과 실제 풍경을 비교하며 둘은 발신기를 찾고 있었다.

"촬영한 사진기에 따라서도 달라. 찍힌 배경이 의외로 멀리 있기도 하고 반대로 깜짝 놀랄 정도로 가까이 있을 때도 종종 있어."

네즈는 방향 탐지 수신기를 꺼내 스위치를 넣었다. 그러나 이전과 마찬가지로 아무런 반응이 없었다. 구리바야시의 말로는 전파를 잡으면 그 강도에 따라 여덟 개의 발광 다이오드에 불이 켜진다는데 전혀 반응이 없었다.

수신기를 켠 채 천천히 활강했다. 안테나 방향을 이리저리 바꿔봤으나 변화는 없었다.

그대로 위험 구역 바로 앞까지 내려갔다. 아무래도 여기보다 아래라고는 생각할 수 없다. 사진의 광경과는 전혀 달라진다.

어쩔 수 없이 수신기를 백팩에 넣고 능선을 가로질러 코스로 돌아왔다.

"이상하네. 있을 만한 데는 다 돌았는데."

"한 번 더 돌아볼까?"

"그럴 수밖에 없지. 처음부터 다시 찾아보자."

"알았어." 그렇게 대답하고 치아키가 네즈의 옆으로 다가와 속삭였다. "하나, 마음에 걸리는 게 있어."

"뭔데?"

"그쪽은 보지 마. 지금 우리보다 50미터쯤 위에 회색 스키복을 입은 스키어가 있는데 아까부터 계속 우리 움직임을 감시하고 있는 것 같아."

"뭐?" 저도 모르게 돌아보려다가 직전에 간신히 멈췄다. "확실해?"

"응, 틀림없을 거야. 우리가 코스 밖에서 돌아오면 반드시, 라고 할 정도로 바로 근처에 있어. 우연일 수 없지."

"누구지?"

"글쎄." 치아키는 고개를 갸웃했다. "단순한 구경꾼일지도 모르지. 패트롤이 여기저기 코스 밖을 조사하고 다니니까 당연히 궁금하겠지."

"그렇다고 계속 쫓아다니는 건 너무 이상해."

"나도 그렇게 생각해서 이렇게 말하고 있잖아."

"좋았어." 네즈가 고개를 끄덕였다. "일단 바로 아래 리프트 승차장까지 내려가자. 일단은 전속력이야. 나를 쫓아와. 절대 앞서지 말고."

"알았어."

네즈는 스키 폴로 설면을 찍고 경사면을 향해 활주를 시작했다. 바로 최고 스피드를 냈다. 곧 뒤쪽에서 활주 소리가 들려왔다. 치아키가 바싹 쫓아오고 있는 듯하다. 일류 기술을 지닌 그녀라면 눈앞에서 네즈가 어떤 예상 밖의 움직임을 해도 순발력 있게 대응할 수 있을 것이다.

코스 폭이 조금 좁아진 데다 커브다. 따라서 앞쪽은 보이지 않는다. 그곳을 통과한 네즈는 주위에 아무도 없음을 확인하고 날카롭게 턴해 로프를 뛰어넘어 코스 옆 숲으로 질주했다. 그곳은 코스보다 한 단 낮다. 착지하자마자 브레이크를 걸었다.

곧 치아키도 뒤를 쫓아왔다. 숲속이니까 당연히 심설이다. 그녀가 멈춘 순간 작은 폭발이 일어난 듯 눈이 날아올랐다.

"왜 이런 데에서?"

"쉿! 고개 숙여." 네즈는 치아키의 머리를 위에서 누르며 자기도 몸을 굽혔다. 이러면 둘의 모습은 코스 위에서 보기 힘들어진다. 적어도 앞만 보고 타는 사람의 시야에는 들어오지 않을 것이다.

얼마 후 한 스키어가 눈앞을 통과했다. 그 회색 스키복을 입은 인물이다. 약간 특징이 있는 폼인데 잘 타는 편이다.

네즈 일행이 뒤에서 지켜보니 스키어는 갑자기 속도를 줄이고 정지해 주위를 두리번두리번 둘러봤다.

"맞네. 우리를 쫓아왔어. 그런데 갑자기 안 보이니까 이상하다고 생각해 멈춘 거야. 어쩌면 우리가 코스 밖으로 나갔나 생각할지도 모르겠다." 네즈가 말했다.

아무래도 이 추리는 맞을 듯하다. 남자는 코스 옆 로프로 다가와 옆의 숲속을 들여다봤다. 이따금 경사면을 올려다보는 것은 네즈 일행이 더 위에서 코스 밖으로 나갔을 가능성을 생각해서인지 모른다.

걸어서 이쪽으로 오면 어쩌지? 네즈는 생각했다. 그럼 갑자기 저 남자 앞에 나타나 따져보는 것도 좋겠다.

그런데 남자의 선택은 달랐다. 스키 폴을 고쳐 잡고 천천히 활강하기 시작했다. 포기했나, 아니면 다른 생각이 떠오른 것인지도 모른다.

"가버렸네."

"응, 어쩌면 리프트 승차장에서 기다릴지도 모르지."

"그렇다면 바로 안 가는 게 좋겠어."

"아냐, 상관없어. 저 남자가 우리를 감시 중이라는 건 알았어. 그렇다면 우리도 똑같이 하면 그만이야. 미행당하는 걸 모르는 척하며 상대의 움직임을 살피자."

"그거 좋네. 뒤를 치자는 말이지? 재밌겠어."

"재밌다니 다행인데 참 태평하네."

네즈는 가자고 말하고 활주를 시작했다.

코스로 돌아와 주위를 살피며 내려갔다. 곧 리프트 승차장에 도착했는데 회색 스키복을 입은 남자는 보이지 않았다.

"없네. 놓쳤다고 생각하고 포기했나?" 뒤에서 온 치아키가 말했다.

"아니면 우리가 알아차렸다는 걸 알았을지도."

"어쩌지?"

네즈가 고개를 저었다.

"어쩔 수 없지. 우리는 해야 할 일을 할 뿐이야. 시간이 아까워. 그 남자는 나중에 구리바야시 씨에게 물어보자. 뭔가 알고 있을 수도 있으니까."

"맞다. 그래, 찬성. 인명이 걸린 일이니까."

"내 말이."

둘이 리프트 승차장으로 향했다.

실은 기묘한 전개라고 네즈는 생각했다. 그저 스키장 패트롤에 불과한 자신이 얼굴도 모르는 누군가를 돕기 위해 조그만 테디베어를 찾아다니고 있다. 하지만 귀찮은 일에 휘말렸다는 기분은 들지 않았다. 구리바야시라는 그 남자에게는 미워할 수 없는 분위기가 있다. 도와주고 싶게 하는 무언가가 있었다.

반장인 마키타에게 사정을 말하자 알았다며 그 자리에서 허락하고 이렇게 말했다.

"코스 밖의 유실물을 찾는 것은 패트롤 업무야. 문제 될 건 없어. 발견할 때까지 통상 업무는 안 해도 돼."

세리 치아키와 함께 가는 것도 허락했다. 원래 코스 밖에서의 활동은 둘 이상이 해야 하는 게 상식이다. 만에 하나 한쪽이 어떤 사고를 당하더라도 구조가 가능하기 때문이다. 다만 그녀에게 나름의 장비를 착용하게 했다. 그래서 지금은 그녀도 눈삽과 탐침봉을 담은 백팩을 메고 있다.

그 후로도 네즈와 치아키는 다양한 장소에 들어갔다. 그중에는 도무지 사진 속 장소라고는 생각할 수 없는 곳도 있었다. 하지만 수신기 램프는 켜지지 않았다.

정신을 차렸을 때는 벌써 산기슭까지 내려온 상태였다. 너도밤나무는 하나도 없었다. 6인승 곤돌라를 타고 다시 위로 올라가보기로 했다.

"이상하네. 어딘가 놓친 곳이 있나?" 네즈는 곤돌라 안에서 겔렌데 지도를 펼쳤다. 사실은 지도 같은 것을 보지 않아도 지형은 다 머릿속에 있는데.

"네즈 씨, 기계를 잘 알아?" 치아키가 물었다.

"무슨 소리야?"

"아니, 그," 그녀가 주저하며 입을 열었다. "그거 잘못 사용하고 있는 거 아냐?" 네즈가 옆에 놓아둔 백팩을 가리켰다.

"그거라니…… 수신기 말이야?"

"응." 치아키는 턱을 당기며 대답했다.

네즈는 크게 한숨을 내쉬고 백팩에서 수신기를 꺼냈다.

"어떻게 잘못 써? 그냥 스위치만 켜면 되는데. 구리바야시 씨가 그렇게 말했잖아."

손을 내미는 치아키에게 수신기를 건넸다. 그녀는 수신기를 양손에 들고 "그렇지"라며 읊조렸다.

"그렇다니까." 네즈도 말했다.

치아키가 괜스레 수신기 스위치를 켜보았다. 그 직후 뜻밖의 일이 일어났다. 여덟 개의 발광 다이오드 중 세 개가 켜진 것이다.

네즈는 넋을 놓고 있던 탓에 반응이 느렸다. "어?!" 그렇게 말하고 치아키와 마주 봤다. 그리고 다시 수신기로 눈길을 뗄

어뜨렸다.

"켜졌어!" 치아키가 소리침과 동시에 켜져 있던 발광 다이오드 하나가 꺼졌다.

"어라!" 그녀가 말하자 이번에는 두 번째가 꺼졌다. 그리고 다음 순간에는 다 꺼졌다.

"와, 무슨 일이지?" 치아키가 수신기를 위아래로 흔들었다.

"바보야, 흔들어서 어쩌려고? 안테나 방향을 이리저리 바꿔 봐."

치아키는 안테나를 사방팔방 돌렸다. 하지만 발광 다이오드가 켜지는 일은 없었다.

네즈는 곤돌라 뒤쪽을 바라봤다. 수신기가 반응했다는 것은 지금 통과한 곳 어딘가에 테디베어가 있다는 소리다.

"아니야, 말도 안 돼……." 저도 모르게 중얼거리고 말았다.

뒤에 펼쳐져 있는 것은 히나타 겔렌데라는 명칭의, 깨끗하게 압설된 초중급자용 경사면이었다. 너도밤나무 숲 같은 건, 어디에도 없었다.

20

스피드를 유지한 채 키커로 돌입했다. 립의 어디쯤에서 빠질지는 이미 결정했다. 보드가 날쌔게 팅겨 오른다. 타이밍 맞취 알리를 하고 보드의 반발력을 활용해 립을 빠져나왔다. 몸이 공중으로 날아오른다. 순간 쭉 뻗은 다리를 힘껏 당겼다. 보드 엣지에 간신히 손이 닿는다. 뒤로 기울어지지 않도록 중심을 유지하고 착지에 대비했다. 여기서 떨어지면 완전히 망치는 것이다.

살짝 상체를 구부려 간신히 착지했다. 슈토는 가슴을 쓸어내렸다. 이제까지 도전했던 키커 가운데 꽤 큰 편에 속했다. 원에이티*에 도전할 용기는 도무지 나질 않았다.

옆에서 보고 있던 이쿠미에게 가자 그녀는 손뼉을 쳐주었다.

"잘했어!"

"간신히 했어. 사실은 훨씬 더 높이 날고 싶었어."

"흠." 그녀는 말하며 키커 위를 보다가 "앗!" 하고 입을 벌렸다.

"왜 그래?" 슈토도 그쪽을 봤다.

갈색 스키복을 입은 스키어가 출발하려 하고 있었다. 낯이 익었다.

"저 사람은 어제 말을 걸어온……."

"응, 내 동급생인 가와바타야."

---

* 앞뒤로 180도 회전하는 기술.

185
화이트 러시

가와바타가 활주를 시작했다. 낮은 자세로 립에서 튀어나오는가 싶더니 백 플립*을 했다. 굉장히 높이 뛴 데다 착지도 훌륭했다.

"굉장하다……." 그 말밖에 나오지 않았다. 지역 토박이의 높은 기술을 보여준 셈이다.

이쿠미를 봤는지 가와바타가 다가왔다. 고글을 써서 얼굴은 보이지 않는데 백 플립을 해냈다는 의기양양한 기세는 전혀 느껴지지 않았다.

"어이, 야마자키! 또 데이트냐?" 놀리듯 말을 걸었다.

"이런 멍청이! 지인을 안내하는 거야. 선생님도 말씀하셨잖아, 기회가 있으면 많이 안내해서 사토자와의 좋은 점을 알리라고."

"그러면 어디선가 귀여운 여자애 좀 데려와라. 내가 안내할 테니까."

"무슨 소리야? 그럴 마음도 없으면서."

"뭐? 그게 무슨 소리야?"

"너한테는 모모카가 있잖아, 다 알아."

"그게 뭐야? 웃기지 마라." 가와바타의 입가가 일그러졌다. 아무래도 모모카라는 여학생을 좋아하는 모양이다. "그럼 안

---

* back flip, 후방 회전.

내 잘해라." 몸을 휙 돌렸다.

"다카노랑 같이 있는 거 아니야?"

"오늘은 각자 행동하기로 했어. 녀석, 영 상태가 안 좋아."

"그래?"

"응, 기분이 안 좋더라고."

"가와바타, 오늘 '뻐꾸기'에 갔었어?"

"'뻐꾸기'? 안 가." 가와바타는 대답하고 장갑 낀 손등으로 코밑을 닦으며 싱글거렸다. "야마자키, 뭐야? 너는 왜 늘 다카노를 걱정하냐? 혹시 스키 수업을 계기로 보기만 해도 가슴이 두근거려?"

"무슨 그런 쓸데없는 소리야! 그럴 리 있겠어? 친구니까 걱정하는 거지."

"흥, 그래? 어쨌든 나랑은 상관없으니까. 그럼 간다!" 가와바타는 가볍게 활주해 사라졌다.

이쿠미는 가만히 가와바타의 뒷모습을 눈으로 좇았다. 뭔가 특별한 이유가 있어서라기보다 그저 생각에 잠긴 듯 보였다.

이쿠미는 오늘 내내 좀 이상했다. 어제보다 기운도 없고 리프트 위에서도 침묵을 지킬 때가 많았다.

'뻐꾸기'라는 카페에서 나온 뒤로 그랬다. 그곳에서부터 이쿠미의 표정이 명백히 시무룩해졌다. 가만히 생각해보면 다카노의 어머니와 이야기를 나눈 순간부터 그녀의 낯빛이 바뀌었다.

왜 그러냐고, 무슨 일이 있느냐고 물어보고 싶었다. 그러나 학교도 다르고 어제 막 알았을 뿐인 자신이 참견할 일은 아무래도 아닌 듯했다.

"있잖아, 좀 더 안 탈래?" 슈토가 이쿠미의 옆얼굴에 대고 말을 걸었다.

"앗! 미안. 정신을 놓고 있었네." 이쿠미는 제정신을 차린 듯 깜짝 놀랐다.

"이대로 제일 밑까지 탈까?"

"응, 그러자. 가자!" 이쿠미가 활주를 시작해 슈토도 그 뒤를 쫓았다.

일단 자기 책임 구역을 탄 다음에는 주로 압설된 반*을 탔다. 그것도 나름 즐거웠다. 스피드를 실어 롱턴을 계속하고 있자니 바람이 된 것만 같았다. 설질이 훌륭했기 때문에 엣지가 정말 잘 먹었다. 자신의 기술이 향상된 것 같은 착각마저 들었다.

신나게 타고 있는데 앞서서 가던 이쿠미가 갑자기 멈췄다. 슈토도 스피드를 떨어뜨리고 옆에 나란히 섰다.

---

* bahn, 스키로 활주하는 눈의 사면.

"왜 그래?"

"응, 잠깐만 기다려줄래?" 그녀가 먼 곳으로 눈길을 던지면서 말했다.

슈토도 그쪽으로 눈길을 돌렸다. 그러자 초록색 스키복을 입은 스키어가 코스 옆에 우두커니 서 있었다. 다카노였다.

"쟤랑 얘기할 게 있어. 기다리기 싫으면 먼저 내려가도 돼."

슈토는 고개를 저었다. "괜찮아, 기다릴게."

"금방 올게." 이쿠미는 스키 폴을 뒤쪽으로 휙 던져 설면에 꽂았다.

다카노는 먼 산을 바라보고 있는 듯한데 이쿠미가 말을 걸어선지 돌아봤다. 그리고 둘이서 대화를 나누기 시작했다.

슈토는 불안해졌다. 왜 이쿠미는 저 아이를 그토록 신경 쓰는 걸까. 조금 전 가와바타의 말이 귓가에 되살아났다. 스키 수업을 계기로 보기만 해도 가슴이 두근거려……?

얼마 후 다카노가 활주를 시작했다. 가와바타와 비교해 절대 뒤처지지 않은 훌륭한 폼이었다.

이쿠미는 활주를 시작할 기미가 없다. 그 모습을 보고 슈토가 다가갔다.

끝났냐고 물으려다가 말을 삼켰다. 그녀가 고글을 머리에 올리고 주머니에서 꺼낸 손수건으로 눈가를 닦기 시작했기 때문이다. 게다가 콧물까지 훌쩍였다.

슈토는 고개를 숙였다. 봐선 안 될 것을 보고 만 것 같은 죄책감이 가슴에 퍼졌다.

"미안, 이제 됐어. 그만 가자." 이쿠미의 조그만 목소리가 들려왔다.

"괜찮아?" 슈토는 고개를 들고 물었다.

"응." 그녀는 이미 고글을 쓰고 고개를 끄덕였다. 왠지 서먹해진 느낌이다.

슈토는 답답한 마음을 품은 채 활강했다. 금방 제2곤돌라 승차장에 도달해 그 앞에서 멈춰 보드를 뗐다.

그곳에 낯익은 스키복을 입은 3인조가 있었다. 하얀색과 노란색과 분홍색, 오늘 아침, 숙소 식당에서 대화를 나눈 가족이다.

"안녕!" 인사하면서 고글을 벗었다. 상대는 바로 알아차리지 못했는데 곧 "아!" 하고 노란 스키복을 입은 여성이 웃었다. "안녕!"

"오전에 산꼭대기에서 아버님과 만났는데. 같이 안 탔어?" 하얀 스키복을 입은 남성도 기억이 난 듯하다.

"어제부터 계속 따로따로 다녔어요. 게다가 다리를 다쳐서 지금은 카페에 있어요."

"아이고! 아버님은 괜찮으셔?"

"괜찮습니다. 그리 크게 다친 것 같지 않고 원래 스키를 타러 오신 것도 아니고."

"흠, 큰 부상이 아니라니 다행이지만."

"여러분은 계속 이 근처에서 타셨어요?"

"오후에는 그랬지. 히나타 겔렌데는 타기가 쉬워 딸을 연습시키기에 안성맞춤이라."

"아빠, 미하루는 다른 곳도 타고 싶어." 분홍색 스키복을 입은 여자아이가 말했다.

"그래? 그럼 곤돌라로 올라가 다시 산꼭대기로 가볼까?"

"응!" 여자아이가 씩씩하게 대답했다.

"그럼 숙소에서 보자고." 하얀 스키복의 남성이 말하고 스키 판을 메고 곤돌라 승차장으로 향했다. 나머지 둘도 그 뒤를 따른다.

"같은 숙소에 묵는 사람들이야." 슈토는 이쿠미에게 말했다.

"음." 그녀는 애매하게 끄덕였다. 관심이 없는 듯하다.

"다음은 어디에서 탈까? 우리도 산꼭대기에 가볼래?"

그러나 이쿠미는 영 내키지 않는 듯 고개를 저었다. "나, 이제 가봐야 할 것 같아⋯⋯."

"어? 아직 시간 남지 않아?"

"그런데 조금 피곤해. 오늘은 이 정도로 하자. 내일도 있고."

스키 수업은 내일까지라고 했다. 그 말을 들었을 때는 가슴이 뛰었는데⋯⋯.

"그럼 내일은 어디서 만날까? 오늘과 같은 곳에서 볼까?"

하지만 이쿠미의 태도는 애매했다. 고개를 살랑살랑 흔들고 말했다. "내일은…… 잘 모르겠어. 테스트 같은 게 있어."

"아, 그렇구나……."

"미안해. 일정이 확실해지면 메시지 보낼게."

"응, 기다릴게."

"그럼 안녕." 이쿠미는 인사하고 떠났다. 슈토는 그 뒷모습을 바라보면서 괜스레 버려진 것 같은 기분을 맛보았다.

21

네즈와 치아키가 카페 '뻐꾸기' 앞에 도착한 것은 오후 4시가 조금 넘어서였다. 리프트와 곤돌라는 이미 영업을 종료했다.

가게로 들어가 고글을 벗고 주위를 둘러봤다. 구리바야시 혼자 우두커니 앉아 있었다. 다가가자 인기척을 느꼈는지 고개를 들고 반가워하며 눈을 반짝였다.

"오래 기다리셨어요." 네즈가 말했다.

"어떻게 됐나요?" 구리바야시가 기대를 담은 눈길을 네즈와 치아키에게 쏟아냈다.

네즈는 백팩을 내리면서 갸웃거렸다. "유감스럽게도 실패

했습니다. 못 찾았어요."

"아……, 그러셨어요……?" 구리바야시의 표정이 갑자기 어두워졌다. 공기를 넣은 인형에서 바람이 빠진 듯 어깨가 늘어졌다.

네즈는 자리에 앉아 테이블 위에 겔렌데 지도를 펼쳤다.

"사진으로 대강의 위치는 알았다고 생각했는데 여러 번 시도했음에도 전파가 잡히지 않았습니다. 그래서 다른 장소도 철저히 살폈습니다. 너도밤나무가 없는 곳도요. 그러나 숲속에서는 끝까지 한 번도 수신기는 반응하지 않았습니다."

"그래요? 프로인 여러분이 못 찾으면 도대체 어떻게 해야 할지……." 구리바야시는 양손으로 머리를 감쌌다.

"다만, 숲속 밖이라면 얘기가 달라집니다." 네즈가 말했다.

"네? 무슨 뜻이죠?" 구리바야시가 고개를 들었다.

네즈는 백팩에서 수신기를 꺼냈다.

"딱 한 번, 램프가 켜졌습니다. 게다가 세 개나."

"세 개나요! 어디서요?" 구리바야시의 등이 쭉 펴지고 안경 속 눈이 커졌다.

"곤돌라 안에서요."

"곤돌라?" 구리바야시의 미간이 찌푸려졌다.

네즈는 겔렌데 지도 위를 손가락으로 가리켰다.

"제2곤돌라 승차장 바로 위에 히나타 겔렌데가 있죠? 이 근처를 통과할 때 불이 켜졌습니다."

"설마……."

"사실이에요. 제가 기계 스위치를 넣었을 때 불이 들어왔어요. 저희 둘이 같이 봤으니까 분명해요." 옆에서 치아키가 말했다.

네즈는 다시 지도 위에서 손가락을 이동했다.

"이 지도를 보시면 아시겠지만, 이 부근에 숲은 없습니다. 다만 조금 더 가면 있습니다. 그래서 혹시나 해서 이 부근을 조사했습니다. 그러나 아무리 봐도 사진의 장소와 비슷한 곳은 없었고 전파가 잡히지도 않았습니다. 그래서 히나타 겔렌데 위에서도 확인했는데 결과는 마찬가지였습니다."

구리바야시는 넋을 놓은 것처럼 보여 제대로 이야기를 듣고 있는지조차 불분명했다. 눈은 벌겋게 충혈되어 있었다. "구리바야시 씨!" 이름을 불러봤다.

"아……, 네." 정신을 차렸는지 몸을 살짝 떨었다.

"왜 그런 것 같나요? 발신기 말고 수신기에 반응하는 게 있을까요? 아니면 혼선이나."

"혼선?"

"어디선가 비슷한 주파수가 나오고 마침 그것을 수신했을 가능성이오. 아마추어 무선 전파나 트랜시버나."

구리바야시는 어리둥절한 표정을 짓고 있었다. "그런 일이 있을까요?"

네즈는 미간을 찌푸렸다. "저희가 한 질문인데요."

"네? 아……." 구리바야시는 크게 입을 벌렸다. "있을 수 있죠. 네, 그럴 수 있죠. 전에도 몇 번 그런 적 있습니다. 그러니 신경 쓰지 않아도 될 겁니다."

"역시 그랬나요? 그렇다면 혼동하기 쉽겠네요. 아무래도 오늘 수색은 이제 무리고 내일은 어떻게 할까요?"

"내일은…… 그게 정말, 내일은 꼭 찾아야 합니다. 그러니까 그, 한 번 더 부탁드리겠습니다." 구리바야시가 고개를 숙였다.

"물론 내일도 저희가 할 겁니다. 다만 다른 단서가 없을까요? 장소를 특정할 수 있는 뭔가."

하지만 구리바야시는 고통스러운 듯한 표정으로 머리만 긁적였다. "그게…… 없어요."

"이렇게 된 이상 더 많은 사람이 찾아보는 게 어떨까?" 그렇게 말한 사람은 치아키였다. "테디베어라는 표시가 있으니 100명 정도가 찾으면 수신기가 없어도 찾을 수 있지 않을까? 방송해서 협력자를 찾으면 분명 당장 모여들 거야."

"그래도 될지……." 네즈는 나쁘지 않은 아이디어라고 생각했다.

"아니, 아니, 아니요. 그건 곤란합니다. 그래선 안 됩니다."

구리바야시의 낯빛이 확 바뀌었다. "처음에 말씀드렸잖아요. 일을 크게 만들 수는 없어요. 백신은 극비라서요."

"백신이라는 사실을 숨기면 되잖아요? 어디까지나 테디베어를 찾는 게임으로 하는 거예요. 찾은 사람에게는 멋진 선물을 준다고. 그리고 테디베어를 찾은 사람에게 어디서 발견했는지 자연스럽게 묻는 거죠. 이거 굿 아이디어 같은데. 앗, 다만 선물은 구리바야시 씨가 자비로 사야 해요." 치아키가 말했다.

"자비? 그거야 뭐 상관없지만……. 그런가? 백신 얘기를 숨기면 되나? 일단은 테디베어를 찾고 장소를 알아낸다, 그렇군요. 괜찮을 수도 있겠네요." 구리바야시는 생각에 잠긴 채 손가락으로 눈썹 옆을 긁적인 후 말했다.

"그렇죠?"

"아니야, 그건 아무래도 안 되겠어." 그렇게 말한 사람은 네즈였다.

"왜? 구리바야시 씨도 받아들였는데."

"생각해봐. 왜 우리가 찾게 되었지? 코스 밖으로 나가야 했기 때문이었어. 많은 사람이 코스 밖으로 나간다고 생각해봐. 언제 어디서 설붕이 일어날지도 모르고 부상자가 나올 우려도 있어. 무엇보다 스키장이 허락하지 않을 거야."

"쳇, 좋은 아이디어라고 생각했는데." 치아키는 토라진 듯

턱을 괴었다.

"이 산에 관해 우리보다 자세히 아는 사람이 많아요. 그들에게 이 사진을 보여주고 더 정확한 위치를 알아내보겠습니다. 물론 자세한 사정은 얘기하지 않겠습니다. 그 정보를 바탕으로 내일은 아침 일찍 움직일 생각입니다. 그러면 어떨까요?"

네즈의 제안을 듣고 구리바야시는 잠시 고민한 뒤 후, 숨을 내쉬며 받아들였다.

"알겠습니다. 저로서는 맡길 수밖에 없으니까요…… 부디 잘 부탁드립니다."

"하지만 만약 못 찾으면 어떻게 하죠? 이건 우리만이 아니라 반장님 의견이기도 한데요, 경우에 따라서는 경찰에 신고하는 것도 생각하는 게 좋지 않을까요? 백신을 찾지 못하면 그 환자의 생명을 구하지 못하잖아요. 그렇다면 일단 경찰의 힘을 빌려서 백신을 발견하고 이후 법률적인 문제를 해결하는 방법을 생각하는 게 합리적인 것 같은데요."

우리와 반장의 의견이라는 말은 사실이다. 오히려 마키타가 꺼낸 의견이다.

구리바야시는 눈썹을 한껏 늘어뜨리고 입을 굳게 다문 채 침묵을 지켰다. 그야말로 고심하는 표정이었다.

"새…… 생각해보겠습니다. 상사와도 상의해야 하고." 낮게 신음한 후 말했다.

"알겠습니다. 결론이 나오면 바로 알려주세요. 그리고 하나 더 여쭙고 싶은 게 있습니다." 네즈는 검지를 세웠다. "수색 중에 수상한 사람을 봤습니다. 아니, 수상하다는 말은 지나칠 수도 있는데 기묘한 행동을 보였습니다. 우리를 몰래 지켜보더 군요. 혹시 짚이는 게 있으신가요?"

구리바야시는 의아한 듯 눈을 깜빡이고 안경을 고쳐 썼다. "어떤 사람입니까?"

"회색 재킷에 검은 바지. 모자는 이상한 색깔의 줄무늬." 치아키가 대답했다.

네즈는 옆에서 들으며 내심 혀를 내둘렀다. 재킷 색깔은 그럭저럭 기억했으나 모자 색깔까지는 전혀 기억하지 못했다. 순간적으로 상대의 복장을 관찰하고 기억에 담는 능력은 남자에게는 없는 재능이다.

구리바야시는 엄지를 턱에 대고 말했다. "혹시…… 그 사람 인가?"

"아는 사람입니까?"

"아니, 아는 사람이라고 할 수도 없습니다. 아, 어제 제가 눈에 파묻혀 있을 때 구해주셨잖아요? 그때 저를 발견하고 패트롤에게 연락해준 사람입니다. 그 후 여러 번 만났습니다. 어쩌다 테디베어 얘기를 했더니 흥미를 보이며 달라붙어 곤란했습니다."

"백신에 대해서도 말씀하셨나요?"

"아뇨, 아닙니다." 구리바야시는 얼굴 앞에서 손을 흔들었다.

"설마요. 그것까지는 말하지 않았죠. 어쨌든 그 사람은 관계가 없으니까요. 하지만 구경꾼 근성이 강한 사람이니까 주의하시는 게 좋을 겁니다. 두 분이 코스 밖에서 활동하는 것을 보고 틀림없이 호기심이 생겼을 겁니다. 저랑 관계가 있는 줄 알면 오지랖을 부릴지도 모릅니다. 조심하세요."

"알겠습니다. 조심하겠습니다." 네즈는 그렇게 대답하기는 했으나 왠지 석연치 않았다. 치아키와 둘이 코스 밖에 숨었을 때 맹렬하게 활주하는 모습이 눈에 떠올랐다. 그 모습은 단순한 구경꾼의 활주가 아니었다.

22

사토자와온천 마을의 촌스러운 잡화점에서 산 쌍안경은 아주 훌륭했다. 작은데도 배율이 커서 수십 미터 앞의 카페 입구가 바로 앞에 있는 것처럼 보였다.

오리구치는 초보자 겔렌데 끝에 서서 쌍안경을 눈에 대고 있다. 패트롤 대원과 새빨간 보드복을 입은 스노보더가 가게에 들어간 지 이래저래 20분이나 지났다. 도대체 무슨 일이 일어나고 있는지 몰라 답답하지만 기다리는 수밖에 없었다.

일이 정말 이상하게 돌아가고 있다. 오전에 일찌감치 구리바야시에게 말을 걸었는데 어제와는 분위기가 사뭇 달랐다. 아무래도 오리구치의 협력은 원하지 않을 듯하다.

아주 대놓고 거추장스러워해서 못내 밀려나는 척하고 일단 물러났다. 초보 스키어를 쫓아다니는 것쯤은 일도 아니었다.

예상대로 바로 구리바야시를 발견했으나 오리구치가 상상하지 못한 상황이 벌어졌다. 패트롤에 업혀 코스 밖에서 돌아온 것이다.

몰래 그들의 뒤를 쫓았다. 구호실로 들어가고 약 30분, 구리바야시는 한쪽 발을 질질 끌며 나왔고 패트롤 대원들도 따라 나왔다.

잠시 이야기를 나눈 뒤, 구리바야시는 여성 스노보더의 도움을 받아 일어나 이동하기 시작했다. 하지만 그보다는 구리바야시의 짐을 든 패트롤 대원이 따로 행동한 게 더 그의 관심을 끌었다. 짐의 내용물은 분명 수신기일 것이다.

오리구치는 갈등 끝에 패트롤 대원을 뒤쫓았다. 녀석은 패트롤 대기실로 들어갔다.

어쩔 수 없이 대기실을 계속 감시했는데 곧 빨간 보드복을 입은 여성 스노보더가 돌아왔고 잠시 후 그녀는 조금 전의 패트롤 대원과 함께 나왔다. 둘 다 백컨트리에 들어갈 장비를 갖추었고 여성은 완장까지 차고 있었다.

오리구치는 이쯤에서 모든 상황을 파악했다. 패트롤 대원들은 구리바야시 대신 발신기를 찾으려 하는 것이다. 구리바야시가 어떻게 설명했는지는 모르겠으나 발신기 추적을 시작한 것만은 분명하다.

그렇다면 오리구치가 해야 할 일은 하나다. 그들의 행동을 감시하는 수밖에 없다. 그리고 그들이 발신기를 발견하면 누구보다 빨리 보물을 캐내는 것이다.

그러나 모든 일이 순탄치는 않았다. 미행하다가 패트롤 대원들에게 멋지게 따돌림을 당하고 말았다. 아마 우연은 아닐 것이다. 분명 오리구치의 존재를 알아차린 것이다.

어떻게 해야 할지 몰라 마나미에게 전화했다. 사정을 알리자 "얼간이!"라는 차가운 말이 날아왔다.

"내가 왜 얼간이인데? 들켰다고? 도시에서 미행하는 것과는 차원이 다르거든!"

"그건 알아. 그러니까 하는 말이야. 너, 똑같은 옷을 입고 미행했지? 그러니 의심을 받는 게 당연하지. 몇 종류를 준비해 가끔 갈아입어야지. 대여도 있고."

오리구치는 할 말이 없었다. 듣고 보니 맞는 말인데 전혀 생각하지 못했다.

"어떻게 하면 좋지?"

"그야 당연히 구리바야시가 있는 곳을 감시해야지. 원하는 물건을 찾으면 패트롤들은 반드시 구리바야시에게 갈 거야. 승부는 거기서부터야."

"가로채라는 거야? 그렇게 쉽게 될까?"

"잘 안 되면 너는 목을 매는 수밖에 없을걸." 도무지 농담으로는 들리지 않는 말투로 거침없이 차갑게 내뱉었다. 친동생에게 하는 말이라고는 생각할 수 없다.

"그런 끔찍한 소리는 하지 마."

"그렇게 되고 싶지 않으면 머리를 짜내. 좋아, 가로채지 않아도 돼. 보물이 구리바야시 손으로 넘어가면 느긋하게 빼앗는 방법도 있으니까."

"그럴 때는 좀 거친 방법을 쓸 수도 있겠네."

"그러니까 네 생각이 짧다는 거야. 머리를 좀 더 쓰라고. 안 될 것 같으면 쓸데없는 짓은 벌이지 마. 정보만 모아줘. 다음은 내가 해결할 테니까. 그럼 다음 보고를 기다릴게."

딸깍, 그렇게 전화가 끊긴 게 세 시간 전이었다.

새삼 생각한 일인데 오리구치는 마나미로부터 다정한 말을 들어본 기억이 없다. 아니, 그보다 그녀에게 인간다운 따뜻함을 느낀 적이 없다. 누나에게는 어려서부터 묘하게 차가운 구석이 있었다. 아마 뭔가에 푹 빠져 열심히 해본 적도 없을 것이다.

동생이 보기에 이상했던 기억은 중학교 때 마나미가 자기가 정한 점수로 시험을 친 것이었다. 시험이 있던 날, 집에 온 그녀는 오리구치 앞에서 문제지를 펼치고 자기 답을 채점했다. 교과서도 참고서도 전혀 보지 않고 말이다. 실은 정답을 다 알고 있는데 일부러 몇 문제 틀렸다고 했다.

"100점 같은 거 맞아서 눈에 띄어봤자 좋을 거 하나 없어. 질투의 대상이 되거나 아니면 반장이라는 성가신 일이나 얻을 뿐이야. 적당한 게 제일 좋아."

마나미가 좋아하는 말은 '유능한 매는 발톱을 숨긴다'라는 것이리라. 지금은 직장에 몸담고 있으나 그 신념에는 변함이 없는 듯하다. 활기차게 일할 수 있음을 보여준다고 반드시 높은 평가를 받는 것도 아니다. 심부름꾼처럼 이용당하다가 완전히 소진해 쓸모가 없어지면 버려지는 법이다.

"우리 같은 사람은 말이야, 일확천금을 잡으려면 어디선가 한탕을 노리는 수밖에 없어. 그 날이 올 때까지 숨을 죽이고 얌전히 기다리는 거야. 미련하고 둔해 보여 경계할 필요 없는 인간으로 말이야. 주위 사람이 그렇게 생각하게 내버려두고 가만히 있는 거야. 그러다 보면 틀림없이 기회가 와. 핵심은 때가 왔을 때 주저하거나 인정에 휩쓸리지 않는 거야. 목적을 이루려면 수단과 방법을 가리지 않아야 한다고."

이런 이야기를 마나미에게 수없이 들었다. 사람은 참 저마다 다르다고 오리구치는 생각했다. 만약 자신이 누나와 같은 재능이 있었다면 비즈니스에 활용할 텐데. 발톱을 숨기거나 하지는 않으리라. 유능하다는 것을 최대한 세상에 어필할 텐데.

그런데 그런 누나가, 드디어 이번에 움직이기 시작한 것이다. 자세한 말은 해주지 않았으나 이번에야말로 일확천금을 잡을 기회가 왔다는 소리다.

절대로 실수하면 안 된다. 새삼스레 다시 생각했다.

그 후 오리구치는 마나미의 지시에 따라 열심히 구리바야시를 찾아다녔다. 스키를 탈 수 있는 몸이 아니므로 어딘가 레스토랑이나 식당에 있을 가능성이 크다. 숙소에는 돌아가지 않았을 것이다. 겔렌데 밖에 있으면 패트롤 대원들이 이동하는 데 시간이 걸리기 때문이다.

그리하여 조금 전 '뻐꾸기'에 있는 구리바야시를 발견했다. 그다음부터는 잠복하는 형사의 심정으로 눈 위에서 꼼짝 않고 계속 기다렸다. 몸이 심지까지 얼어버렸다. 패트롤과 빨간 보드복을 입은 스노보더의 모습을 확인했을 때는 진심으로 안도했다.

얼마 후 그들은 구리바야시와 함께 나왔다. 구리바야시는 스키 폴을 지팡이 삼아 간신히 걷고 있다.

오리구치는 쌍안경의 초점을 맞췄다. 세 사람이 어떤 이야기를 나눴는지는 모르겠으나 구리바야시의 표정은 잘 보였다. 그 얼굴에 기쁜 기색은 전혀 없었다.

아직 수신기를 발견하지 못했음을, 확신했다.

23

구리바야시는 어쩔 줄 모르는 심정으로 숙소로 향했다. 네즈 일행이 걱정하며 데려다주겠다고 했으나 정중히 거절했다. 더는 폐를 끼치고 싶지 않았고 빨리 숙소로 돌아갈 수도 없었다. 그렇다면 지팡이를 짚고 천천히 걸으면서 앞으로의 일을 생각하는 게 낫다.

여하튼 수신기 찾기는 네즈 일행에게 맡겨둘 수밖에 없다. 어차피 자신은 할 수 없는 일이다. 문제는 과연 그들이 찾아낼 수 있는가이다.

초보자 겔렌데 위를 통과할 때 수신기가 반응했다고 했다. 그 사실을 어떻게 생각해야 할까. 네즈의 말처럼 뭔가 다른 전파를 잡았다고 생각할 수도 있다. 솔직히 그랬으면 좋겠다.

하지만 만약 수신기에 이상이 생겼고 그것 때문에 발신기를 탐지하지 못하고 있다면 엄청난 사태다. K-55의 발견이 불가능해진다는 얘기다.

스키 폴을 지팡이 삼아 숙소 옆까지 돌아오자 여주인이 현관 앞에 서서 30대 후반으로 보이는 여성과 대화하고 있다.

"그게 말이에요, 얘기가 너무 이르기는 한데 올해도 골든위크에는 해보려고요." 상대 여성이 말했다.

"괜찮을 것 같은데? 작년에도 호평받았잖아. 또 전문가 선생이 오는 거지?"

"그럴 생각이에요. 너도밤나무 숲 강습, 아주 반응이 좋아요."

너도밤나무 숲이라는 소리가 들려 구리바야시는 반응했다. 걸음을 멈추고 여성을 바라봤다.

"어머, 이제 오세요? 다리는 어떠세요?" 여주인이 그를 발견하고 미소를 지었다.

"네, 그럭저럭 괜찮습니다." 구리바야시는 씁쓸하게 웃을 수밖에 없었다.

병원에서 가벼운 인대 손상이라는 진단을 받고 숙소로 돌아와 여주인에게 사정을 설명하고 고무장화를 얻어 신었다.

"일부러 오랜만에 스키장에 오셨는데 안타까워요. 하지만 많이 안 다쳐서 다행이에요."

"정말 다행이었죠. ……그보다 지금 너도밤나무 숲이라고 말씀하시던데, 강습인가? 그게 뭔가요?" 구리바야시는 다른 여성에게 몸을 돌리며 물었다.

"그게, 아……." 상대 여성은 당혹스러워하며 여주인을 봤다. 모르는 남자가 갑자기 질문을 던졌으니 당연했다.

"이 스키장에서는 시즌이 끝날 즈음에 쓰레기 줍기 이벤트를 해요." 여주인이 설명을 시작했다. "리프트 요금을 반 이하로 내리는 대신 겔렌데에 버려진 담배꽁초나 빈 캔을 손님들이 모아 오게 하죠. 손님들도 기꺼이 도와주시거든요."

"너도밤나무 숲 강습이란……?"

"그건 이벤트의 특별 투어로 대학교수님을 강사로 모셔 와 너도밤나무나 나무에 기생하는 생물에 관한 해설을 듣는 거예요. 활주가 금지된 숲속을 자유롭게 산책할 수 있어서 인기라 사람들이 상당히 모여요. 관심 있으시면 구리바야시 씨도 해보세요. 그곳은 스키를 안 타도 되니까 안전할 테고."

"골든위크 중에 하나요?"

"네."

"참고로 여쭙는데 그 시기에는 너도밤나무 숲에 눈이 얼마나 쌓여 있나요?"

여주인이 고개를 기울였다.

"해마다 다른데 거의 남아 있지 않겠죠. 그게 왜요?"

"아, 아니, 그냥 궁금해 여쭤본 겁니다." 구리바야시는 싹싹한 미소를 짓고 지팡이 대신 사용하고 있는 폴을 어색하게 사용하며 현관 입구를 통과했다.

실내로 들어와서는 벽을 짚고 걸었다. 오른발이 움직이지 않는 데다 왼 다리의 근육통이 상당했다. 계단을 오르기 전에 일단 옆 의자에 앉았다.

가슴이 두방망이질했다. 이동이 불편하기 때문이 아니었다. 거의 눈이 녹은 너도밤나무 숲을 사람들이 산책한다니…….

구리바야시는 그 광경을 떠올리며 전율했다. 그즈음 되면 이미 K-55의 용기는 파손되어 내용물이 노출되어 있을 것이다. 그뿐만 아니라 공기 중에 떠다니고 있을 게 분명하다. 그 입자가 바람을 타고 마을까지 날아올 위험이 있다고 생각했는데 문제는 그게 아니었다. 그런 곳에 들어가려는 사람이 있을 줄은 생각도 못 했다.

힘을 쥐어짜 자리에서 일어났다. 오른발을 자유롭게 움직이지 못하는 상황과 온몸의 근육통을 견디면서 간신히 자기 방까지 도착했다.

문을 여니 캄캄했다. 더듬거려 벽 스위치를 켜니 슈토가 침대에 누워 있다.

아이고, 앓는 소리를 내며 소파에 앉았을 때 전화가 진동했다. 표시를 보니 연구소였다. 도고였다. 방을 나갈지 말지 망설이다가 그냥 전화를 받았다. 슈토는 잠든 것 같았고 여기서 더 움직이는 것도 겁났다.

도고는 득달같이 어떻게 됐냐고 물었다. 진전이 있으면 연락하겠다고 했는데 잠자코 있기 힘들었던 모양이다.

구리바야시는 현재 상황, 즉 진전이 없는 상태를 보고했다.

"내일은 어떻게 할 건가? 대책은 세웠어?"

"그러니까 낮에 말씀드렸듯 지형을 더 잘 아는 사람과 상의해 사진 속 장소를 알아내려 합니다. 이미 지금쯤은 여러 사람에 물어보지 않았을까요?"

"왠지 불안해. 일이 너무 커지는 거 아닌가?"

"아니, 하지만 소장님." 구리바야시가 침을 삼키고 다시 입을 열었다. "사람의 생명이 걸려 있는데, 절대 사소한 문제가 아닙니다. 그들은 단순히 누군가의 생명을 구하는 일이라고 생각하고 있으니 저는 너무 괴로워요…….'

"어이, 설마 사실을 말하겠다는 건 아니겠지?"

구리바야시는 잠시 숨을 고르고 대답했다. "솔직히 사실대로 말하고 싶습니다."

"이봐!"

"압니다. 말하지 않을 겁니다. 말해봤자 공황 상태가 일어날 뿐이니까요. 게다가 스키장을 폐쇄해야만 합니다. 그들에게는 사활이 걸린 문제입니다."

문득 안도하듯 숨을 내뱉는 소리가 들렸다. "알면 됐네."

"그보다 어제 부탁한 일은 어떻게 되었습니까? 도와줄 사람을 찾아보셨습니까?"

"뭐? 그런 거 안 찾았는데."

"네? 하지만 어제는……."

"찾아보겠다고 했지. 그런데 오늘 자네가 다치고 패트롤들이 찾게 되어서 지원할 사람은 안 찾았지. 이제 필요 없잖아?"

"아니, 그게 말입니다. 다리 상태가 생각보다 심각해 이동자체가 힘듭니다. 운전이 가능할지도 모르는 상황이라고요. K-55는 발견하는 즉시 연구소로 빨리 운반해야 합니다. 옮기는 물건이 위험한 만큼 우편으로 보낼 수는 없잖습니까. 누군가 신속하게 대응할 수 있는 사람을 지원으로 보내주십시오."

"그렇게 안 좋아?"

"울고 싶은 심정입니다."

"울고 싶은 건 나도 마찬가지야. 꼬치꼬치 캐묻지 않고 내가 시키는 대로 할 사람을 찾아보지."

"부탁드리겠습니다."

전화를 끊고 스마트폰을 내던졌다. 이번에도 수신기 고장 가능성은 언급하지 않았다. 상대는 도고다. 대책을 생각해주기는커녕 무슨 일을 그렇게 했냐며 신경질이나 부릴 것이다.

자연스럽게 침대로 눈길을 돌렸는데 슈토가 눈을 부릅뜨고 똑바로 누운 채 천장을 바라보고 있었다.

"미안해. 내가 깨웠니?"

"아니, 처음부터 안 자고 있었어." 슈토는 힘없는 목소리를 냈다.

"그래? 자는 줄 알았는데."

"눈만 감고 있었어."

"그래……."

"공황 상태라니?"

"뭐?"

슈토가 구리바야시 쪽으로 고개를 돌렸다.

"지금 전화로 말했잖아. 공황 상태라는 둥 스키장 폐쇄라는 둥."

"들었니?"

"들으려고 한 건 아닌데 들렸어. 방이 이렇게 좁으니까."

"그래?" 옆에 던져진 스마트폰으로 눈길을 떨어뜨렸다.

"아빠, 도대체 무슨 소리야? 이 스키장에 뭐가 있어? 아빠는 눈 속의 특수한 박테리아를 채집하러 왔잖아, 아니야?"

"맞아, 박테리아를 채집하러 왔어. 네 말대로야." 구리바야시는 안경을 벗고 옆에 있는 휴지 상자에서 한 장을 뽑아 렌즈를 닦기 시작했다. "전화로 말한 곳은 다른 스키장이야. 이곳과는 관계없어." 안경을 다시 쓰고 아들의 얼굴을 봤다. "너는 신경 쓰지 않아도 된다."

"그래?" 슈토는 의심스러운 표정을 지우지 않았다.

"거짓말을 내가 왜 하겠니? 아, 너, 그거지? 이 스키장에 관한 뭔가 흥미로운 얘깃거리를 들으면 낮에 본 그 여학생에게 자랑하려는 거지? 에이, 어리석긴. 미안하지만 그런 얘기가 아니다." 일부러 목소리 톤을 높여 얼버무렸다.

그런데 슈토는 쑥스러워하며 화를 내지도 욱하지도 않았다. 심드렁한 얼굴로 조용히 등을 돌리는 그 뒷모습에서 실의가 느껴졌다.

내 아들도 어떤 벽에 부딪힌 모양이구나. 구리바야시는 생각했다.

24

이자카야의 여주인은 치아키의 스마트폰을 뚫어지게 바라본 뒤 테이블 위에 놓인 지도를 끌어당겼다. 그것은 겔렌데 지도가 아니라 사토자와온천 스키장이 있는 하게타카야마산 전체 지도였다.

"그래, 나는 이 근처 같은데." 여주인은 손가락으로 산의 한 부분을 가리켰다.

"역시 그런가……?" 네즈가 팔짱을 꼈다.

"여기면 안 돼?"

"아뇨, 그런 건 아니에요. 바쁘신데 죄송해요."

"도움이 됐어?"

"네, 됐어요."

여주인은 다행이라며 자리에서 일어나 카운터로 돌아갔다. 살짝 통통한 체형으로는 상상할 수 없지만, 이 마을에서 태어나고 자란 여주인은 젊은 시절 알파인스키 선수였다고 한다. 사토자와온천 스키장이라면 눈을 감고도 어디든 타고 내려올 수 있다고 전에 말했다.

네즈는 맞은편에 앉은 치아키와 마주 보고 고개를 기울였다. "이상하네."

"누구한테 물어도 똑같이 말하네." 치아키는 스마트폰을 청바지 뒷주머니에 넣었다.

네즈는 고개를 끄덕이며 지도를 접었다.

치아키의 말 그대로다. 패트롤 반장 마키타를 비롯해 삭도*관리사무소 사람이나 백컨트리 가이드까지 스키장과 산의 지형을 잘 아는 사람들에게 다 물어봤는데 모두의 의견이 일치했다. 즉 사진 속 장소는 네즈 일행이 예상한 부근이 틀림없다는 것이다.

지도를 가방에 넣고 네즈는 생맥주잔을 들었다.

"구리바야시 씨의 말로는 전파를 수신할 수 있는 최장 거리는 300미터라고 했어. 그런데 실제로는 더 짧을지도 몰라."

---

* 공중에 매단 줄을 타고 움직이는 운송 장치를 말한다. 케이블카, 리프트, 곤돌라 등이 있다.

"짧아? 100미터 정도?"

"아니, 더. 지형이 복잡하고 나무 같은 장애물도 많잖아. 어쩌면 아주 가까운 곳에서만 수신기가 반응할지도 모르겠어. 10미터나 20미터 정도."

"그럼 오늘처럼 하면 안 돼. 좀 더 천천히 타면서 나무를 한 그루씩 확인하는 느낌이어야 되지 않을까?"

"맞아. 내일 곤돌라가 다니기 시작하면 바로 수색하자. 무슨 일이 있어도 테디베어를 찾아야 해." 네즈는 맥주를 마시고 풋콩을 집었다.

"오케이. 그럼 곤돌라 승차장에서 집합해도 되지?"

네즈는 풋콩 껍질을 버리고 고개를 저었다. "너는 오지 마."

치아키의 표정이 험악해졌다. "왜?"

"연습해야지. 오늘 하루 같이 돌아준 것만도 고마워. 하지만 내일까지 할 필요는 없어."

"나는 신경 쓰지 마. 하고 싶어서 하는 일이니까. 잊었어? 내가 먼저 돕겠다고 나섰어."

"잊지는 않았어. 패트롤 대원도 아닌 너를 끌어들인 것 자체가 반칙이야."

"하지만 반장님도 허락했어."

"특별히 허락해주긴 했지. 하지만 네 귀중한 시간을 빼앗을 수는 없어. 다음 대회에 은퇴 여부를 걸었다며? 그럼 준비를 잘해야지."

치아키는 눈을 감고 고개를 저은 후 다시 네즈의 얼굴을 응시했다.

"내 얘기 못 들었어? 내가 하고 싶다고, 돕고 싶다니까? 크로스 연습보다 지금은 네즈 씨와 같이 테디베어를 찾고 싶어. 나는 좀 내가 하고 싶은 일을 하면 안 돼?"

네즈는 맥주를 다 마시고 빈 잔을 테이블에 내려놓았다.

"혹시 도망치고 있는 거야?"

"응, 아마도." 치아키가 똑바로 네즈를 본 채 순순히 대답했다. 이럴 때 눈길을 피하지 않는 점이 강인한 그녀답다.

네즈는 한숨을 내쉬었다.

"여전히 컨디션이 오르지 않아서? 신경이 둔해져 스피드를 느끼지 못하겠다고 했지? 도망칠 정도면 그냥 얼른 그만둬. 은퇴하라고. 그럼 돕게 해주지."

"알았어. 그럼 은퇴할게." 치아키가 바로 대답하고 생긋 웃었다.

네즈는 입가를 일그러뜨리고 점원을 불렀다. 생맥주를 주문하고 치아키에게로 눈길을 돌렸다.

"발끈해서 좋을 게 뭐야?"

"나 발끈 안 했어. 네즈 씨가 은퇴하라고 해서 그러자고 대답했을 뿐이지."

네즈는 얼굴을 찌푸리고 머리를 긁적였다.

"내가 진심으로 한 말이 아니라는 것 정도는 알잖아. 다음 경기를 마지막 경기로 생각한다면 그것도 괜찮아. 하지만 후회가 남지 않길 바란다고. 이런 일에 너를 끌어들이면 내 마음이 무거워."

치아키는 온더록 잔 속의 얼음을 손가락으로 빙글빙글 돌리며 일본 소주를 마셨다. 그리고 고양이를 연상시키는 눈으로 네즈를 보고 환하게 웃었다. "네즈 씨는 여전히 다정하네."

네즈는 허를 찔려 저도 모르게 몸을 뒤로 젖혔다. "나 별로, 다정하지 않아."

"아니, 다정해. 그래서 나를 생각해준 거지. 하지만 내 얘기도 좀 들어봐. 이런 나도 내 삶에 의문을 지닐 때가 있어."

네즈는 순간 숨을 멈춘 후 천천히 내쉬었다. "얘기 주제가 너무 거창해지네."

"얼렁뚱땅 넘길 생각이면 이 얘기는 그만할게."

"미안해, 계속해."

치아키는 테이블 위에서 손깍지를 꼈다.

"동일본대지진 직후 전국 스키장이 일제히 문을 닫았어. 기억하지?"

"물론이지. 그때 내가 일하던 스키장도 그랬으니까."

"절전이나 연료 부족이라는 이유도 있었지만 실제로는 손님이 격감했기 때문이었어. 그런 이유로 자숙. 스키와 스노보드를 즐기는 분위기가 아니라는 거지. 내가 출전할 예정이었던 대회도 중지되었어."

"그때는 그런 일이 많았지."

"자원봉사로 피해 지역에서 짐을 나를 기회가 생겼어. 현지에 가서 정말 큰 충격을 받았어. 이런 비참한 현실이 있을까 싶어 현기증이 다 나더라. 당연히 자숙했어야 했구나, 하고 생각했어. 하지만 동시에 이런 생각도 들더라. 내가 해온 일은 이런 상황에는 자숙해야 하는 일이구나. 연습이 너무 힘들 때도 있었고 나름 노력해왔는데 그 성과를 내는 게 떳떳한 일이 아니라는 소리잖아."

"당시는 다들 위축되어 있었어."

"그럼 또 같은 일이 벌어지면 이번에도 자숙하는 분위기가 되지 않을까?"

"그건 모르지." 네즈는 그렇게 말하고 고개를 저었다.

"똑같을 거야. 스포츠란 원래 즐거움을 위한 취미야. 프로야구도 개막이 연기되었어. 하물며 스노보드야. 그중에서도 마이너 스포츠인 스노보드 크로스. 배고픈 사람이나 집을 잃은 사람, 병이나 부상으로 고통스러워하는 사람을 도울 수 없어. 괜한 에너지 낭비니까 한동안 하지 않는 걸로 될 거야. 틀림없이 그럴 거야."

생맥주가 나왔으나 네즈는 바로 손을 뻗지 못하고 하얀 거품만 바라봤다.

"그럴 수도 있지. 그게 불만이야?"

"그런 건 아니야. 그 정도는 알아. 여하튼 이런 생각이 들었어. 내가 경기에서 이기든 지든 아무도 곤란해지지 않아, 내 안에 있는 또 다른 내가 스노보드를 타는 내내 속삭인다고. 치아키, 왜? 왜 이렇게 필사적이지? 네가 하는 것 따위 아무 도움도 안 되는데."

"도움이 되냐 안 되냐, 스포츠는 그런 게 아니지 않나?"

"알아. 네즈 씨, 있잖아. 나도 이론은 다 안다고. 오히려 너무 다 알아서 몸이 움직이질 않아. 아무것도 생각하지 않고 그냥 탈 수 없게 되었어. 이런 나, 어떻게 하면 좋을까?" 치아키의 입가에 미소가 어렸으나 그 눈빛은 진지했다. 그녀의 마음에 드리워진 짙은 그림자를 본 듯하다.

네즈는 생맥주잔을 잡았다.

"잠시 경기 생각은 접어두고 싶어?"

"응, 그런 셈이야. 사실은 그냥 도쿄로 돌아갈 생각이었어. 그전에 제일 좋아하는 트리 런을 한번 하고 가자고 생각했는데 구리바야시 씨를 발견하는 바람에."

"그랬던 거구나."

생각해보니 대회를 며칠 앞둔 치아키가 코스 밖을 달리는 게 이상했다.

"여러모로 망설였어. 테디베어는 시간 벌기용이야. 결론 내리기를 보류하는 자신에 대한 변명이지. 그러면 안 돼?" 치아키는 온더록 소주를 꿀꺽꿀꺽 마셨다.

네즈는 생맥주를 입에 머금고 고개를 저었다.

"내일은 8시에 패트롤 대기실로 와."

치아키는 얼굴을 살짝 기울이고 생긋 웃으며 말했다. "고마워!"

25

어딘가 푸근한 민가가 양쪽에 늘어선 눈길을 걷고 있다. 민가의 창에는 저마다 불이 켜져 있고 집 안 모습이 그림자 그림처럼 그려지고 있다.

한참 걸어가니 길 끝에 놓인 탁자를 둘러싸고 사람들이 모여 즐겁게 담소하고 있다. 탁자 위에는 만주와 채소절임 등이 진열되어 있다.

중학생쯤 된 여자아이가 웃으며 다가와 "여기요"라며 하얀 만주를 내민다.

고맙다고 인사하며 받으려 하는데 갑자기 만주가 그녀의 손 위에서 무너져 내리기 시작하더니 하얀 분말이 되어 날아올랐다.

깜짝 놀라 여자아이를 보니 얼굴 가득 검은 반점이 생겨 있었다. 그녀는 슬픈 표정을 지은 채 가만히 침묵을 지키고 있다.

오른발에 격렬한 통증이 찾아왔다. 내려다보니 자신의 다리가 썩어 들어가 검은 반점이 오른발에서 온몸으로 퍼진다……

아악! 비명을 질렀다. 다음 순간, 낯선 게 보였으나 안경을 벗고 있어 제대로 보이지 않는다.

더듬더듬 머리맡의 안경을 잡고 써보니 벽지 무늬가 또렷이 보였다.

구리바야시는 침대에서 상반신을 일으켰다. 식은땀을 잔뜩 흘리고 있었다.

"왜 그래?" 세면실 문이 열리고 안에서 슈토가 얼굴을 내밀었다. 수건을 들고 있는 것을 보니 세수를 하다 나온 듯하다.

"별거 아니야……. 아무것도 아니야."

"흥!" 슈토는 콧방귀를 끼고는 세면실로 사라졌다.

구리바야시는 호흡을 가다듬고 꿈을 반추했다. 하필 이럴 때 흉흉한 꿈을 꾸고 말았다. 하얀 분말은 K-55를, 검은 반점은 탄저병을 상징하는 것이리라. 그리고 그 여자아이는……

슈토가 칫솔을 물고 세면실에서 나왔다. 구리바야시는 그 모습을 보면서 꿈에 나온 여자아이의 얼굴을 다시 떠올렸다.

그 아이는 어제 슈토와 함께 있던 여학생이었다. 한 번 만났을 뿐인데 의외로 또렷하게 얼굴이 기억나네.

좋아하는 타입이라 그런가 하고 속으로 중얼대다가 말도 안 된다며 황급히 부정한다. 상대는 중학생이야.

그러나 중학교 때 좋아한 여학생과 조금 닮은 것도 사실이다. 즉 슈토에게 좋아하는 이상형 유전자를 물려줬단 말인가.

"왜?" 슈토가 부루퉁하게 물었다. "왜 그렇게 내 얼굴을 뚫어지게 쳐다봐?"

"아, 아무것도 아니야. 안 봤어. 그냥 좀 멍하니 있었을 뿐이야. 그보다 너, 오늘도 그 아이를 만나니? 그 귀여운 애 말이다." 구리바야시는 손을 저으며 물었다. 귀엽다는 말은 괜히 했다 싶다.

슈토는 미간을 찡그렸다. "그런 거 아빠랑 상관없잖아."

"상관은 없지만 물어볼 수는 있잖아?"

"왜 묻는데? 만나든 말든 왜?" 슈토는 세면실로 들어가 문을 쾅 닫았다.

아무래도 부끄러운 모양이라고 구리바야시는 해석했다. 아들은 청춘을 구가하고 있구나.

침대에서 내려오려다 얼굴을 찌푸렸다. 오른발의 통증이 심해졌다. 이래서는 안 되겠다. 도저히 운전은 무리일 것이다. 역시 도쿄에서 누가 와야만 한다. 무엇보다 오늘 K-55를 확실히 찾는다는 보장은 없지만.

아침 식사 시간이 되어 벽을 짚으며 식당으로 갔다. 슈토는 무뚝뚝한 표정을 지으면서도 "괜찮아?"라고 물었다. 구리바야시는 "응응" 연신 고개를 끄덕였다.

식당에 가니 어제 만난 가족 손님 세 명이 같은 테이블에 앉아 있었다. 남성이 아침 인사를 상냥하게 건네 구리바야시도 아침 인사를 건넸다.

"다리를 다치셨다고 들었어요. 어떠세요?" 남성이 구리바야시의 다리를 봤다.

"하하, 사고를 치고 말았어요. 하지만 대단한 건 아닙니다." 구리바야시는 그들의 딸에게 미소를 지은 후 영차, 하며 의자에 앉았다.

"아드님에게 들었는데 스키를 타러 온 여행이 아니라던데요? 일로 오셨다고."

"네, 뭐. 그렇습니다."

어떤 일이냐는 질문을 받으면 귀찮아질 것 같아 선수를 쳤다. "댁은 순수하게 가족 여행이시죠? 부럽습니다."

"오랜만에 가족에게 서비스 중입니다. ······그렇지?" 아내에게 동의를 구한다. 그녀는 그렇다며 미소를 지었다.

"언제까지 이곳에 계시나요?" 구리바야시가 물었다.

"유감스럽게도 오늘까지예요. 오후에는 떠날 예정입니다."

"그래요? 아, 어디 사시나요?"

"나고야입니다."

"아이치현이죠? 가시는 데 얼마나 걸리나요?"

"고속도로가 얼마나 막힐지에 달렸지만 대충 네 시간쯤 걸리지 않을까요." 남성은 고개를 기울이며 말하고 다시 질문을 던졌다. "두 분은 언제까지?"

"아, 일단 숙소는 오늘까지입니다."

"그럼 내일은 돌아가시네요."

"네, 뭐……." 겨드랑이에서 땀이 흘렀다. 구리바야시도 돌아가길 바랐다.

식사 후에 일찌감치 준비를 마친 슈토를 먼저 스키장으로 보낸 구리바야시는 네즈에게 전화를 걸었다. 시각은 오전 8시 반을 넘어서고 있었다.

"안녕하세요. 방금 곤돌라를 탔습니다." 네즈가 살짝 목소리를 낮춰 인사했다.

"일찍 수색에 나서주셨네요. 감사합니다." 구리바야시는 스마트폰을 귀에 대고 고개를 꾸벅 숙였다.

"오늘은 꼭 찾을 생각입니다. 구리바야시 씨는 어디 계실 겁니까?"

"어제와 같은 카페에 있겠습니다. '뻐꾸기'라고 했죠?"

"알겠습니다. 무슨 일이 있으면 연락하겠습니다."

"네, 부디 잘 부탁합니다."

구리바야시는 전화를 끊고 심호흡했다. 네즈 일행은 정말 순수하게 누군가의 생명을 구하려고 수색에 나선 것이다. 설마 자신들의 마을이 위기에 직면해 있다고는 상상도 하지 못하고 있다. 그렇게 생각하니 양심에 찔려 숙소에 가만히 앉아 있을 수만은 없었다.

오른발의 통증을 참으며 일어났다.

26

리프트 아래의 파우더 존은 오늘도 건재했다. 어젯밤도 조금 눈이 내린 듯 완벽한 노 트랙 상태였다. 리프트에 탄 사람들 보란 듯 눈 위를 날아 활주했다. 바람은 차가운데 몸은 뜨거웠다.

첫날 이쿠미가 알려준 포인트도 최고였다. 부드러운 눈이 딱 적당하게 쌓여 있었다. 보드 앞날을 살짝 올려 과감하게 직진했다. 속도가 오르자 이대로 하늘로 날아오르는 게 아닐까 하는 착각이 들 정도의 부유감이 들었다. 실제로 보드가 몇 번 설면에서 떴는데 조금도 무섭지 않았다.

3킬로미터 넘게 롱런을 즐기고 산기슭으로 내려왔다. 상쾌했다. 그러나 슈토는 역시 뭔가 부족했다.

물론 이유는 본인도 알고 있다. 어제까지는 정말 즐거웠다. 이 스키장 자체가 훌륭한 것도 있었지만, 역시 '누구와 타느냐'도 중요한 요소임을 새삼 통감했다.

초보자용 경사면까지 내려와 다음은 뭘 할까 고민하고 있는데 겔렌데 한쪽에 모여 있는 무리를 봤다. 전원이 제킨을 붙이고 앉아 있다.

바로 이쿠미의 학교임을 알았다. 그러고 보니 그녀는 오늘 테스트가 있을 거라고 했다.

그들은 얼마 후 일어나 스키 판을 메고 이동하기 시작했다. 이제부터 강습이나 테스트가 시작되는 것 같다.

슈토는 재빨리 주위를 훑어보며 이쿠미를 찾았다. 이윽고 낯익은 짙은 감색 스키복을 발견했다. 오늘은 그녀도 제킨을 붙이고 친구로 보이는 여학생들과 담소하며 걷고 있다. 아무래도 6인승 곤돌라를 타는 듯 승차장에는 곧 긴 줄이 생겼다.

슈토도 자연스럽게 그 줄 뒤에 섰다. 딱히 분명한 목적이 있었던 건 아니다. 굳이 말하자면 스키 수업이란 게 어떤 것인지 조금 보고 싶었다.

그의 바로 앞에도 제킨을 붙인 학생들이 소곤소곤 이야기를 나누고 있었다. 훔쳐 들을 생각은 없었는데 대화 속에 '다카노'라는 이름이 나와서 기어이 귀를 기울이고 말았다.

"맞아. 그저께는 없다고 해서 주스를 마시러 갔잖아. 정말 다카노의 형만 있고 평소처럼 100엔만 받았어. 그런데 어제는 있더라. 밖에서 보니 카운터에 아줌마가 있는 거야. 영 예감이 안 좋아서 안 들어갔어."

슈토는 깜짝 놀랐다. 그들은 지금 '뻐꾸기' 얘기를 하는 게 아닐까?

"역시 그랬구나. 다른 애들한테도 똑같은 얘기를 들었어. 걔도 어제는 안 갔대."

"가기 힘들지. 그런 얘기를 들으면 말이야. 원한을 품고 있다면 기분이 좋을 수 없잖아."

"그런데 그 말 진짜야? 가와바타는 그런 거 아니라고 하던데."

다시 슈토가 아는 이름이 나왔다. 더 귀를 쫑긋 세우고 말았다.

"걔는 다카노와 친하니까 그렇게 말하지. 속으로는 가와바타도 틀림없이 거기 아줌마 위험하다고 생각할걸?"

"그래? 어쩐지 무섭다."

"무서워. 우리를 무슨 자기 애를 죽인 장본인처럼 생각하니까."

슈토는 깜짝 놀랐다. 갑자기 불온한 단어가 튀어나왔기 때문이다.

"하지만 그게 우리 잘못이야? 인플루엔자는 어쩔 수 없는 거잖아."

"어쩔 수 없지. 나도 걸렸는데 걸리고 싶어서 걸린 게 아니니까. 그 집 딸이 죽은 건 안됐어. 하지만 원한을 품으려면 빨리 학교를 폐쇄하지 않은 교장을 원망해야지."

마침내 그들이 탈 차례가 왔다. 슈토는 계속 이야기를 듣고 싶었으나 외부인이 같이 타면 그들은 분명 입을 다물 것이다. 어쩔 수 없이 곤돌라를 타는 둘의 뒷모습을 바라볼 수밖에 없었다.

27

얼핏 보기에 그 나무에는 테디베어가 없었다. 하지만 눈에 파묻혀 안 보일 가능성도 있어서 네즈는 나무 앞에 멈춰 서서 수신기 스위치를 켰다.

발광 다이오드는 하나도 켜지지 않았다. 그래도 바로 포기하지 않고 안테나 방향을 이리저리 움직였으나 결과는 마찬가지였다.

"반응이 없네." 그렇게 중얼거리고 고개를 살살 흔들었다. 애당초 존재하지 않는 것을 찾고 있는 게 아닐까 하는 의심이 머리를 스쳤다.

"이 나무는 어때?" 경사면 조금 아래를 활주하던 치아키가 물었다. 그녀 몇 미터 앞에 커다란 너도밤나무가 있었다. "사진의 풍경과 의외로 비슷해."

네즈는 그녀 옆으로 활강했다. 그녀 말대로 확실히 비슷했다. 수신기 스위치를 켰다.

"어때?" 치아키가 물었다.

"아니야." 네즈는 고개를 저었다.

"그럼 다음. 저 나무는 어떨까?" 치아키가 먼저 움직였다.

이런 식으로 끈질기게 탐지해 왔는데 수신기는 전파를 전혀 찾지 못한 채 시간만 흘러갔다.

마침내 이 경사면의 가장 밑까지 왔다. 둘은 한동안 우두커니 서 있었다.

"음, 이제는 정말 초조해지기 시작했어." 치아키가 신음하며 말했다.

"동감이야." 손목시계를 보니 10시 반이 조금 넘었다. "다시 아까 너도밤나무 숲을 뒤져보자. 고다마 제2코스에서 들어가는 곳."

"거기는 어제부터 세 번이나 조사했어."

"하지만 제일 가능성이 큰 곳이 거기야. 여러 번 돌아다니며 확신했어. 테디베어는 틀림없이 그 숲속에 숨겨져 있어. 어쩌면 눈에 덮여 전파가 잡히지 않는 것일 수 있어."

"그렇다면 어떻게 찾아? 그게 전혀 도움이 안 될 텐데." 치아키는 네즈가 든 수신기를 가리켰다.

"그러니까 나무를 하나씩 직접 보고 조사해야지. 눈이 쌓여 있으면 털어내고. 그러는 수밖에 없어."

"와, 정신이 아득해진다."

"싫으면 따라오지 마."

"싫다고는 안 했어. 정신이 아득해진다고 했지!"

"시간과의 승부야. 서두르자."

코스로 돌아와 전속력으로 리프트 승차장으로 갔다. 금요일이라 겔렌데는 어제보다 훨씬 붐볐다. 속도를 올리면서 다른 손님에게 너무 접근하지 않도록 주의했다.

마침내 승차장에 도착했다. 네즈가 멘 백팩을 등에서 내렸을 때 치아키가 말했다.

"네즈 씨, 수신기 좀 빌려줘."

"알았어. 그런데 뭘 하려고?"

"리프트 위에서 조사해보려고. 어쩌면 높은 곳에서 전파가 더 잘 잡힐지도 모르니까."

네즈는 쓴웃음을 지었다. "가장 가까운 너도밤나무 숲도 300미터 이상이야."

"뭐 어때. 일단 해보자고."

"그래, 그건 좋은데 떨어뜨리지는 마." 백팩에서 수신기를 꺼내 치아키에게 건넸다.

리프트는 4인승이었는데 비어 있어서 둘이서만 탔다. 치아키는 재빨리 수신기 스위치를 켜고 안테나 방향을 멀리 너도밤나무 숲으로 향했다.

"안 돼. 아무 반응도 없어."

"당연하지."

바로 옆 코스를 십여 명의 스키어가 활강하고 있었다. 전원이 제킨을 붙이고 있다. 이타야마중학교의 스키 수업을 듣는 학생들인 듯하다. 이 스키장에는 수학여행 등의 명목으로 전국에서 중학생과 고등학생들이 온다. 그들과 스키 수업을 듣는 현지 학생들의 차이점은 두 가지다. 하나는 복장과 도구다. 현지 학생 대다수는 자기만의 스키복과 도구를 가지고 참가하는데 수학여행 같은 경우는 복장과 도구 모두 대여다. 그리고 두 번째 차이점은 기량이다. 이는 비교할 것도 못 된다. 현지 학생 중에는 철들 무렵부터 스키를 탄 애들도 있다.

"저기, 네즈 씨. 부탁이 있는데." 치아키가 수신기를 조작하며 말했다.

"뭔데? 돈 얘기면 소용없어."

"돈이 아니라 일이야. 나를 패트롤 대원으로 고용할 수 없어?"

"뭐? 무슨 소리야?"

"진심이야. 어제 말했듯 시간을 벌어야 해. 하지만 테디베어

찾기는 오늘로 끝이고 내일부터는 뭘 해야 할지 모르겠어."

"농담 마. 그런 안일한 생각으로 할 일인 것 같아?"

"하면 제대로 할 거야. 스키로 바꿀게. 알아? 나, 스키도 그럭저럭 타."

"그럭저럭 타면 곤란해. 그리고 무엇보다 내게 그럴 권한이 없어."

"그러니까 네즈 씨가 윗사람에게 부탁해서……, 앗!" 갑자기 치아키가 소리를 질렀다.

"왜 그래?"

"이거! 이것 좀 봐!" 수신기를 가리켰다.

네즈도 수신기를 보고 눈을 부릅떴다. 여덟 개의 발광 다이오드 가운데 여섯 개가 켜져 있었다.

"아니, 뭐지? 저기인가?" 너도밤나무 숲이 멀리 보이는 왼쪽 전방을 가리켰다.

"아니야, 저기를 가리키면 램프가 꺼져. 그게 아니야." 치아키는 안테나를 오른쪽으로 돌렸다. "이쪽이야."

"하지만 이쪽은 그럴 만한 숲이 없어."

"하지만 틀림없이 이쪽이야. 앗, 램프가 일곱 개가 되었어."

네즈는 치아키가 안테나를 돌린 쪽을 봤다. 평범한 코스 위다. 스키어 셋이 활주하고 있다. 한 명은 몸집이 작은 것으로 보아 아이일 것이다. 가족 손님이다.

"네즈 씨, 네즈 씨. 이것 좀 봐." 치아키가 안테나를 좌우로 조금씩 움직였다. 그에 따라 점멸하는 발광 다이오드의 수가 변했다. 이윽고 그녀는 어떻게 하면 램프가 가장 많이 켜지는지 알아낸 듯하다. 물론 옆에서 보고 있던 네즈도 알아차렸다.

안테나 끝이 스키어 한 사람에게 향해졌을 때 불이 들어오는 발광 다이오드의 수가 늘어났다. 그 스키어는 분홍색 스키복을 입은 소녀였다.

세 가족 손님은 네즈 일행 아래를 경쾌하게 활강하고 있었다. 거리가 멀어짐에 따라 램프가 켜진 발광 다이오드의 수가 줄어들더니 결국은 다 꺼졌다.

"어째서 이렇게 되지? 이것도 혼선?"

"아니야, 수신기가 분명히 반응을 보였어. 혼선이라고 생각할 수 없어."

"그럼 왜?"

"저 여자아이가 전파를 발하는 걸 가지고 있다고 생각할 수밖에 없어. 그게 우연히 테디베어에 넣어놓은 발신기와 같은 주파수거나 아니면……." 네즈는 입술을 핥고 이야기를 계속했다. "저 아이가 테디베어를 가지고 있거나."

"저 아이가……?"

"부모로 보이는 어른 둘이 함께 있었어. 그들이 숲속에서 테디베어를 발견하고 그것을 딸에게 줬을 가능성도 충분히 있어."

네즈의 이야기를 들은 치아키는 갑자기 안전바를 올리려 했다.

"어이, 무슨 짓이야?"

"얼른 쫓아가야지!"

"바보야? 뛰어내릴 셈이야? 그런 짓을 하게 놔둘 수 없어."

"부탁이야. 한 번만 봐주라."

"안 돼! 무슨 생각이야!" 네즈는 오른손으로 안전바를 누르며 왼손으로 치아키의 팔을 잡았다.

"아, 진짜, 어떻게 하면 좋지?" 치아키를 수신기를 안은 채 하늘을 올려다봤다.

"일단 그 가족을 찾아야 해. 만약 테디베어를 가지고 있다면 어디서 발견했는지 물어봐야지."

"아, 리프트가 너무 느리다. 미치겠네."

치아키가 리프트를 흔들기 시작해 네즈는 서둘러 제지했다.

얼마 후 드디어 리프트 하차장에 도착했다. 치아키는 활강하면서 보드에 뒷발을 장착했다.

"어떻게 하지? 아까 그 사람들이 있던 위치는 겔렌데 어디로든 빠질 수 있는 곳이었어. 갈림길이 많다고."

"둘이 나눠 찾자고. 아이를 데리고 있으니까 너무 어려운 코스는 안 갈 거야. 초중급 경사면을 중심으로 타다가 결국은 곤돌라 승차장으로 가지 않을까?"

"알았어. 그럼 나는 제2곤돌라 승차장으로 갈게. 네즈 씨, 기억해둬. 여자애는 분홍색, 나머지 둘은 하얀색과 노란색이니까."

"분홍색과 하얀색, 노란색이라. 오케이. 나는 제1 쪽을 맡을게."

둘은 거의 동시에 힘껏 출발했다.

28

슈토는 입구 문을 열고 '뻐꾸기'로 들어갔다. 고글을 벗으면서 가게 안을 둘러보니 어제와 같은 자리에 가즈유키가 앉아 커피를 마시면서 스마트폰을 만지작거리고 있다.

슈토는 맞은편 의자에 앉았다. 가즈유키는 그제야 드디어 고개를 들고 눈을 깜빡였다.

"뭐야? 너였어?"

"아빠, 뭐 해?"

"뭐 하다니…… 연락을 기다리지. 다쳐서 다른 사람이 대신 해주기로 했거든." 가즈유키는 스마트폰을 스키복 주머니에 넣었다.

"그거, 어제도 궁금했는데 대신 일해주는 사람이 누군데? 대학 쪽 사람이야?"

"아니야, 여기 스키장 사람이야."

"스키장? 여기에 아는 사람이 있었어?"

"그거야 뭐, 이리저리 인맥을 이용했지. 너는 그런 것까지 알 필요 없어."

가즈유키의 태도는 너무나 이상했다. 언젠가 동료의 제안으로 호스티스 클럽에 갔던 것을 숨기려 했을 때도 이런 식으로 눈동자가 영 불안하게 움직였다. 그때는 어머니 미치요에게 바로 들켰다.

자기와는 상관없는 일이라고 슈토는 생각했다. 뭘 숨기는지는 모르겠으나 자신과는 관련 없는 일이니까.

"콜라, 사 올게." 손을 내밀었다.

"너 돈 있잖아."

"좀 내주라. 같이 있는데."

가즈유키는 떨떠름한 얼굴로 지갑을 꺼내 500엔짜리 동전을 테이블에 놓았다. 슈토가 동전을 집어 일어났을 때였다. 입구 문이 열리고 이쿠미가 들어왔다.

이쿠미는 슈토를 발견하지 못한 듯 장갑을 벗으면서 카운터로 향했다. 그곳에는 어제와 마찬가지로 아주머니가 있었는데 아주머니는 이쿠미를 보자마자 표정이 굳어졌다.

이쿠미는 오렌지 주스를 주문하고 100엔을 냈다. 아주머니는 새 잔에 얼음을 넣고 주스를 따른 후 그녀 앞에 놓았다. 그동안 두 사람 다 한마디도 하지 않았다.

잔을 든 이쿠미가 몸을 돌렸을 때 슈토와 눈이 마주쳤다. 그녀는 '앗!'이라고 말하듯 입을 살짝 벌렸다.

"안녕." 슈토가 인사를 건넸다. "안녕." 그녀도 대답했다. 아주 잠깐 표정이 풀어진 듯해 마음이 놓였다.

슈토는 카운터를 봤다. 어느새 아주머니는 사라지고 없었다. 자신은 어떻게 해야 하나 싶었으나 안에서 젊은 여성 점원이 나와 콜라를 주문했는데 스키 수업 학생이 아닌 게 들켜 식권을 사 오라는 말을 들었다.

다시 식권을 사서 콜라를 받은 후 이쿠미가 앉은 자리로 다가가 말했다.

"옆에 앉아도 돼?"

"응, 그럼." 이쿠미는 조그맣게 고개를 끄덕였다.

"카운터 아줌마, 없어졌어. 내 얼굴을 기억했으면 스키 수업 할인을 받으려고 했는데." 슈토는 자리에 앉으며 목소리를 낮춰 말했다.

"내가 와서 그럴 거야." 이쿠미는 카운터 쪽을 힐끔 보고 고개를 숙였다.

"네가? 왜?"

그녀는 대답하지 않았다. 주스 잔을 두 손으로 감싸듯 잡고 가만히 응시했다.

슈토는 무슨 말이든 해야 할 것 같았다. 그러나 괜찮은 화제가 생각나지 않았다. 초조해진 나머지 이런 말을 꺼냈다.

"아까 네 동급생이 이상한 얘기를 하더라. 곤돌라 승차장에서."

"이상한 얘기?" 이쿠미가 고개를 돌렸다.

"이 가게 얘기였어." 그렇게 말하면서 이 말은 안 하는 게 낫지 않을까 하고 벌써 후회하기 시작했다.

"뭐라고 했어?" 예상대로 이쿠미는 불쾌한 듯 미간을 찌푸렸다.

"아니, 다 듣지는 못했어. 그러니까 잘못 들었을 수도 있고……."

"뭐라고 했냐고? 똑바로 말해."

"그게……."

"아줌마 얘기야?" 슈토의 눈을 들여다보며 이쿠미가 물었다.

"응." 고개를 끄덕였다. "그러니까 그게, 학생들을 원망한다고."

"역시 그 얘기야……?" 이쿠미는 낙담한 듯 한숨을 내쉬었다.

"그게 뭐야? 너희들을 원망하다니."

"너랑은 상관없는 일이야."

"아……, 그렇지. 미안해." 슈토는 머리를 긁적이고 콜라를 마셨다.

"내가 전에 여자애 얘기했지?" 어색한 침묵의 시간이 흐른 뒤 이쿠미가 속삭이듯 말했다.

"여자애?"

"다카노의 여동생 말이야."

"두 달 전에 죽었다는……?"

이쿠미가 고개를 끄덕이고 다시 카운터 쪽으로 눈길을 던졌다.

"원래 심장이 약했다는데 직접적인 원인은 인플루엔자였어."

"아……, 그런 얘기도 들었어. 학교를 폐쇄하지 않은 게 잘못이라고."

"우리 학교에서 크게 유행했거든. 나도 걸리고 다카노도 걸렸어. 그래서 결국은 여동생에게 옮겼고……." 이쿠미는 계속 이야기하는 게 괴로운 듯 입술을 깨물었다.

슈토는 이야기 내용이 너무 버거워 뭐라고 대답해야 할지 알 수 없었다. "그랬구나." 이렇게 조그맣게 읊조리는 게 최선이었다.

"하지만 그 당시에는 특별히 화제가 되지도 않았어. 다카노 도 아무 말 안 했고. 그런데 최근 들어 이상한 소문이 돌기 시 작했어. 다카노의 어머니가 이타야마중학교 학생들을 원망해 복수하려 한다고. 인터넷 같은 데 얘기가 퍼진 것 같아."

"진짜?" 슈토는 얼굴을 일그러뜨렸다.

"나는 안 믿어. 다카노의 어머니는 초등학교 때부터 알고 지냈어. 그런 분이 아니야. 하지만 어제 오랜만에 만났는데 조 금 무섭더라."

"인플루엔자에 관해 물었지?"

"응." 이쿠미는 살살 고개를 끄덕였다.

"정말 우리를 좋게 생각하지 않는 것 같았어. 즐겁게 스키 수업을 듣는 것도 흔쾌하지 않은 듯했고. 다카노도 스키 수업 이 시작된 뒤로 계속 기운이 없고. 그래서 어제 직접 물어봤 어. 진짜냐고."

"뭐래?"

"시끄러워, 괜한 참견이야, 그러더라. 나는 걱정되어 물어본 건데……."

이쿠미의 시무룩한 옆얼굴을 보고 있자니 슈토의 가슴속에 초조감 같은 게 싹텄다. 어제 그녀는 다카노와 이야기한 뒤 울먹였다. 단순한 동급생 때문에 눈물까지 흘릴까.

"오늘은 여기 왜 왔어?" 슈토가 물었다.

"다시 확인하려고. 어제 아줌마에게 이상한 분위기를 느낀 건 내 기분 탓이고 오늘은 상냥하게 웃어주지 않을까 해서. 그런데 역시 아니더라. 우리를 싫어하는 것 같아." 이쿠미는 그렇게 말하고 남은 주스를 다 마시고는 의자에서 일어났다.

29

제1곤돌라 승차장이 가까워졌다.

네즈는 속도를 늦추면서 겔렌데 전체를 둘러봤다. 갑자기 분홍색 스키복이 눈에 들어와 깜짝 놀랐는데 누가 봐도 성인 이었다. 게다가 동행한 사람들의 옷 색깔도 달랐다.

곤돌라 승차장 앞에서 정지해 백팩에서 수신기를 꺼내 스위치를 켜고 안테나 방향을 이리저리 바꾼다. 하지만 여덟 개의 발광 다이오드는 전혀 반응하지 않았다.

스키 판을 떼고 곤돌라 승차장 계단을 올랐다. 승객들이 선줄은 그리 길지 않다. 패트롤 제복을 입었다는 강점을 살려 성큼성큼 앞으로 나아갔다. 안내를 맡은 아르바이트 여성과는 아는 사이다. 그녀는 네즈를 보자마자 무슨 일이냐며 눈을 동그랗게 떴다.

네즈는 3인조의 스키복 색깔을 알려주고 본 적 없냐고 물었다.

아르바이트 여성은 곤혹스러운 듯 고개를 갸웃했다.

"글쎄요, 조그만 애가 몇 명 타기는 했어요. 분홍색 스키복도 있었던 것 같은데 함께 있던 어른들 옷 색깔까지는…….. 죄송해요. 잘 모르겠어요."

무리도 아니다. 그리 혼잡하지 않다 해도 승객은 끊이지 않고 밀려온다. 스키와 스노보드 복장은 컬러풀해 눈에 띌 때가 많지만 그래서 오히려 다 인상에 남지 않는다.

네즈는 인사하고 몸을 돌렸다. 다시 곤돌라 승차장 밖으로 나와 주위를 둘러봤으나 역시 그 가족의 모습은 보이지 않았다.

치아키에게 전화가 와 서둘러 받았다.

"어때?"

"없어!" 치아키가 목소리를 높였다. "지금 히나타 겔렌데를 돌아봤는데 그 가족은 없어. 곤돌라 승차장과 리프트 승차장에서 담당 직원에게도 물어봤는데 잘 모르겠대."

"그래?" 네즈는 말하며 입술을 깨물었다. 일본에서도 손에 꼽힐 정도의 광대함을 자랑하는 스키장이다. 그런데 오늘은 바로 그 점이 너무나 원망스러웠다.

"어떻게 하지? 다시 산꼭대기까지 올라가 내려오면서 찾아봐?"

"아니야. 겔렌데가 너무 넓어. 상대가 이동하고 있다면 괜히

241

돌아다녔다간 찾을 가능성이 줄어들어. 곤돌라 승차장에서 기다리는 게 만날 확률이 높을 거야."

"맞아, 동감이야. 그럼 승차장을 지킬게."

"부탁할게. 정오가 다가오니까 어쩌면 점심을 먹을지도 몰라. 보이는 범위에서 식당이나 레스토랑 출입구 부근도 살펴 줘."

"알았어."

네즈는 전화를 끊고 겔렌데를 둘러봤다. 이번에도 분홍색 스키복은 눈에 들어왔으나 스노보더였다. 어린이 스키어도 있었으나 이번에는 옷 색깔이 달랐다.

느긋하게 기다리는 수밖에 없다고 생각하고 있는데 다시 전화가 왔다. 표시를 보니 이번에는 구리바야시였다.

마침 잘됐다고 생각하며 전화를 받았다. "네, 네즈입니다."

"아, 구리바야시입니다. 저 때문에 고생이 많으십니다. 지금 어떤 상황인가 싶어서 전화했습니다. 바쁘신데 죄송합니다." 우스꽝스러울 정도로 지나치게 저자세다. 하지만 비굴한 느낌이 아니라 정말 미안해하며 진심으로 고마워하고 있을 것이다.

"한 가지 큰 진전이 있었습니다. 수신기에 반응이 있었습니다." 네즈가 말했다.

"네? 그래요! 어디서요?" 구리바야시가 득달같이 물었다.

"그게 의외의 장소입니다. 겔렌데 한가운데였으니까요. 근처에 너도밤나무 숲도 없고."

"네……? 왜 그런 곳에서."

"게다가 수신기가 반응한 것은 장소가 아니라 사람이었습니다. 한 스키어에게서 강한 전파가 나오는 것으로 판명되었습니다. 실은 기묘한 현상이라고 생각했는데 아무래도 우연은 아닌 것 같습니다."

"스키어에서? 왜 그런 일이 벌어졌을까요?"

"가능성은 하나입니다. 발신기를 넣은 테디베어를 그 스키어가 가지고 있는 게 아닐까요?"

숨을 들이켜는 기척이 났다. 하지만 그 후 구리바야시는 침묵을 지켰다. "여보세요!" 네즈는 여러 번 그를 불렀다.

"아, 네……. 네, 듣고 있습니다." 구리바야시는 더듬더듬 대답했다. "테디베어를 가지고 있다면 현장에서 가지고 나왔다는 말인가요?"

"그럴 가능성이 크다고 생각합니다."

"아!" 당혹해하는 목소리가 들려왔다. "그 스키어는 어디 있습니까?"

"모릅니다. 전파를 찾았을 때 우리는 리프트를 타고 있어서 어떻게 해볼 수 없었습니다."

"네?!" 이번에는 아까보다 목소리 톤이 높았다.

"그럼 큰일이지 않습니까? 혹시 발견하지 못하면 케이……
가 아니라 그 백신이 있는 장소를 알 수 없게 되잖아요."

"그래서 지금 열심히 찾는 중입니다. 하지만 우리가 이동하
면 오히려 못 찾을 것 같아 둘로 나눠 곤돌라 승차장을 지켜
보고 있습니다. 어쨌든 둘 중 하나에 나타나지 않을까 싶어서
요."

"그렇겠군요. 그 방법밖에 없겠네요."

"구리바야시 씨는 지금 '뻐꾸기'에 계십니까?"

"네."

"그럼 잠시 주위를 살펴봐주세요. 마침 점심시간이라 그 사
람들도 점심을 먹을 가능성이 있으니까요."

"아, 그렇군요. 그럼 그 사람들의 특징을 알려주세요."

"문제의 스키어는 몸집이 작은 여자아이로 분홍색 스키복
을 입었습니다. 부모로 보이는 남녀와 같이 있고 남성은 하얀
스키복, 여성은 노란 스키복을 입고 있습니다."

"아, 분홍색 스키복이라……, 앗! 있는데 아이가 아니네요.
아이는 있는데 옷이 하늘색이고. 그리고…… 음, 안 보이네
요."

"그래요? 하지만 앞으로 나타날 수도 있으니까 살펴봐주세
요."

"알겠습니다. 말씀하신 특징에 맞는 3인조가 나타나면 바로

연락드릴게요."

"부탁드립니다. 저희는 계속 찾아보겠습니다."

"죄송하지만 한 번 더 부탁드리겠습니다. 정말 죄송합니다." 구리바야시가 수없이 고개를 숙이는 모습이 눈에 떠올랐다.

네즈는 전화를 끊고 다시 겔렌데 구석구석까지 눈길을 보냈다. 문제의 3인조는 보이지 않았다.

그때 또 착신음이 들렸다. 치아키인가 해서 화면을 보니 다시 구리바야시였다.

"네즈입니다. 무슨 일로……?"

"백황이라고요?!" 구리바야시의 커다란 목소리가 고막을 흔들었다.

네즈는 절로 휴대전화를 귀에서 뗐다. "뭐라고요?"

"하얀색과 노란색요. 여, 여자아이가 분홍색이고 부모가 하, 하얀색과 노란색. 분명히 그렇게 말씀하셨죠?!"

"그렇습니다. 혹시 가게에 들어왔나요?" 네즈는 전화 쥔 손에 힘을 줬다.

"아닙니다. 여기에는 없어요. 하지만 제가 알아요. 어쩌면 그 사람들은 우리와 같은 숙소에 머문 가족일지 모릅니다. 아버지가 하얀색, 어머니가 노란색, 그리고 딸이 분홍색. 틀림없이 그 조합이었습니다. 조금 전 이야기를 들을 때는 미처 알아차리지 못했는데 전화를 끊고 나서 어디서 본 것 같더니 갑자기 생각났어요."

엄청난 우연이었다. 그의 말이 맞는다면 큰 단서다.

"어떤 사람입니까?"

"그게 이름까지는 모르고……. 아, 하지만 숙소에 문의하면 알 수 있을 겁니다."

"당장 알아봐주세요. 장내 방송으로 호출하도록 조치하겠습니다."

"알겠습니다." 구리바야시는 그렇게 말하고 "아아아!"라며 소리를 질렀다.

네즈는 이번에는 또 뭔가 싶었다. "왜 그러세요?"

"그리 시간이 없을 것 같네요. 그 사람들, 오후에는 차로 나고야로 돌아간다고 했어요."

"네?" 네즈는 손목시계를 봤다. 정오가 다 되어가고 있었다. "스키를 타고 어디서 옷을 갈아입는다고 했나요? 일단 숙소로 돌아가지 않을까요?"

"죄송해요. 그건 몰라요."

"그럼 일단 숙소에 문의부터 해보세요. 그 사람들의 연락처를 알아봐주세요. 저는 주차장을 뒤져보겠습니다."

"네, 알겠습니다."

구리바야시가 힘껏 대답하는 것을 듣고 네즈는 전화를 끊었다. 이어서 바로 치아키에게 전화했다.

전화를 받자마자 그녀가 물었다. "찾았어?"

"아직이야. 대신 중대한 사실을 알았어."

네즈는 구리바야시에게 들은 이야기를 그녀에게 했다.

"그게 뭐야? 같은 숙소에 묵었으면서 이제까지 몰랐다고? 구리바야시 씨라는 사람, 너무 둔한 거 아냐?"

"그거야 어쩔 수 없잖아. 제2곤돌라 주차장으로 가서 그런 가족이 없는지 확인해줘. 나는 지금부터 제1주차장을 살펴볼게."

"알았어."

전화를 끊고 스키 판을 장착하고 스케이팅으로 대기실로 돌아왔다. 마키타가 있어서 이제까지의 경위를 설명했다.

"좋아. 순찰 중인 대원들에게 그런 가족이 보이면 알려달라고 연락하지. 물론 자세한 사정은 얘기하지 않겠네. 중요한 분실물을 전달해야 한다고 말하면 되겠지."

"죄송합니다. 잘 부탁드려요."

네즈는 신발을 갈아 신고 수신기를 넣은 백팩을 들고 대기실을 뛰쳐나왔다. 패트롤용 기자재를 운반하기 위한 원박스 밴에 타 서둘러 제1주차장으로 향했다.

30

숙소의 여주인은 상냥한 얼굴의 소유자였는데 성격은 의외로 완고했다. 오늘 아침까지 숙소에 묵은 가족을 문의하자 와타나베 가즈시게라는 이름만 알려주었다. 개인정보보호법이 있어서 전화번호는 절대 가르쳐줄 수 없단다. 이해는 하지만 때와 상황에 따라 다를 수 있지 않냐는 불만이 들었다.

"어떻게 안 될까요? 정말 급한 일입니다. 무슨 일이 있더라도 연락해야 합니다."

여주인의 한숨 소리가 들렸다.

"그럼 이렇게 하죠. 제가 그쪽에 연락해 구리바야시 씨에게 전화하라고 할게요. 어떠세요?"

"아! 그래도 좋습니다. 부탁드려요."

구리바야시는 자신의 전화번호를 여주인에게 알려주고 전화를 끊었다. 이제는 와타나베 씨의 전화를 기다리는 수밖에 없었다.

마음을 놓으니 괜스레 배가 고파졌다. 구리바야시는 스키폴을 들고 일어났다. 식권 판매기에서 생맥주와 프랑크 소시지 식권을 사서 카운터 앞까지 갔다. 카운터에는 다부진 얼굴의 젊은 남성이 있었다. 가슴에 '다카노'라는 이름표를 달고 있다. "어서 오세요." 상냥하게 말을 걸어왔다.

구리바야시는 두 장의 식권을 내밀었다.

"생맥주와 프랑크 소시지요. 자리에서 기다리시면 가져다드릴게요."

"아, 그래도 되나요?"

"물론이죠. 다치신 것 같은데 괜찮으세요?"

"뭐, 그럭저럭. 부끄럽습니다."

"스키 타시다 미끄러져서 다치셨나요?"

"네, 그게 급경사를 너무 대담하게 공략하다가." 구리바야시는 손목을 굽혀 손가락으로 급경사를 내려가는 시늉을 했다.

"그러셨어요? 기술이 있어도 방심하면 좋지 않아요."

"네, 정말 그래요. 아주 뼈저리게 느꼈습니다."

그때 옆에서 소년 하나가 다가왔다. 슈토와 또래 같다.

"엄마는?" 카운터의 남성에게 물었다.

"안에서 쉬셔."

"흠."

"너, 스키 수업은?"

"테스트는 끝났어. 이제부터 자유 시간."

"합격했어?"

"당연하지." 소년은 그렇게 내뱉고 카운터 안으로 사라졌다.

아무래도 두 사람은 형제 같다. 이런 데서 나고 자라면 필시 스키 실력이 엄청날 것이다.

구리바야시는 자리로 돌아와 테이블에 놓인 스마트폰을 노려보고 있는데 바로 전화가 왔다. 뛸 듯이 기뻐하며 전화를 들었는데 화면을 보고 낙담했다. 도고였다.

"네, 무슨 일이세요?" 노골적으로 힘없는 목소리를 냈다.

"대답이 그게 뭐지? 의욕이 있기나 한 거야?"

"의욕은 충분합니다. 현재 긴박감 넘치는 상황이 전개되고 있어서."

"그래? 진전이라도 있었나?"

"아주 큰 진전이 있었죠." 구리바야시는 오늘 아침부터 일어난 일들을 정리해 보고했다.

도고는 끄응 하고 신음을 흘렸다.

"그 가족을 발견하느냐 못하느냐가 아주 중요해졌군."

"중요가 문제가 아니고 못 찾으면 그냥 끝이에요."

"하지만 연락은 될 수 있잖아? 그럼 어디서 테디베어를 발견했는지 어쨌든 알아낼 수 있지 않나?"

"그건 장담 못 합니다. 인간의 기억이란 애매해서 시간이 흐르면 잊어버릴 위험이 있죠. 게다가 나고야에서부터 와야 한다고요. 다시 이쪽으로 오게 하려면 나름의 이유가 필요하죠."

"그 백신 얘기를 하면 어떤가?"

"하지만 이번에도 믿어주리라는 보장은 없습니다. 혹시 의심해서 이리저리 조사했다가는 곤란하죠. 그보다 사실을 털어놓고 K-55 수색에 협력해달라고 부탁하는 게…….”

“그건 안 돼! 안 된다고!” 도고의 목소리가 한 옥타브 높아졌다. “자네는 도대체 뭔가? 아니, 무슨 자백이야! 그렇게 금방 포기해서 어쩔 셈이야? 근성을 좀 가지라고, 근성을!”

“아, 네.” 기운 없이 대답했다. 이런 문제를 근성으로 해결할 수 있다면 누가 고생하나.

“기운 내. 실은 좋은 소식이 있네.”

“네?”

“자네의 협력자를 구했어. 손발처럼 쓰게.”

“아, 그래요?”

“뭐야? 그리 좋아하는 것 같지 않네?”

“그게 아니라 그 가족을 발견할 때까지는 영 제정신이 아니라.” 구리바야시가 그렇게 말했을 때 진동 소리가 났다. 전화가 들어오고 있다는 알림이다. 숙소 전화번호가 떴다.

“자네 적임자로 누가 적당할지, 나도 여러모로 숙고했네.” 도고는 의기양양하게 떠들었다. “그런데 그때……”

“죄송합니다. 제가 다시 걸겠습니다.”

도고와의 통화를 중단하고 숙소 전화를 받았다. “네, 구리바야시입니다.”

31

사토자와온천에는 공영 주차장이 여럿 있는데 가장 넓고 메인 겔렌데와 가까운 것이 제1주차장이다. 다만 그곳도 A, B, C 세 구역으로 나뉘어 있다.

주차장에는 다양한 차가 쭉 늘어서 있었다. 가장 가까운 A 구역에는 빈자리가 거의 없었다. 네즈는 한 대씩 차 안을 보면서 천천히 나아갔다. 사람이 타고 있는 차는 없었다.

B 구역으로 이동하려는데 반대편에서 RV차 한 대가 나왔다. 운전자는 남성이고 조수석에는 여성 그리고 뒷자리에도 사람이 앉아 있다.

네즈는 브레이크를 밟고 운전석 창문을 내린 후 얼굴을 내밀어 상대 운전사에게 손을 흔들었다.

RV차가 네즈의 차 옆에서 서더니 운전자가 의아한 표정으로 창문을 열었다. "무슨 일이시죠?"

"잠깐 여쭙겠습니다. 뒤에 타고 있는 사람이 자녀분이신가요?"

"그런데요?"

"따님이세요?"

"아뇨, 아들이에요."

실망했다. 하지만 어쩌면 자신들이 딸이라고 단정했을 수도 있어서 "자녀분 스키복 색깔은 어떻게 되나요?"라고 물었다.

"그게 무슨 색이지?" 남성이 옆의 여성에게 물었다.

"이거야." 뒷자리의 남자아이가 몸을 내밀며 말했다. 들고 있는 스키복은 파란색과 하얀색의 체크무늬였다.

"죄송합니다. 실례했습니다." 고개를 숙이고 차를 출발시켰다. 상대편 가족은 이게 무슨 일인가 싶을 것이다.

B 구역으로 들어가 찾기 시작했다. 그러나 조건에 맞는 삼인조는 보이지 않았다.

구리바야시의 전화가 왔다.

"숙소에 문의해 이름을 알았습니다. 와타나베라고 한답니다. 와타나베 가즈시게 씨. 이미 체크아웃해서 숙소로 돌아오지는 않는답니다. 게다가 전화번호는 알려주지 않았어요. 그 여주인, 보기와는 다르게 완고하네요. 대신 와타나베 씨가 제게 전화를 걸도록 해주었습니다. 다만 오늘 밤까지 전화는 오지 않을 겁니다." 구리바야시는 원통한 듯 말했다.

"왜요?"

"요즘 세상에서는 아주 드문 일일 텐데 와타나베 씨가 숙소에 기재한 전화번호는 집 전화랍니다. 숙소에서 전화를 걸어보니 부재중 메시지로 넘어갔다고 해요. 일단 메시지를 남겼는데 와타나베 씨가 그걸 들을 때쯤은 밤일 겁니다."

그러면 너무 늦다. 또 테디베어를 어디서 찾았는지를 밝히기 위해서는 와타나베 가족을 현지까지 다시 데려와야 한다. 그러니 무슨 일이 있더라도 그들이 이곳을 떠나기 전에 찾아야만 한다.

"어쩔 수 없네요. 그럼 방송으로 불러보죠. 구리바야시 씨는 그대로 대기해주세요."

"알겠습니다."

전화를 끊고 이번에는 치아키에게 걸어 "어때?"라고 물었다.

"없어. 무엇보다 이쪽은 차가 거의 없네."

"역시 그렇구나. 그럼 작전 변경이야. 이름을 알아냈어. 와타나베 가즈시게 씨래. 유감스럽게도 휴대전화 번호는 알아내지 못했어. 그 근처에 인포메이션 센터가 있을 거야. 방송해서 불러봐."

"알았어. 와타나베 가즈시게 씨지?"

네즈는 이걸로 찾게 되면 좋겠다고 생각했으나 그다지 기대할 수 없었다. 방송이 나가는 것은 스키장 내부뿐이다. 와타나베 가족이 이미 스키장을 떠났다면 그들은 방송을 들을 수 없다.

주차장 C 구역을 돌아보는데 역시 그런 가족은 없었다. 다른 주차장이 더 있는데 굳이 멀리 있는 주차장에 세웠을 것 같지는 않았다.

앞으로 어쩌지 하고 망설이는 네즈의 눈에 들어오는 게 있었다. 주차장 출입구 부근에 설치된 CCTV였다. 시즌 중 차량 털이 피해가 늘어 몇 년 전에 설치했다. 최근에는 주차장만이 아니라 스키장 안에도 몇 군데 설치했다. 스키와 스노보드 도난이 늘어났기 때문이다.

퍼뜩 이거다 싶어 네즈는 차를 출발시키고 핸들을 꺾어 스키장 관리사무소로 향했다. CCTV 영상은 모두 그곳에서 관리한다.

사무소로 뛰어 들어가 직원들의 인사도 건성으로 넘기며 경비실 문을 두드렸다. 자리를 지키고 있던 아는 사이인 경비원이 태평하게 물었다.

"아이고, 네즈 씨. 무슨 일이야?"

"CCTV 녹화 영상 좀 보여주세요. 사람을 찾고 있어요. 아주 중요한 것을 놓고 가서 전해줘야 하는데 영 찾질 못해서요."

"그러자고. 대단한 일도 아니고. 중요한 걸 놓고 갔어? 면허증 같은 거야?" 중년의 경비원은 당혹스러운 표정을 지었다.

"아뇨, 더 중요한 거예요."

"카드인가?"

조바심이 났다. 뭐든 상관없잖아! 영상이나 얼른 보여줘!

이렇게 투덜대고 싶었다.

"약이에요."

"약?"

"그 약을 전해주지 않으면 그 사람 생명이 위험해져요."

자기가 생각해도 참 한심한 설명이라고 생각했는데 "그래? 그러면 큰일이지!" 하고 경비원이 펄쩍 뛰며 모니터 쪽으로 이동했다.

모니터는 네 대였다. 스키장과 주차장에 설치된 카메라는 열 대 이상이고 자동과 수동으로 화면을 바꾼다고 한다.

네즈는 경비원에게 조작 방법을 배워 네 대의 모니터 앞에 자리를 잡았다. 일단은 제1주차장부터다. 두 시간쯤 전부터 녹화된 영상을 되감기로 봤는데 와타나베 가족으로 보이는 모습은 없었다.

이상하네. 네즈는 고개를 갸웃했다. 역시 더 먼 주차장에 차를 세웠나. 왜 그런 일을 할까.

치아키에게 확인을 요청한 제2곤돌라 주차장도 봤는데 결과는 마찬가지였다.

어쩔 수 없이 레스토랑이나 식당 앞 녹화 영상을 확인하기로 했다. 카메라는 주로 그런 점포 앞에 있는 스키와 스노보드 보관소를 찍고 있었다.

되감기 영상을 틀고 분홍색과 노란색, 하얀색 스키복이 눈

256

WHITE RUSH

에 띌 때마다 반응했다. 그런 색의 스키복은 정말 많았다. 하지만 이 세 가지를 조합하면 전혀 없었다.

다시 분홍색 스키복이 눈에 들어왔다. 게다가 조그만 여자 아이였다. 깜짝 놀랐는데 다음 순간 낙담했다. 소녀와 이야기를 나누는 여성은 보라색 스키복을 입고 있었기 때문이다.

이것도 아니구나 싶어 체념하려는데 보라색 스키복을 입은 여성이 소녀에게서 멀어졌고 소녀는 손을 흔들었다. 아무래도 무슨 말을 건 모양이다.

그 직후였다. 화면 끝에서 하얀 스키복을 입은 남성이 나타나 소녀 옆에 섰다. 또 수십 초 후 이번에는 바로 옆 가게에서 노란 스키복을 입은 여성이 나와 둘과 이야기하기 시작했다.

그들이다! 네즈는 확신했다. 겔렌데에서 한 번 봤을 뿐인데 키나 체형이 틀림없었다.

서둘러 앞뒤 영상을 확인했다. 오전 11시 10분경에 가게에 들어가 약 40분 후에 나왔다.

실수했네. 네즈는 한탄했다. 와타나베 가족을 곤돌라 승차장에서 기다리고 있을 때 그들은 점심을 먹은 것이다. 그러나 그 시점에서는 레스토랑이나 식당을 샅샅이 들여다볼 수 없었다. 그사이에 가족이 활강해 다시 곤돌라에 타거나, 혹은 다른 장소로 이동해버릴 우려가 있었기 때문이다.

시계를 보니 오후 1시가 넘었다. 와타나베 가족은 어디로 가버린 것일까. 왜 주차장 CCTV에는 찍히지 않았을까.

혹시 집으로 돌아가기 전에 사토자와온천 마을을 산책이라도 하나. 하지만 어떻게 찾지?

그런 생각을 하고 있는데 치아키에게 전화가 왔다.

"호출 방송을 했는데 아무런 반응이 없어."

"그럴 거야. 그 가족은 이미 스키장을 떠났을 가능성이 커."

네즈는 CCTV 영상 얘기를 치아키에게 전했다.

"영상을 보면 이 가족은 이미 떠난 것 같아. 스키 판도 안 신고 메고 이동했거든."

"그러면 내가 여기 있어도 의미는 없네."

"아니야, 잠깐만. 일단 와타나베 가족이 갔던 가게에 가줄래? 점원이 셋을 기억하고 있다면 무슨 단서를 얻을 수도 있으니까."

"알겠어. 어느 가게야?"

"'미쓰바식당'이라는 가게, 알아?"

"응, 무청절임 탄탄면이 유명한 가게지? 내가 가볼게."

"잘 부탁해."

네즈는 전화를 끊고 경비원에게 고맙다는 인사를 건네며 방을 나왔다. 여기 있어봤자 이제 얻을 건 없다. 이렇게 된 이상 마을을 돌아다니며 이 가족을 찾아내야 한다.

밴에 올라타 출발했다. 사토자와온천 마을의 도로는 구불

구불한 데다 아주 좁다. 오가는 사람들을 살피며 신중하게 나아갔다. 그러는 사이 네즈는 절망적인 생각에 빠지기 시작했다. 걷는 사람이 적지 않은데 그 대부분은 스키복이나 보드복을 입고 있지 않았다. 생각해보면 당연한 일이다. 스키장을 떠나면 옷은 갈아입겠지.

어린아이를 데리고 있는 남녀를 보면 말을 걸어 와타나베 씨가 아니냐고 물었다. 모두가 의아한 표정을 짓고 아니라고 답했다. 이런 일을 계속하면 사토자와온천 마을의 평판이 나빠지지 않을까 걱정하기 시작했는데 전화가 걸려왔다. 치아키였다.

"지금 '미쓰바식당'에 와있어. 여기 점원에게 물어봤더니 와타나베 가족을 기억하고 있더라." 치아키가 숨을 몰아쉬고 있었다. 아마 뛰어갔으리라.

"그 가족이 어떤 얘기를 했대? 식사 후 사토자와온천 마을을 산책한다거나 선물을 산다거나 하는 말 안 했대?"

"그렇게 자세한 것까지는 기억 못 하지. 감자튀김을 가져다줄 때 아이가 더 타고 싶다고 졸랐대."

"그래서? 더 타기로 했대?"

"거기까지는 모른대. 당연히 모르겠지. 이 가게, 유명해서 계속 손님이 들어오거든."

치아키의 반론에 네즈는 할 말이 없었다. 그곳이 인기 있는 가게라는 사실은 잘 알고 있다.

"뭐든 괜찮아. 인상에 남은 게 있으면 알려달라고 해봐."

"물어봤는데 다른 건 모르겠대."

"그게 뭐야? 일테면 스마트폰으로 뭐를 검색했다거나 지도를 봤다거나……." 네즈는 머리를 마주 긁어댔다.

"그건 무리야. 여기 점원은 정말 바쁘다고."

"바쁘다면서 감자튀김을 가져다줄 때 들은 이야기는 기억했잖아?" 그렇게 말한 직후 네즈의 뇌에 불이 반짝했다. "잠깐만! 그 가게는 탄탄면과 무청절임이 유명한 집이지? 왜 감자튀김을 주문했대?"

"그야 모르지."

"점원에게 물어봐줘, 다른 건 뭘 주문했는지. 전표를 보면 알 수 있잖아."

치아키가 점원에게 묻는 소리가 들렸다. 점원에게는 한창 바쁜 시간에 귀찮게 하는 일이었으나 지금 그런 걸 신경 쓸 때가 아니었다.

"음, 그러니까 무청절임 탄탄면 두 그릇. 그리고 감자튀김이랑 병맥주, 크림소다."

"맥주!" 네즈는 목소리를 높였다. "잔은 몇 개? 부부 중 누가 맥주를 마셨어?"

치아키가 다시 점원에게 물었다. 네즈의 의도를 알아차린 듯 열띤 어조가 되어 있다.

"엄청난 사실 발견! 부부가 맥주를 마셨대." 치아키가 말했다.

"아, 그렇다면……."

"이상하지 않아? 바로 운전할 사람이라면 맥주는 안 마시겠지."

"또 연락할게. 언제든 전화할 수 있는 상태로 대기해줘."

이어서 구리바야시에게 전화했다. "네, 네." 가벼운 대답이 들려왔다.

"확인하고 싶은 게 있습니다. 와타나베 가족이 차로 온 건 확실합니까?"

"네?! 그럴 겁니다만."

"분명히 차로 왔다고 했나요?"

"아, 그게, 어땠더라."

"잘 생각해보세요. 왜 차라고 생각하셨죠?"

"그야 고속도로가 막힐까 봐 걱정해서 차라고 생각했죠."

"고속도로요? 운전해서 돌아간다고 했나요?"

구리바야시는 음, 하고 신음한 뒤 말했다. "그랬나? 죄송해요. 기억나지 않네요."

"알겠습니다. 그럼 됐습니다." 전화를 끊고 사이드브레이크를 풀었다. 둔하기만 한 아저씨와 느긋하게 이야기나 나누고 있을 때가 아니었다.

와타나베라는 인물이 절대 음주운전을 하지 않았으리라는 보장은 없다. 맥주 한 잔쯤이라고 가볍게 생각하고 마셨을 가능성도 있다. 그러나 주차장 CCTV에 전혀 찍혀 있지 않은 사실을 고려하면 직접 운전할 계획은 없으므로 안심하고 마셨다고 생각하는 게 타당하다. 그래도 고속도로의 혼잡을 걱정했다는 것은 교통수단으로 차를 이용한다는 소리다. 그렇다면 가능성은 딱 한 가지다.

네즈가 밴을 달려 향한 곳은 버스 전용 주차장이었다. 그곳은 사토자와온천 마을의 입구 부근에 있다.

가보니 열 대 정도의 버스가 세워져 있었다. 네즈는 차에서 내려 버스 앞 유리 위쪽에 붙어 있는 표시를 보며 돌아다녔다. 그러나 나고야 방면은 보이지 않았다.

"형씨, 뭘 찾아?" 버스 뒤에서 운전사로 보이는 남성이 나타나 물었다. 유니폼을 입고 모자를 쓰고 입에 이쑤시개를 물고 있다.

네즈는 나고야 방면으로 가는 버스를 찾고 있다고 대답했다.

"조금 전에 출발했는데. 무슨 관광이라고 적힌 버스야."

"조금 전요? 얼마나 됐나요?"

"방금이야. 아직 5분도 안 됐을걸?"

네즈는 고맙다고 말하며 달리기 시작했다. 밴에 올라타 시동을 걸고 급출발했다. 타이어가 살짝 미끄러졌다.

액셀을 밟고 핸들을 조작하면서 열심히 머리를 굴렸다. 나고야로 가려면 조신에쓰자동차도로, 나가노자동차도로, 주오자동차도로, 그리고 도메이고속도로를 이어 달릴 것이다.

네즈는 무슨 일이 있더라도 버스가 조신에쓰자동차도로를 타기 전에 붙잡아야 한다고 생각했다. 고속도로로 들어가면 어떤 버스인지 분간할 수 없다.

전방에 세단 스타일의 승용차가 보였다. 눈길 주행에 익숙지 않은지 지나치게 신중하다. 네즈는 건너편 차선에 차가 없음을 확인하고 액셀을 밟아 단숨에 세단을 추월하고 원래 차선으로 돌아왔다. 아주 잠깐 과속했으나 신경 쓸 겨를은 없다.

그 후로도 속도를 늦추지 않고 앞차와 가까워지면 기회를 봐서 추월하기를 반복했다. 추월당한 차 운전자는 무섭고 난폭하게 운전하는 놈으로 보겠지. 그러나 어쩔 수 없었다. 고속도로 입구까지 얼마 남지 않았다. 버스가 들어가버리면 기회는 없다.

고속도로 입구가 가까워졌음을 알리는 표지판이 나타났다. 이제 끝났나 하고 하늘을 올려다보는데 그때 전방에 버스의 뒷모습이 보였다. 네즈는 기어를 낮추고 단숨에 다가갔다.

버스 뒤에 '오랜만에 관광'이라는 글자가 있었다. 게다가 나고야 번호판이다. 저 차가 틀림없다고 확신했다.

버스를 지나치며 경적을 울렸으나 버스는 속도를 늦추지 않았다. 그저 매너 없는 밴이라고 생각했을 것이다. 억지로 추월해보려고 했으나 하필 반대편 차선에 차가 많았다.

어떻게 할까 생각하며 버스 뒤쪽 창을 봤는데 한 아이와 눈이 마주쳤다. 초등학생쯤 되는 남자아이가 이상하다는 듯 네즈를 보고 있다.

멈춰, 멈춰. 네즈는 입 모양을 크게 만들어 전하려 했다. 이어서 손가락으로 땅을 가리켰다.

드디어 이해했는지 소년이 앞을 보며 뭐라고 말했다. 드디어 여러 명이 뒤쪽 창에 얼굴을 내밀었다. 아이가 많았으나 그 가운데 어른도 있었다.

버스가 깜빡이를 켜더니 속도를 줄이고 길가로 가 정차했다. 고속도로 입구 코앞이었다.

네즈도 차를 세우고 백팩에서 수신기를 꺼내 내렸다. 버스 승강구로 다가가자 문이 천천히 열렸다.

"도대체 뭡니까?" 운전사가 의아한 표정으로 물었다.

"죄송합니다. 저는 사토자와온천 스키장의 패트롤 대원입니다. 이 버스에 와타나베 씨라는 분이 타고 있지 않나요? 와타나베 가즈시게라는 분입니다."

그러자 운전사가 대답하기도 전에 "전데요?"라며 바로 옆에서 소리가 났다. 앞에서 두 번째 좌석에서 회색 스웨터를 입은 마흔이 안 되어 보이는 남성이 살짝 손을 들고 있었다.

네즈는 버스에 올라타 남성에게 다가갔다. 그의 옆은 빈자리였으나 통로를 끼고 건너편 좌석에 여성과 여자아이가 앉아 있었다.

수신기 스위치를 켜고 안테나를 여자아이 쪽으로 향하자 여덟 개의 발광 다이오드가 모두 켜졌다.

"그게 뭐예요?" 어머니로 보이는 여성이 불안한 표정을 지었다.

여자아이는 긴소매 티셔츠에 미니스커트를 입고 있었다. 옆에 조그만 가방이 놓여 있다.

"그 가방 좀 봐도 될까?" 네즈가 말했다.

여자아이는 허락을 구하듯 옆의 여성을 봤다. 어머니로 보이는 여성이 고개를 끄덕이자 여자아이는 가방을 열고 네즈에게 안을 보여줬다.

네즈는 손을 뻗어 안에 있는 것을 꺼냈다. 갈색 테디베어다.

"그게 왜요?" 아버지가 물었다.

"부탁이 있습니다. 저와 함께 스키장으로 돌아가주세요." 네즈가 와타나베에게 말했다.

"네?" 놀란 듯 와타나베는 눈을 동그랗게 떴다.

"인명이 걸린 일입니다. 부탁드립니다." 이렇게 말하며 네즈는 고개를 숙였다.

32

"아니, 뭐라고요? 다른 사람에게 받았다고요?" 구리바야시는 전화로 네즈의 이야기를 듣고 벌떡 일어나고 말았다. 그 순간 오른발에 격렬한 통증이 내달렸다. "악, 아파!"

목소리가 커진 탓에 주위 사람들의 시선이 일제히 모였다. 구리바야시는 지팡이 대신 쓰는 스키 폴로 손을 뻗어 가게 입구로 향하면서 전화를 계속했다.

"그게 무슨 소립니까? 테디베어를 받았다니, 누구에게요?"

"그게 전혀 모르는 스키어랍니다. 그저께 따님이 스키를 타고 있는데 그 인물과 부딪혔답니다. 상대가 사과하더니 주머니에서 테디베어를 꺼내 사과의 표시로 줬다고요."

"부딪혀요……?"

깜짝 놀랐다. 그러고 보니 어제 아침, 그 가족이 비슷한 말을 했다. 그리고 아침을 먹은 다음 구리바야시가 수신기 스위치를 켰을 때 반응이 있었다. 여자아이가 스키복 주머니에 테디베어를 넣고 스키장으로 가던 중이었을 수 있겠다.

"그럼 어디의 누군지 모른다는 말인가요? 인형을 준 스키어가?" 구리바야시는 카페를 나오면서 물었다. 목소리가 떨리고 있는 것은 추위 때문이 아니었다.

"지금으로서는 그렇습니다. 특별히 이름을 대지 않았으니까요."

머릿속이 하얘지고 눈앞은 캄캄해졌다. 구리바야시는 가만히 있을 수가 없어 건물 벽을 따라 절뚝절뚝 걷기 시작했다.

"이제 어쩌면 좋습니까? 찾을 방법이 없는 거 아닙니까?"

"화는 내지 마세요. 울며 아우성을 친다고 해결될 문제가 아닙니다. 그리고 무엇보다 이건 당신 문제지, 우리와는 상관없는 일이니까요."

"하지만 사람의 생명이 달려 있습니다."

"압니다. 어디 사는 누군지는 모르지만, 그 사람의 생명을 구하고 싶어 저도 이렇게 뛰어다니고 있잖습니까?"

의연하게 말하는 네즈의 목소리를 듣고 있자니 구리바야시는 마음이 아팠다. 아니야, 실은 당신들 생명이 달린 일이라는 말이 목구멍까지 올라왔으나 그 말을 삼키고 사과했다. "죄송합니다."

"포기하기는 일러요. 어쩌면 그 스키어를 찾을 수 있을지도 모릅니다." 네즈가 말했다

"아니, 어떻게요?"

"와타나베 씨의 말로는 그 스키어는 몸집이 작았고 목소리 느낌으로 추측해보건대 아직 중학생 정도라고 했습니다. 평

일 낮에 보통 중학생은 스키를 탈 수 없죠. 게다가 스키 기량이 상당히 좋았답니다. 스키복 색깔은 갈색이었고요."

"중학생, 이라면 스키 수업 받으러 온……?"

"아세요? 이타야마중학교 학생들이 이틀 전부터 수업을 받으러 왔습니다. 그들 중 하나일 가능성이 큽니다."

"그렇군요! 가능성이 있네요." 구리바야시는 스키 폴을 설면에 꽂았다.

"저는 지금 스키장으로 돌아가는 중인데 다른 동료에게 연락해 이타야마중학교 학생을 보면 물어봐달라고 했습니다. 구리바야시 씨도 다리가 아파 힘드시겠지만, 만약 학생 같은 애들이 보이면 물어봐주세요."

"알겠습니다. 그렇다면 제게도 아이디어가 있습니다."

계속 잘 부탁한다는 말을 힘주어 전하고 전화를 끊었다. 그대로 이번에는 슈토에게 걸었다.

어쩌면 보드를 타는 중이라 받지 않을 수 있겠다고 생각했는데 조금 기다리니 전화가 연결되었다.

"왜?" 무뚝뚝한 목소리가 들려왔다.

"지금, 어디 있니?"

"제1곤돌라에 탔어. 곧 위에 도착해."

"그래? 그 여학생……, 누구라고 했지? 귀여운 애랑 같이 있니?"

"아니, 그건 아니야."

"왜? 아까 카페에서 이야기하지 않았니?"

"가게를 나와 바로 헤어졌어. 왜 그런 걸 물어? 아빠랑은 상관없는 일이잖아."

상당히 기분이 안 좋네. 그 애랑 싸우기라도 했나. 하지만 지금은 그것까지 배려할 여유가 없었다.

"부탁이 있어. 아주 급한 일이야. 그 애와 연락하고 싶구나. 그 여학생의 동급생 중에 이 스키장에서 테디베어를 주운 사람이 있는지 확인하고 싶단다."

"테디베어? 그게 뭐야? 무슨 소린지 알아듣게 말을 해야지."

"몰라도 돼. 아빠 일과 관련된 아주 중요한 거야. 그 애 연락처, 알지?"

"……응, 있기는 한데."

"그렇다면 부탁하마. 아빠 일을 돕게 하려고 너를 데려가는 거라고 처음부터 말했지?"

슈토는 몇 초쯤 침묵을 지키고는 말했다. "알았어. 테디베어를 주운 학생을 찾으면 되는 거지?"

"정확히 말하자면 너도밤나무에 걸려 있던 테디베어를 떼어낸 학생이야. 아, 그리고 스키복은 갈색이다."

"그게 뭐야? 영 복잡하네. 그냥 주운 것으로 할래. 만약 그런 학생을 발견하면 어떻게 하면 돼?"

"그 사람에게 이리로 와달라고 해줘. 아니면 아빠에게 알려주거나."

"흠, 알았어."

"부탁하마. 이 일만 잘 풀리면 뭐든……"

다 사주겠다는 구리바야시의 말이 끝나기도 전에 딸깍 전화가 끊겼다.

다음은 도고에게 걸었다.

"너무 늦잖아! 다시 건다고 해서 내내 기다렸잖아?" 전화가 연결되자마자 잔소리를 들었다.

"죄송합니다. 하지만 좋은 소식이 있습니다. 또 큰 진전이 있었습니다." 구리바야시는 네즈의 정보와 그를 근거로 문제의 중학생 찾기가 착착 진행되고 있다고 보고했다.

"그래? 하지만 중학생이라니까 걱정되네. 녀석들은 어른보다 훨씬 인터넷을 잘 쓰잖아. 이상한 소문을 퍼뜨리지 않을까?"

"어느 정도는 어쩔 수 없는 일입니다. 하지만 소장님, 생각해보세요. 가령 눈 속에 무언가가 묻혀 있었다는 소문이 퍼진다고 치죠. 어차피 현금이나 다이아몬드, 최악이라도 폭탄이나 사체일 겁니다. 그런 소문이라면 문제 될 건 없습니다. 패트롤 대원이 소문을 낸다고 해도 그들은 백신이라고 잘못 알고 있어요. 별문제 없을 겁니다."

"흠, 그렇기는 하네."

"그렇죠? 설마 누가, 병원균이 든 유리 용기를 묻어놨으리라 생각하겠습니까? 그런 이야기는 절대로 밖으로 나오지 않을 겁니다."

"알았어. 그쪽 일은 전부 맡기겠네. 다음 전화에서는 K-55를 발견했다는 얘길 듣기를 기대하지."

"알겠습니다."

통화를 끝내고 스마트폰을 주머니에 넣었을 때였다. 구리바야시의 뒤에서 쾅 소리가 났다. 돌아보니 가게의 뒷문이 있었다. 전화하면서 걷느라 건물 뒤편까지 오고 말았나 보다.

구리바야시는 닫힌 문을 한참 보다가 스키 폴을 지팡이 삼아 걷기 시작하며 이제 막 맑아진 가슴에 시커먼 구름이 퍼지기 시작하는 것을 애써 뿌리쳤다.

33

구리바야시가 '뻐꾸기'에서 사라진 것을 확인하고 오리구치는 쌍안경을 내렸다. 현재 그는 '뻐꾸기'에서 20미터 떨어진 무료 휴게소에 있었다. 테이블과 의자가 있고 창가에는 음료수 자판기가 놓여 있다.

오늘 아침에도 구리바야시는 금방 발견됐다. 지팡이를 짚고 있어서 눈에 잘 띄었다. 아마 오늘도 '뻐꾸기'에서 대기하지 않을까 하는 예상도 적중했다.

그런데 그 뒤의 움직임이 전혀 읽히질 않았다. 어제와 마찬가지로 패트롤 대원으로 추정되는 2인조가 테디베어를 찾아다니는 것 같은데 진척 상황이 전혀 잡히질 않았다. 그렇다고 구리바야시에게 접근하면 경계할 것 같아 이렇게 멀리서 감시만 하고 있었다.

그런데 지금 구리바야시는 가게 밖에서 오랫동안 전화를 하고 있다. 쌍안경으로 얼굴을 가까이 봤는데 표정 변화가 컸다. 일의 진척이 있는 게 분명했다.

그렇다면 이제 자신은 어떻게 행동해야 하나…….

빈 종이컵을 구겼을 때 "어, 이게 뭐야? 이상한 메시지가 들어왔어"라고 바로 옆의 소년이 낸 목소리가 들렸다. 중학생 같으니 얼마 전부터 시작된 스키 수업 학생일 것이다.

"누가 보냈어?" 함께 있던 소년이 물으며 친구의 스마트폰을 들여다봤다. 최근에는 중학생도 다 스마트폰을 가지고 있나 보다.

"야마자키가 보냈어. 이타야마중 학생 중 스키장에서 테디베어를 주운 사람을 찾습니다. 스키복은 갈색. 짚이는 사람이 있으면 연락 주세요. 이렇게 적혀 있네. 무슨 소리야? 테디베어가 뭐야?"

오리구치는 깜짝 놀라 귀를 쫑긋 세웠다. 흘려들을 수 없는 말이 들어 있다.

"누군가 스키장에서 뭘 떨어뜨린 거 아닐까? 그래서 그걸 이타야마중 학생이 줍지 않았냐는 거겠지."

"그럴 수도 있겠다. 그런데 왜 테디베어 같은 걸 흘리냐?"

"글쎄……."

둘의 이야기를 들으며 오리구치는 상황을 파악했다. 아무래도 너도밤나무 숲에 걸려 있어야 할 테디베어가 사라진 모양이다. 그 범인이 이타야마중학교 학생일 가능성이 크다는 거겠지.

학생 전체가 메시지를 보지는 못하겠으나 같이 있는 친구 하나가 보면 정보는 순식간에 퍼질 것이다. 문제의 학생이 밝혀지는 데 그리 많은 시간이 걸리지 않으리라. 밝혀진 뒤 그 학생은 어떻게 할까.

틀림없이 '뻐꾸기'로 올 것이라고 오리구치는 생각했다. 구리바야시가 직접 자세한 사정을 설명해야 할 테니까 말이다.

"야, 언제까지 여기 있을 거야? 이제 타러 가자." 중학생들은 다른 이야기를 시작했다.

"나는 이제 됐어. 피곤하고 질렸어. 타고 싶으면 너나 가."

"아니야, 그럼 나도 여기 있을래. 게임하고 싶어."

"오호, 그러자!"

중학생들은 당분간 여기에 있을 듯하다. 오리구치는 슬며시 웃었다. 새로운 정보를 또 훔쳐 들을 수 있을지 모른다.

그때 마나미가 전화를 걸어와 어떤 상황이냐고 묻기에 오리구치는 중학생들과 거리를 벌리면서 대강의 사정을 설명했다.

"흠, 그래? 그 중학생을 먼저 알아내면 보물을 가로챌 수 있는 분위기 아냐?"

"그렇게 생각하고 지금 발톱을 갈고 있다고."

"네 발톱은 영 믿음이 안 간다. 하지만 일단 맡길게."

"그보다 이제 좀 알려주면 안 되나? 그 보물이 뭔지?"

흥! 마나미는 콧방귀를 꼈다.

"그러네. 네게 회수를 맡기려면 알려줘야겠네. 보물의 정체는 하얀 가루야. 유리 케이스에 들어 있어."

"하얀 가루……? 그거 혹시?"

"넘겨짚지 마. 마약 종류는 아니야. 생각에 따라서는 더 큰 돈이 되지."

마나미는 문제의 물건은 생물학무기라고 말했다. 오리구치는 그 말을 듣고도 도통 감이 오지 않았다. 어떤 물건인지 상상조차 안 되었다.

"그래서 얘기해봤자 소용없다고 했잖아. 어쨌든 조심히 다

뤄야 해. 유리 케이스는 아주 약하거든. 밀폐 용기를 준비하라고 했는데 했어?"

"일단 들고는 왔어. 음식용 밀폐 용기이긴 하지만."

"그거면 됐어. 발견하면 바로 거기에 넣어. 그리고 다시 비닐봉지에 담아 입구를 단단히 막아야 해. 알았어?"

"꽤 엄중하게 다루네."

"그 정도로 중대한 물건이야. 다시 말하는데 절대 놓치면 안 된다. 이때다 싶으면 좀 강압적인 방법을 써도 돼."

"진짜? 그렇다면 고민 없이."

"괜찮아. 상대에게는 쉽게 경찰에 달려가지 못하는 사정이 있어. 그 대신 실수했다가는 용서하지 않는다." 너무나 자연스럽게 말해 오히려 극한의 냉혹함이 느껴진다. 오리구치의 등줄기가 서늘해졌다.

34

슈토는 입구의 자동문이 열릴 때마다 고개를 들었다. 빨간 스키복을 입은 나이가 있는 외국인 여성이 들어왔다. 첫날에도 생각했듯 서양 사람이 정말 많다. 여기 제1곤돌라 하차장 옆 커피숍도 메뉴에 영어가 크게 적혀 있다.

테이블에 놓인 스마트폰으로 시간을 확인했다. 아까 봤을 때로부터 그리 시간이 흐르지 않았다. 이 가게에서 만나자고 이쿠미와 약속한 시각에서 15분이 지나 있었다.

이쿠미가 들어와 슈토를 발견하고 종종걸음으로 다가왔다. "미안해. 기다렸어?"

"아냐, 그리 오래 안 기다렸어. 그보다 이상한 걸 부탁해서 미안해."

"괜찮아. 하지만 정말 이상하기는 해." 이쿠미는 고글을 벗고 슈토 옆 스툴에 앉았다.

"나도 잘 모르겠어. 아빠 일과 관련이 있다는 것밖에 몰라."

"음, 하지만 왠지 흥미로운 일일 것 같아. 테디베어를 찾으라니." 이쿠미는 그렇게 말하면서 자신의 스마트폰을 조작하기 시작했다.

아버지에게 기묘한 부탁을 받자마자 바로 이쿠미에게 연락했다. 아버지에게는 떨떠름하게 알았다고 했으나 내심 그녀에게 연락할 명분이 생겨 정말 기뻤다. '뻐꾸기'에서 다카노의 어머니와 여동생에 대한 어두운 이야기를 들은 후 "오늘도 같이 타자"라는 말도 꺼내지 못하고 자연스럽게 가게를 나서자마자 각자 헤어졌다. 왜 과감하게 같이 있자는 말을 못 했는지 후회만 하고 있었다.

"음, 다들 스키 타고 있나? 많이 안 읽었어. 대답은 오는데 이게 무슨 소리냐고 묻는 메시지뿐이야. 잠깐만, 가볍게 답장 좀 할게." 이쿠미는 능숙하게 손가락을 놀렸다.

메시지를 보내는 것 같아 슈토가 물었다. "뭐라고 썼어?"

"도쿄에서 온 친구가 이 스키장에서 소중한 테디베어를 잃어버렸다고 썼어. 그게 제일 빨라."

슈토의 얼굴이 살짝 뜨거워졌다. 도쿄에서 온 친구. 자신을 그런 식으로 표현해준 게 정말 기뻤다. 콜라 종이컵에 남은 얼음을 입에 넣었다.

"아아……, 뭐 좀 마실래? 주스나."

하지만 이쿠미는 대답하지 않고 스마트폰 화면을 보며 앗하고 소리를 질렀다. 그리고 스마트폰을 귀에 댔다.

"나야……. 응……, 뭐! 그게 정말이야? ……어머, 그렇구나. ……응. ……응. 가와바타와는 어제도 만났는데 별 얘기 안 했어. 역시 모모카를 좋아하는구나. ……괜찮지, 뭐. 누가 좋아하면 좋지. ……야, 그런 말 하지 마. 어쨌든 고마워. ……응, 내가 연락해볼게." 전화를 끊고 슈토를 봤다. "가와바타가 테디베어를 발견했다는 식으로 말했대."

"가와바타라면 백플립 했던 그 애……?"

"응, 맞아." 이쿠미는 고개를 끄덕였다.

"방금 전화한 사람은 모모카라고 같은 학교 애야. 그저께, 그 애한테 가와바타가 스키장에서 테디베어를 주웠는데 어린 여자애가 있길래 그 애에게 줬다고 자랑했대."

"그러고 보니 걔, 갈색 옷이었지?"

"틀림없어. 걔가 맞을 거야. 전화해볼게."

하지만 전화가 연결되지 않는 듯 이쿠미는 얼굴을 찡그리며 스마트폰을 귀에서 뗐다.

"안 받아?"

"응, 가와바타는 구식 휴대전화라 내 메시지를 못 본 것 같아."

"와, 요즘 세상에?"

"걔는 개성이 강한 편이야." 이쿠미는 다시 전화를 걸기 시작했다. 이번에는 연결된 듯하다. "앗, 가와바타? 나야, 야마자키. ······그러니까 내 메시지 못 봤지? ···역시 그랬구나. 저기말이야, 그저께, 테디베어를 주웠지? ······모모카에게 들었어. ······어때, 그게 뭐. 자세한 사정은 나도 모르는데 그게 어디에 있었는지가 아주 중요하대. ······혼나지는 않을 거야. ······잠깐만." 스마트폰을 귀에 댄 채 슈토를 봤다. "가와바타가 어떻게 해야 해?"

"카페 '뻐꾸기'로 와달라고 해줘. 내가 아빠에게 연락해둘테니까."

이쿠미는 고개를 끄덕이고 상대에게 그대로 전하고 전화를 끊었다.

"바로 '뻐꾸기'로 가겠대. 잘됐다, 찾아서."

"고마워. 네 덕분이야."

"대단한 일을 한 것도 아닌데, 뭐. ……맞아, 모두에게 문제가 해결되었다고 알려야지." 이쿠미는 다시 스마트폰을 조작했다.

슈토도 아버지에게 전화를 걸었다. 그러면서 이쿠미의 옆얼굴을 훔쳐보며 이 일을 계기로 다시 함께 활주할 수 있을지도 모르겠다는 희망을 품었다.

35

가와바타 겐타는 조금 불안한 마음으로 활주를 계속했다. 아주 조금 전까지는 늘 그렇듯 상쾌하게 스키를 즐기고 있었다. 그런데 이쿠미의 전화를 받고 나서는 온갖 생각이 머릿속을 오갔다.

그 테디베어, 역시 의미가 있었던 거구나……. 그게 가장 마음에 걸렸다.

이틀 전, 다카노 유키가 말려 일단 포기했는데 다른 사람이 발견해 가져갈지도 모른다는 생각이 드니 너무 분해 혼자 그곳으로 돌아갔다. 다행히 테디베어는 그대로 있었다. 겐타는 인형을 주머니에 넣고 코스로 돌아왔다.

테디베어는 동급생인 요시다 모모카에게 주려고 했다. 언제 주면 좋을까, 줄 때 뭐라고 하면 될까, 멍하니 그런 생각을 하며 타고 있다가 생각에 너무 열중하는 바람에 주위를 살피지 못했다.

경사면 중간에 작은 턱이 있어서 앞이 제대로 보이지 않았는데도 그 턱을 이용해 살짝 점프를 시도했다. 바로 그 직후 분홍색 스키복이 눈에 들어왔다. 큰일이다 싶어 공중에서 최대한 몸을 틀었다. 상대에게 곧장 날아가 충돌하는 것만은 피해야 했다.

다행히 충돌은 피했으나 상대의 진로로 들어가버렸다. 겐타는 착지하면서 옆구리를 부딪히며 꽈당 쓰러졌다.

물론 이것도 자업자득이다. 그보다는 상대가 더 걱정이다. 상대 스키어도 쓰러져 있었기 때문이다. 게다가 조그만 여자아이였다.

황급히 일어나 소녀에게 다가갔다. "괜찮니? 안 다쳤어?"

소녀는 말이 없었다. 너무 놀라 넋을 놓아버린 듯 얼굴이 창백했다.

두 명의 어른이 놀라며 활강해 다가왔다. 소녀의 부모인 듯하다. 겐타는 초조했다.

"왜 그러니? 또 부딪혔어?" 하얀 스키복을 입은 아버지로 보이는 남성이 심각하게 소녀에게 물었다. 그러나 소녀는 대답도 못 하고 입술을 덜덜 떨고 있었다.

"죄송해요. 제가 잘못한 거예요. 앞을 제대로 보지 않고 점 프해 이 애 앞으로 뛰어들었어요. 죄송합니다." 겐타는 고개를 숙이며 사과했다.

"안 다쳤어?" 어머니로 보이는 여성이 여자아이에게 물었 다. 여자아이가 뭐라고 대답한 것 같은데 겐타에게는 들리지 않았다.

겐타의 머리는 죄책감과 후회로 가득 찼다. 스키장에서는 주위 손님에게 신경을 쓰라고 부모님이 신신당부했다. 한 번 이라도 나쁜 경험을 하면 그 손님은 다시는 이 스키장을 찾지 않기 때문이다. 스키장이 가장 큰 재산인 이 지역 사람에게는 제 얼굴에 침을 뱉는 행위다.

"어디 아픈 덴 없니? 정말 죄송합니다." 겐타는 수없이 고개 를 숙였다.

"괜찮지? 자, 일어나봐."

아버지의 재촉에 여자아이는 일어났다. 아무래도 다치진 않은 듯하다. 그러나 표정은 여전히 굳어 있다. 어떻게든 미소 를 되찾아줘야 한다고 겐타는 생각했다.

주머니에서 그 테디베어를 꺼내 여자아이에게 보여줬다.

"이거, 줄게. 사과의 표시로."

너무 뜻밖이었던 듯 여자아이는 놀라며 부모를 올려다봤 다.

"아니, 그렇게 신경 쓰지 않아도 돼요. 이런 곳에서는 피차 이런 일이 일어나기 쉽잖아요." 아버지가 씁쓸하게 웃으며 말했다.

"아닙니다. 오늘은 제 잘못입니다. 그러니까 이거 받아줄래?" 여자아이에게 테디베어를 내밀었다.

소녀는 어떻게 하면 좋을지 망설이는 것처럼 보였다. 그러자 아버지가 말했다. "받으렴. 이것도 추억이니까."

여자아이는 주저하며 손을 내밀어 테디베어를 받았다.

"받았으면 고맙다고 해야지." 어머니가 말했다.

여자아이는 겐타를 향해 고맙다고 하며 드디어 입가를 풀었다.

그런데 그 테디베어가 문제가 되었다.

역시 가져오면 안 되는 거였나. 겐타는 후회했다. 야마자키 이쿠미는 혼나지는 않을 거라 했는데 정말일까. 겐타가 한 일은 적어도 칭찬받을 일은 아니다. 버린 게 아니라 의미가 있는 듯 나무에 걸어둔 테디베어를 무단으로 가져온 것이다. 게다가 그 나무가 있는 곳은 활주 금지 구역이었다.

이거 큰일 났네. 혼나는 이미지만 머리에 떠올랐다.

겐타를 우울하게 하는 것은 또 있었다. 야마자키 이쿠미가 테디베어 일을 요시다 모모카에게 들었다는 얘기다. 물론 요시다 모모카에게만 테디베어 이야기를 했다. 그러니 틀림없이 야마자키 이쿠미는 역시 겐타가 요시다 모모카를 좋아해 그녀에게만 비밀을 털어놓았다고 오해할 게 분명하다. 틀린 말은 아니지만 들키고 싶지는 않다. 겐타는 요시다 모모카에 대한 마음을 계속 비밀로 할 생각이다. 그런데 언젠가부터 야마자키 이쿠미는 그 일로 겐타를 놀리기 시작했다. 정말 감이 좋은 녀석이라니까. 갑자기 화가 치밀었다.

그런 생각을 하며 내려오다 보니 초보자용 경사면에 와 있었다. 완만한 경사면을 활강한다. '뻐꾸기' 간판이 가까워졌다.

가게 앞에서 정지해 스키 판을 떼어 스키 폴과 함께 스키 보관장에 세워놓고 가게로 들어가려는데 옆에서 누가 말을 걸어 왔다. "이타야마중학교 학생인가?"

체크무늬 스키복을 입은 남성이고 나이는 가늠이 되지 않았다. 겐타의 아버지보다 조금 아래일까? 선글라스를 끼고 줄무늬 비니를 쓰고 있다.

"네." 겐타가 대답하자 그가 조그만 목소리로 물었다. "혹시 테디베어를 찾은 사람?"

"그런데요?"

남성은 장갑 낀 손으로 탁 손뼉을 쳤다.

"그래? 자네였어? 아이고, 정말, 만나서 다행이야."

"'뻐꾸기'로 오라는 말을 들었는데요."

"그랬지. 그건 됐고, 자네 정말 엄청난 일을 저질렀어."

"테디베어요?"

"물론 그거지. 그 탓에 엄청난 소동이 일어났다고."

"정말 죄송합니다." 영문도 모른 채 일단 사과부터 했으나 내심 불만스러웠다. 뭐야, 야마자키! 혼나지 않을 거라며…….

"아, 그건 됐어. 일단 안내부터 해줄래?" 남성이 겐타의 어깨에 손을 얹었다.

"안내라니, 어디요?"

"그야 당연히 테디베어가 있던 장소지. 기억하겠지?"

"그야……, 네."

"그럼 가자고. 아, 그리고 그 전에 휴대전화 전원을 꺼줄래? 전자기기를 사용해야 하거든. 만에 하나를 위해서 말이야."

도대체 무슨 일을 하려는 걸까 하고 생각하면서도 겐타는 시키는 대로 했다.

"자, 가볼까? 일단은 곤돌라를 타야 하나?"

"제1곤돌라예요."

"그쪽이야? 머네. 연결 코스로 가는군. 그럼 얼른 스키를 신어. 시간이 별로 없거든." 남성은 얼굴을 찌푸렸다.

남성이 재촉해 겐타는 서둘러 스키 판을 장착했다.

36

즐거움을 완벽하게 되찾았다. 멋지게 카빙 포물선을 그리는 이쿠미를 쫓아 활주하는 쾌감은 역시 스노보드가 최고라는 감상을 슈토에게 가져다주었다.

테디베어 문제가 해결되었음을 모두에게 알린 이쿠미는 "궁금하니까 우리도 '뻐꾸기'에 가볼까?"라고 제안했다. 어른들이 자주 사용하는 '강 건너려니 배 온다'라는 말은 이럴 때 쓰는 거구나. 슈토가 거절할 이유는 하나도 없었다. "그래, 가자." 벗어놓았던 보드복을 들고 일어났다.

그러나 이쿠미의 뒤를 따르면서 슈토는 고민했다. 테디베어 문제가 해결되었다는 것은 아버지의 일이 일단락되었다는 뜻일지 모른다. 그렇다면 아버지와 슈토는 오늘이나 내일이면 이곳을 떠나야 한다. 게다가 이쿠미 학교의 스키 수업도 오늘이 끝이다. 어쨌든 이대로 가면 영원히 그녀를 다시 만나지 못한다. 인터넷이 있으니 대화는 가능할지 모르나 그게 전부다. 도쿄와 나가노. 중학생에게는 너무 먼 거리였다. 사토자와온천 스키장에 언제 또 올지는 알 수 없다. 이번 시즌에 또 오는 일은 아마도 무리일 것이다.

그럼 어떻게 해야 하지? 돈을 모아 여름방학에 올까? 그런데 그만한 돈을 모을 수는 있을까? 그보다 그랬다가 이쿠미가 싫어하면 어쩌지?

아니다, 사실은 더 걱정되는 일이 있다. 다카노 유키다. 아직도 슈토는 그 이름의 한자도 모른다. 하지만 그가 겪고 있는 힘든 상황은 안다. 그리고 그것 때문에 이쿠미가 얼마나 가슴 아파하는지도.

다카노는 잘 기억나지 않는다. 하지만 잠깐 본 느낌으로는 얼굴이 그리 못생기지는 않았다. 체격도 다부지고 목소리도 어른스러웠다. 게다가 그 가와바타와 함께 활주할 정도라니 스키 실력도 상당할 것이다.

이쿠미는 다카노를 좋아하는 걸까? 단순한 동정이라면 좋겠으나 그렇지 않다면 자신 혼자 이렇게 속을 태워봤자 소용없는 일 아닌가.

스즈키와 사토의 얼굴이 떠올랐다. 녀석들과 상의해볼까? 아니다, 다른 사람도 아니고 녀석들이다. 신나서 요란을 떨 게 분명하다. 게다가 그런 녀석들이 괜찮은 조언을 해줄 리 만무하다. 같은 반 여학생들과 대화할 때조차 긴장하는 녀석들인데.

그런 생각에 빠져 있는데 '뻐꾸기' 건물이 보이기 시작했다. 이쿠미는 일직선으로 나아갔다. 그녀의 트랙을 따르면서 그렇게 빨리 다카노의 부모님 가게에 가고 싶은 건가 싶어 슈토는 위축되고 말았다.

가게 앞에 도착해 보드를 떼고 이쿠미를 따라 입구를 통과했다. 이제는 너무나 익숙한 풍경이다. 아버지가 구석 자리에서 스마트폰을 만지작거리는 게 보였다. 테이블 위에는 마시다 만 생맥주잔과 케첩과 머스터드를 잔뜩 뿌린 프랑크 소시지 접시가 있었다. 일찌감치 축배를 든 건가.

"아빠." 다가가 불렀다.

"오!" 가즈유키는 슈토를 보며 힘차게 목소리를 높였다.

"대단해. 이번에 정말 잘해줬어. 고맙다." 전국시대 사무라이 같은 말투였는데 관록이 전혀 느껴지지 않았다.

"그건 됐고 회사 일은 해결됐어?"

"해결? 아니, 그건 아직이야. 무엇보다 문제의 그 학생……, 가와바타 겐타라고 했나? 그 학생이 아직 안 나타났어." 가즈유키의 눈길이 슈토의 뒤에 있는 이쿠미에게로 옮겨졌다. "아, 학생이 협력해줬지? 정말 신세를 많이 졌네." 고개를 숙인다.

"안 와? 어? 무슨 일이지?" 슈토는 이쿠미에게 고개를 돌렸다.

그녀도 고개를 갸웃했다.

"이상하네. 가와바타라면 훨씬 전에 도착했어야 하는데."

"아니, 무슨 소리지?" 가즈유키가 깜짝 놀랐다.

"아빠, 계속 여기 있었어? 화장실 같은 데 안 갔어?"

혹시 아버지가 자리를 비운 사이에 가와바타가 가게에 들어왔다가 아무도 말을 걸지 않아 돌아간 게 아닐까 생각했기 때문이다.

하지만 가즈유키는 아니라며 손을 저었다.

"테디베어를 주운 사람을 찾았다는 네 전화를 받은 뒤로는 여기서 한 발짝도 안 움직였다. 꼼짝 않고 입구를 보며 그럴 만한 사람이 들어오기를 기다렸어."

"그럼 어디 들렀다가 오나?"

슈토는 이쿠미에게 말해봤는데 그녀도 "글쎄"라며 의아한 표정을 지을 뿐이다.

야마자키, 하고 어디선가 목소리가 들려왔다. "무슨 일이야?"

소리가 난 쪽을 보니 스키 바지 위에 검은 파카를 입은 청년이 옆에 서 있었다. 생김새가 어른스러워 슈토는 자기보다 연상인가 했는데 자세히 보니 다카노 유키였다.

이쿠미가 사정을 이야기하자 다카노도 고개를 살짝 갸웃했다.

"나도 아까부터 이 근처에 있었는데 겐타는 못 봤어."

"그래? 이상하네. 어디 있지?" 이쿠미는 그렇게 말하고 힐끔 카운터 쪽으로 눈길을 던졌다.

혹시 아주머니가 있나 했는데 그곳에는 다카노의 형이 서 있었다.

37

네즈가 패트롤 대기실로 돌아왔을 때 치아키가 그 앞에 있었다. 수고했다는 말을 건넸다.

"드디어 정리되는 것 같아. 고생 좀 했지만."

불과 몇 분 전, 구리바야시가 네즈에게 전화를 걸어왔다. 테디베어를 가져갔던 중학생을 찾았고 '뻐꾸기'에서 만나기로 했단다. 바로 이 사실을 치아키에게 알렸다. 그녀는 마침 겔렌데를 내려오던 참이라 대기실에서 만나기로 했다.

대기실을 지키는 마키타에게도 보고하고 스노모빌 키를 들고 밖으로 나왔다. 스키와 부츠를 실으려 하는데 치아키가 보드를 안고 뒷자리에 올라탔다.

"너는 이제 안 가도 돼."

"왜?" 치아키가 입을 내밀며 말했다. "지금까지 관여했는데 끝까지 지켜보게 해줘. 아니면 공을 독차지할 생각이야?"

네즈는 쓴웃음을 지었다. "꽉 잡아."

시동을 걸고 출발했다. '뻐꾸기'로 가려면 겔렌데를 거의 횡단해야 한다. 완만한 경사도에 고군분투하는 스키어와 스노보더를 제치고 휙휙 나아갔다.

제1곤돌라 승차장 근처로 가니 단체 손님이 줄 서 있었다. 주말이 되면 역시 북적인다.

그곳을 통과해 조금 더 갔을 때였다.

"앗, 잠깐만!"

치아키의 말에 정지했다. "왜?"

그녀는 곤돌라 승차장 쪽을 돌아본 뒤 살살 고개를 저었다. "아니, 아무것도 아니야. 미안해."

지인과 닮은 사람을 봤나. 네즈는 다시 스노모빌을 출발시켰다.

곧 '뻐꾸기'에 도착해 나란히 가게 안으로 들어가자 구리바야시가 있었다. 게다가 그의 옆에는 중학생처럼 보이는 두 젊은 남녀가 있었다.

네즈는 처음에는 소년이 테디베어를 발견한 장본인이라고 생각했으나 금방 아님을 깨달았다. 소년은 스노보드 부츠를 신고 있었기 때문이다.

"네즈 씨, 잘 오셨어요." 구리바야시가 웃으며 손을 흔들었다. "정말 고생하셨어요. 아, 이번에 정말 큰 신세를 졌습니다. 진심으로 감사드립니다."

네즈는 당황한 표정으로 고개를 끄덕이고 다시 가게 안을 둘러봤다.

"저, 테디베어를 찾았다는 학생은 어디 있나요?"

"아! 그 학생이 아직 여기에 도착하질 않았어요. 그보다 소개할게요. 이 녀석은 제 아들이고 슈토라고 합니다. 우수하다

할 때의 수에 사람 인을 씁니다. 이름을 못 따라가고 있다고 종종 투덜대는데……"

"이상해요." 슈토가 구리바야시의 말을 끊고 네즈를 올려다보며 말했다. "테디베어를 발견한 사람은 가와바타라는 학생인데 스키 실력을 생각하면 벌써 도착했어야 해요."

"전화는? 해봤니?" 치아키가 물었다.

"걸었는데 연결이 되질 않아요." 슈토 옆에 있던 소녀가 대답했다.

"이상하네." 네즈가 고개를 갸웃거렸다. 어디 들렀다 오나?

"네즈 씨." 그때 치아키가 팔꿈치로 그를 쳤다.

"아까 나, 수상한 사람 둘을 봤는데."

"응? 어디서?"

"저쪽에서 이리로 건너와 제1곤돌라 승차장을 지날 때. 그러니까 그 두 사람도 곤돌라를 탔을지 몰라."

"그 두 사람이 왜 수상한데?"

"중학생 같은 남자애와 성인 남성이었는데 수상한 사람은 성인 쪽이야. 눈에 익은 게 모자. 오디색과 황토색 줄무늬라는 형편없는 디자인이거든. 하지만 그 모자 기억해. 네즈 씨, 기억 안 나?"

"오디색과 황토색 줄무늬……." 중얼거리며 미간을 찌푸렸다. "아니, 오디색이란 게 무슨 색이야?"

"그 남자가 쓰고 있었잖아? 어제 우리를 감시하던." 치아키는 답답한 듯 두 손을 흔들었다.

"아! 회색 스키복을 입은 남자였지?" 생각났다.

"맞아. 그런데 아까 입은 옷은 체크였어. 대여했을지도 몰라. 그리고 함께 있던 남자애 옷은 갈색이었어."

"가와바타다!" 소녀가 말했다.

"무슨 일이지? 이상하네. 그 사람, 전부터 당신 주위를 어슬렁댔다고 했죠?" 네즈는 구리바야시를 봤다.

"네, 테디베어 찾기에 아주 관심을 보였죠. 구경꾼 기질이 강한 사람이라고 생각했는데……."

"만약 단순한 구경꾼이 아니라 처음부터 백신을 가로채는 게 목적이었다면……."

"그건 안 되지. 쫓아가야겠어." 치아키가 말했다.

네즈는 바로 몸을 돌렸다. 스노모빌로 쫓아가면 그들을 추월할 수 있다. 하지만 입구로 향하려다가 걸음을 멈췄다.

"어디로 가는지를 모르네. 제1곤돌라를 탄 다음 어디로 갈 셈이지?"

그때 "고다마 제1코스 옆이에요"라는 목소리가 뒤에서 들려왔다. 파카를 입은 소년이 서 있다.

"아, 너구나." 네즈가 고개를 끄덕였다. 이 가게의 둘째 아들이다. 다카노 유키라고 했던 것 같다.

"저, 테디베어가 어디 있었는지 알아요."

"뭐, 네가? 어떻게?"

"가와바타와 함께 발견했어요. 그때는 함부로 가져가면 안 된다고 말렸는데 그 녀석, 혼자 다시 가지러 갔나……."

"뭐야? 자네도 알고 있었어? 그럼 좀 더 빨리 얘기해줬으면 좋았지." 구리바야시가 목소리를 높였다.

"필요한 건 테디베어라고 생각했지, 그게 있었던 장소일 줄은 몰랐으니까요."

유키의 주장은 정당했다. 테디베어를 주운 사람을 찾는다고 하면 보통 그렇게 생각할 것이다. 그는 인형을 줍지 않았으니까.

"그곳으로 안내해주렴." 네즈가 말했다.

유키는 고개를 끄덕였다. "바로 준비할게요."

네즈는 가게를 나와 스노모빌에 탔다. 곧 유키도 스키를 메고 나왔다.

"네즈 씨, 나도 갈래." 치아키가 달려왔다.

"정원 초과야. 대강의 위치는 알지? 뒤에서 따라와." 그렇게 말하고 스노모빌을 출발시켰다.

사이렌을 울리며 목적지까지의 최단 거리를 최고 속도로 달렸다. 오늘은 왠지 이런 일만 하고 있다.

달리면서 커다란 목소리로 유키에게 대강의 사정을 이야기했다. 그도 구리바야시 일행의 대화를 슬쩍슬쩍 들었는지 놀라지는 않았다.

순식간에 산꼭대기 부근까지 도달했다. 유키가 네즈의 어깨를 두드렸다. "이 근처예요."

스노모빌을 멈추고 스키로 갈아 신었다.

"좋아, 안내해라." 네즈가 유키에게 말했다.

"코스 밖으로 나가는데요."

"그 정도는 알아. 새삼 그걸 말해서 어쩌자는 거냐. 오늘은 특별하니까. 자, 어서."

유키는 고개를 끄덕이고 활주하기 시작했다. 네즈도 그 뒤를 쫓았다. 상당한 속도다. 속도를 붙여 코스 밖으로 나가려는 것임을 알아차렸다.

생각대로 1미터 정도 높이의 벽을 올라 자세를 낮추고 로프를 통과한다. 나무가 상당히 빽빽한데 전혀 신경 쓰지 않는 듯하다. 이 앞에 파우더 존이 있다고 확신해야 나올 수 있는 행동이다. 칭찬할 일은 아니나 과연 지역 토박이구나 싶어 감탄했다.

유키의 뒤를 따르자 곧 시야가 훤히 트였다. 그렇구나. 이리로 나오는구나. 네즈는 비로소 이해했다. 어제부터 치아키와 둘이 수없이 수색한 장소인데 오는 경로가 달랐다.

"어떤 나무야?"

네즈의 질문에 유키는 고개를 기울이고 손을 펼쳤다.

"이 근처에서 발견한 것 같은데……."

분명하게 기억하지 못하는 듯하다. 하긴 나무들이 다 비슷했다.

"어쩔 수 없지. 하나씩 나무 밑을 확인해보자. 너도 좀 도와다오. 단, 조심해라."

"알겠습니다."

일단 눈에 들어온 나무 몇 그루 밑을 파봤다. 압설되어 있지 않아 수십 센티미터 정도라면 쉽게 팔 수 있었다. 하지만 거꾸로 그런 장소에 묻혀 있을 가능성은 적다는 것을 깨달았다. 뭔가 묻혀 있다면 그곳의 땅은 틀림없이 단단할 것이다.

"네즈 씨." 유키가 불렀다. 나무 한 그루를 올려다보고 있다.

"이 나무 같아요."

"어떻게 알아?"

"보세요, 여기." 얼굴 높이 위치의 나무 기둥을 가리켰다. "못이 박혀 있어요. 여기에 테디베어가 걸려 있었어요."

자세히 보니 과연 못이 박혀 있었다. 말해주지 않았다면 알아보지 못했을 것이다.

바로 나무 밑동을 파봤다. 그러자 다른 장소와는 확실히 감촉이 달랐다. 의도적으로 다져놓아 단단했다.

이윽고 손에 만져지는 게 있었다. 눈을 털어내자 분말이 든 유리 용기가 드러났다.

메고 온 백팩을 내려 안에서 백신 수납 용기를 꺼냈다. 구리바야시가 준 것이다. 잠금장치를 풀고 금속 뚜껑을 여니 또 플라스틱 뚜껑이 있었다. 그것도 열어 유리 용기를 넣었다. 완충재가 들어 있어서 약간의 충격은 견딜 수 있을 것이다.

이중 뚜껑을 무사히 닫고 나니 절로 오케이라는 소리가 나왔다. 그때였다. 위쪽에서 누군가가 활강해 오는 기척이 났다. 살펴보니 스키어 둘이 다가오고 있었다. 한 사람은 몸집이 작고 갈색 스키복을 입고 있다. 다른 하나는 체크무늬의 대여 스키복이다. 그리고 머리에는 흉측한 줄무늬 모자를 쓰고 있다.

네즈는 치아키가 말한 두 사람임을 바로 알아봤다.

"이거 참 곤란하게 추월당하고 말았네." 네즈 일행 바로 옆까지 다가와 줄무늬 모자 남성이 말했다. "스키장 사장에게 말 좀 해. 단체 손님을 곤돌라에 태울 때는 다른 손님을 다 태우고 하라고. 시간이 너무 걸리잖아?"

"당신은 누굽니까? 이곳은 활주 금지 구역입니다."

"쳇!" 남자는 비웃었다. "그건 내 알 바 아니고. 그보다 들고 있는 것을 내게 넘겨." 목소리에 험악한 날이 서 있었다.

"무슨 소리야? 도대체 당신 뭐 하는 사람이야?"

"아까도 말했잖아. 알 바 아니라고. 얼른 넘겨!"

"그럴 수 있겠어? 이건 소중한 물건이야."

"내게도 소중한 물건이야. 빨리 안 넘기면 후회하게 될 거야."

"뭘 어떻게 후회하는데? 당신이야말로 빨리 코스로 돌아가!"

"아저씨, 뭐 하는 거예요? 이게 다 뭐예요?" 갈색 스키복을 입은 소년이 남자를 돌아봤다.

"응, 지금 알려줄게."

남자는 스키 판을 떼고 스키 폴도 던졌다. 그리고 바로 앞에서 곤혹스러운 표정으로 서 있는 소년의 등을 확 밀쳤다. 소년이 앗 소리를 내며 엎어지자 남자가 그 등에 올라탔다. 소년의 얼굴이 고통으로 일그러졌다.

"무슨 짓이야!" 네즈가 고함쳤다.

남자는 잔혹한 미소를 지으며 주머니에서 뭔가를 꺼냈다. 그것을 보고 네즈는 흠칫 놀랐다. 칼이었기 때문이다.

소년의 목덜미에 칼끝을 댔다.

"자, 어때?" 남자가 물었다.

"잠깐만, 함부로 행동하지 마."

"위협이 아니야. 이 녀석을 살리고 싶으면 내가 시키는 대로 해."

선글라스 탓에 남자의 눈은 보이지 않았다. 그러나 광기에 가까운 아우라가 뿜어져 나오는 것만은 확실했다. 그의 뜻을 거스르면 칼을 들이댈 가능성은 충분했다.

"어이, 어때? 이 녀석이 어떻게 되든 상관없나?"

소년의 신음이 네즈에게 들렸다. 아무래도 선택지는 없을 듯하다.

"……알았어. 어떻게 하면 되는데?"

"아까 그렇게 얘기했으면 좋았잖아. 일단은 들고 있는 것을 거기 좀 놔볼까? 천천히 말이야. 조금이라도 허튼 짓을 하면 이 녀석 목숨은 없어."

네즈는 허리를 낮춰 수납 용기를 눈 위에 놓았다.

"오케이, 오케이. 처음부터 이렇게 얌전하게 따랐으면 얼마나 좋았어. 괜한 고생을 시키고. 다음은 스키를 벗어. 어이, 뒤에 있는 도련님. 너도 시키는 대로 해."

네즈는 스키를 벗었다. 뒤에서 유키도 남자의 지시를 따랐다.

"좋았어. 그럼 걸어서 아래로 내려가. 내가 됐다고 할 때까지."

네즈 옆에서 유키가 조그맣게 말했다. "어쩔 셈이지?"

"시키는 대로 하는 수밖에 없어." 네즈는 경사면을 내려가기 시작했다. 딱딱한 스키 부츠가 눈에 자꾸 파묻혀 걷기가 힘들었다.

20미터쯤 내려갔을 때 뒤를 돌아봤는데 남자가 백팩을 다시 메고 있는 참이었다. 용기를 회수한 모양이다. 조금 전까지 붙잡혀 있던 소년 역시 이리로 걷게 한 듯 몇 미터 아래 있다.

소년이 풀려났다면 그의 명령을 따를 이유는 없다. 네즈는 경사면을 오르기 시작했다. 네즈를 발견했는지 남자는 스키폴을 들고 활주를 시작했다.

그 직후 위쪽에서 사람이 나타났다. 엄청난 속도로 활강하는 치아키였다.

"무슨 일이야!" 커다란 목소리로 물었다.

"수납 용기를 빼앗겼어. 줄무늬 모자를 쓴 남자야!" 네즈가 소리쳤다.

치아키는 알았다고 대답하고 경사면을 가로질러 갔다.

38

오리구치는 기분 좋게 코스를 활강하고 있었다. 그 패트롤 대원이 스키를 장착하기까지는 적어도 10분은 걸릴 것이다. 녀석들의 스키 판을 저마다 다른 곳에 던져놨기 때문이다. 활주를 시작할 즈음 자신은 산기슭에 도착해 있을 테니 얼른 차를 타고 탈출하면 추격은 불가능할 것이다. 대여 스키복은 가다가 버리면 그만이다. 어차피 위조 신분증으로 빌렸으니까.

생각보다 잘해냈다고 자화자찬했다. 손쉽게 보물을 손에 넣었다. 돈이 얼마나 될지는 모르겠으나 이번만은 신랄한 마나미도 만족할 것이다.

경쾌하게 활주하며 오늘 밤은 어디서 축배를 들까 생각했다. 롯폰기의 단골 호스티스 얼굴 몇이 떠올랐다. 오랜만에 돔 페리뇽이나 딸까. 요즘 통 발길을 끊었던 터라 아주 놀라겠지? 도대체 무슨 일이야, 떼돈이라도 벌었어? 한바탕 질문 공세에 시달릴지도 모르겠다. 돈 냄새에 민감한 녀석들이니까 아마 꼬치꼬치 캐물을 것이다. 그 모습을 상상하는 것만으로도 뺨에 웃음이 어렸다.

그 김에 여자나 꾀어볼까? 전부터 노리고 있던 호스티스의 얼굴을 떠올렸을 때 뒤쪽에서 불온한 기운이 느껴졌다. 돌아보고 깜짝 놀랐다. 한 스노보더가 무시무시한 기세로 바싹 뒤를 쫓아오고 있었기 때문이다. 단순히 스피드를 즐기는 게 아니라 자신을 추격하고 있음을 깨닫는 데까지 얼마 시간이 걸리지 않았다. 복장이 낯익었기 때문이다. 조금 전까지 패트롤 대원과 함께 행동하던 여성 스노보더였다.

오리구치는 스키 폴로 설면을 차 속도를 높이고 몸을 낮춰, 크라우칭 스타일 자세*를 취한다. 저런 조그만 아가씨에게 당

---

*　상체를 앞으로 구부리는 자세.

할까 보냐.

그런데 따돌렸다고 생각한 순간 갑자기 뒤에서 누가 확 잡아채는 느낌이 들었다. 왼쪽 뒤를 보고 놀랐다. 여자가 오리구치의 백팩을 움켜쥔 것이다.

"야! 이게 무슨 짓이야!"

"멈춰, 멈추라고! 이 도둑놈아!" 여자가 아우성쳤다.

"입 닥쳐!"

오리구치는 여자의 손을 뿌리쳤다. 그래도 쫓아오려고 해서 왼손으로 스키 폴을 휘둘렀는데 오히려 폴대를 잡히고 말았다.

"젠장! 이거 놔!"

"내가 놓칠 줄 알아? 오디 색깔 주제에." 여자가 도통 무슨 소린지 알 수 없는 말을 했다.

힘껏 밀기도 하고 당겨보기도 했으나 상대는 양손으로 단단히 움켜쥐고 좀처럼 떨어지려 하지 않았다. 거꾸로 오리구치 자신이 균형을 잃을 뻔했다.

결국은 폴대를 놓아버렸다. 그러자 기다렸다는 듯 여자는 그 폴대를 오리구치에게 휘둘렀다. 조금만 더 있으면 얼굴을 맞을 참이었다. 무슨 이렇게 난폭한 여자가 다 있지?

"무슨 짓이야!"

호통을 쳤으나 두 번째 타격이 날아왔고 간신히 피했다.

상대는 오리구치의 왼쪽에 있다. 오른손에 쥔 폴을 왼손으로 옮겨 쥐고 응전했다. 눈 위를 미끄러지면서 벌이는 전투다. 챙챙챙챙, 금속음이 겔렌데에 울려 퍼졌다. 다른 스키어와 스노보더들이 무슨 일인지 의아해하겠으나 지금은 그런 것까지 신경 쓸 여력이 없다.

그건 그렇고 정말 끈질긴 여자다. 좀처럼 물러설 기미가 없다.

그러다 문득 깨달았다. 상대는 옆으로 서서 타는 스노보드이고 왼발을 앞에 놓고 타는 스타일이다. 그래서 오리구치의 왼쪽에 있는 것이다. 만약 오른쪽이라면 오리구치에게 등을 보이게 된다.

살짝 속도를 떨어뜨렸다. 그러자 예상대로 상대 여자가 조금 앞으로 나갔다. 이 틈을 노려 오리구치는 왼쪽으로 진로를 변경했다. 그러면 여자의 등 뒤로 돌아갈 수 있다.

"하하하, 잘 봐라!"

한껏 비아냥거렸는데 다음 순간 입이 턱 벌어졌다. 바로 조금 전까지 등을 보인 여자가 살짝 점프해 휙 몸의 방향을 바꿨기 때문이다. 오른발을 앞에 놓고 타고 있다. 그 모습은 조금 전과 별로 다르지 않았다. 마치 거울에 비친 듯하다. 기가 막히게 타는구나.

하지만 감탄이나 하고 있을 때가 아니었다. 여자는 다시 스키 폴을 휘둘렀다. 오리구치도 필사적으로 대항한다. 챙챙, 챙챙챙챙, 두 개의 폴이 공중에서 격렬하게 부딪혔다.

마침내 오리구치가 들고 있던 폴이 딱 반으로 부러졌다. "제기랄!" 남은 부분을 던져봤으나 맞추지 못했다.

화가 치밀었다. 오리구치는 과감하게 여자에게 몸을 던졌다. 이렇게 된 이상 밀어버리는 수밖에 없다.

그런데 여기서도 상대는 밀리지 않았다. "뭐야? 한번 해보자는 거야?" 여자라고는 생각할 수 없는 말을 내뱉고 숄더 태클 자세로 오히려 돌진해 왔다. 기가 도대체 얼마나 센 거야?

고속으로 활주하며 두세 번 격돌했다. 한 번 더 부딪히려 했을 때 상대가 폴을 훅 내밀었고 폴 끝이 오리구치의 사타구니를 곧장 강타했다. "으윽!" 격렬한 통증이 머리끝까지 관통해 저도 모르게 푹 쓰러지고 말았다.

통증을 참으며 일어났다. 그런데 10미터쯤 아래에 그 여자가 있었다. 오리구치의 앞길을 막듯 버티고 서 있다.

"작작 해!" 오리구치가 호통을 쳤다. "남자와 싸워 이길 수 있다고 생각해?"

여자는 양손을 펼쳤다. "눈 위라면 지지 않을 자신 있지!"

아무래도 완전히 얕잡아 보인 것 같다. 하지만 이제까지의 전개를 돌이켜보면 상대의 말은 과장이 아닌 듯하다.

한참을 서로 노려봤으나 이래서는 결론이 나지 않겠다 싶어 오리구치는 다시 활주를 시작했다. 당연히 여자 스노보더도 온몸에 전투심을 드러내며 활주를 시작했다.

상대가 스키 폴을 가지고 있으므로 접근전은 안 된다. 조금이라도 다가오면 빙 돌아 피했다.

이대로 가면 큰일이다. 어떻게 해서든 어디선가 따돌려야 한다.

모 아니면 도라는 생각에 코스 밖으로 뛰쳐나갔다. 예상대로 여자 스노보더도 쫓아왔다. 계획했던 바다.

경사도가 없어지며 활주가 불가능해졌다. 이걸 노렸다. 오리구치는 스키 판을 장착한 채 옆걸음으로 낮은 언덕을 오르기 시작했으나 상대 여자는 고전했다. 스노보드는 일단 멈추면 판을 떼지 않으면 움직일 수 없다.

"하하하, 잘 봐라!" 조금 전과 똑같은 대사를 내뱉었다.

코스로 돌아와 활주하기 시작했다. 그런데 그 직후 또 뒤에서 누가 백팩을 잡아당겼다. 방심하고 있던 탓에 오른팔이 쏙 빠졌다. 왼팔도 빠지려는 것을 순간적으로 움켜쥐었다. 돌아보니 그 패트롤 대원이 등에 붙어 있었다.

"이거, 놔!"

"내가 하고 싶은 말이야!"

백팩을 서로 움켜쥐어 팽팽하게 당겨진 상태로 활주를 계속했다. 이대로 곧 산기슭에 도착할 것이다. 수많은 사람이 있는 곳에서 소란을 피우는 것만은 피하고 싶다.

힘껏 왼쪽 어깨로 부딪쳤다. 패트롤 대원의 자세가 크게 무너졌다. 그런데도 백팩을 놓으려 하지 않는다. 오리구치의 몸도 당겨졌다.

다음 순간, 둘은 한 덩어리가 되어 넘어졌다. 그 기세로 코스 밖으로 튀어 나가 크게 미끄러지며 빙그르르 돌았다. 왼쪽인지 오른쪽인지, 위인지 아래인지 알 수 없게 되었다.

정신을 차리니 눈 위에 엎드려 있고 왼팔이 당겨지는 듯한 느낌이 들었다.

바로 옆의 눈 무더기가 무너지며 그 패트롤 대원이 절벽 아래로 떨어지려 하고 있었다. 그나마 버틸 수 있던 것은 백팩을 움켜쥐고 있기 때문이다. 그리고 그 백팩을 오리구치가 잡고 있었다.

"제기랄, 이것 좀 놓으라고!" 백팩을 흔들었으나 상대의 손은 떨어지지 않았다. 오히려 오리구치의 팔이 저렸다. 게다가 상대의 몸무게 탓에 몸이 질질 끌려갔다.

멀리서 사이렌 소리가 들려왔다. 다른 패트롤 대원일지 모른다. 여기서 들키면 아주 골치 아파진다.

오리구치는 혀를 차며 백팩을 놓았다. 매달려 있던 패트롤 대원이 눈 절벽으로 미끄러져 떨어졌다.

"눈에 파묻혀 뒈져버려라."

두 발 모두에서 스키 판이 벗겨져 있어서 서둘러 장착하고 활주를 시작했다. 선글라스가 벗겨진 사실은 코스로 돌아온 다음에야 깨달았다.

<h1 style="text-align:center">39</h1>

이봐! 여기! 위에서 목소리가 들렸다. 네즈가 올려다보니 마키타가 들여다보듯 몸을 내밀고 있다. "괜찮아?" 입가에 손을 동그랗게 대고 큰 소리로 물었다. 네즈는 한 손을 흔들고 고개를 끄덕여 응답했다.

위험할 뻔했다. 바닥이 단단하지 않아 당장이라도 무너질 것만 같다. 더 미끄러지면 연못에 빠질 위험이 있다.

마키타는 일단 사라졌다가 잠시 후 검은 자일을 던졌다.

스노모빌이 끄는 자일을 잡고 경사면을 올라 드디어 코스 위로 돌아왔다. 치아키도 옆으로 왔고 두 중학생도 있었다.

"다치지 않았나?" 마키타가 물었다.

"괜찮습니다. 그보다 어떻게 반장님이?"

"신고가 들어왔어. 코스 위에서 격투하며 내려가는 사람들이 있다고. 설마 자네들일 줄은 몰랐지."

"죄송해요. 사정이 좀 있어서."

네즈는 상황을 정리해 보고했다. 너무나 기괴한 내용이라

마키타의 눈이 동그래졌다.

"그런 일이 있었어? 거참 큰일이었군. 하지만 무사하니 됐네. 아, 그리고 체크무늬 스키복에 모자 색깔이⋯⋯?"

"오디색과 황토색 줄무늬요. 한 번 보면 절대 잊을 수 없는 이상한 색이라 눈에 띌 거예요." 치아키가 설명했다.

"알았어. 다른 사람에게 주의하라고 알리지."

마키타가 스노모빌을 타고 떠났다.

"줄무늬 모자를 놓친 게 분하네." 치아키가 말했다.

"그 남자는 경찰에 맡기자. 이 백팩, 녀석 거야. 단서가 될지도 몰라." 네즈는 다카노 유키와 가와바타 겐타를 바라봤다. "너희들도 다치지 않아서 다행이야. 큰일 치렀다."

"그 아저씨, 나를 속였어." 가와바타 소년이 분노로 눈을 치켜떴다. "다음에 만나면 절대로 가만두지 않을 거야. 실컷 두들겨 패줄 테다."

치아키가 풋 웃었다. "그런 허세를 부리는 걸 보니 안심이네."

"너희는 이제 어디로 갈 거니?" 네즈가 둘에게 물었다.

"이제 곧 집합 시간이라 가야 해요." 유키가 대답했다.

"그래? 조심해라. 그리고 아까 그 남자를 발견하면 바로 알려주고." 네즈는 그렇게 말하고 가와바타 소년에게 몸을 돌렸다. "복수하고 싶겠지만 그 남자에게 가까이 가지 마라."

"쳇! 어쩔 수 없지." 가와바타 소년은 분한 듯 말했다.

두 중학생은 멋진 테크닉으로 활강해 사라졌다.

"우리도 가자. 구리바야시 씨가 기다려."

네즈는 바닥에 구르고 있는 스키 판을 장착하고 치아키와 함께 활주하기 시작했다.

'뻐꾸기'로 가자 입구 문에 '준비 중'이라는 팻말이 걸려 있었다. 폐점 시각까지는 아직 시간이 있을 텐데. 머리를 갸웃하며 문을 열었다.

안에는 아까와 같은 얼굴들이 모여 있었다. 바로 앞에 '뻐꾸기'의 주인과 아내, 그리고 한 젊은이가 있었다. 네즈는 그에 대해 잘 알고 있다. 유키의 형 세이야다. 스키 대회에서 여러 번 우승해 이 마을에서 유명하다.

네즈 일행이 들어가자 그들의 눈길이 일제히 모였다.

"왜 '준비 중'이죠?" 네즈가 주인 다카노에게 물었다.

"아니, 소동이 좀 있었다고 세이야에게 들어서. 우리 유키도 관련된 것 같고 해서 확실해질 때까지는 가게를 닫기로 했지."

"그래요? 그럼 안심하세요. 아드님은 무사합니다."

"아……." 다카노는 눈에 탄 얼굴에 애매한 미소를 지었다. 무슨 일이 일어났는지, 어떻게 무사한지 모르기 때문일 것이다.

"네즈 씨, 어떻게 됐나요?" 구리바야시가 자리에서 일어나 말을 꺼냈다.

네즈는 성큼성큼 테이블로 다가가 고개를 끄덕였다.

"기뻐하셔도 됩니다. 많은 일이 있었으나 탈환해 왔습니다."

구리바야시는 미간을 찌푸렸다. "탈환?"

네즈는 그 남자와의 쟁탈전을 자세히 설명했다. 가와바타 소년의 목에 칼을 들이댔다는 대목에서는 듣고 있던 사람 모두의 표정이 굳어졌다.

"그렇게 큰일이······. 무슨 할리우드 영화 같잖아요?"

"아니, 그 정도는······."

"어쨌든 감사합니다. 여러분이 없었으면 어떻게 되었을지 모르겠어요." 구리바야시는 손수건을 꺼내 이마를 닦았다. 진짜로 땀이 배어 나와 있었다.

"그 남자가 누군지, 구리바야시 씨는 정말 짚이는 데가 없습니까?"

구리바야시는 고개를 저었다. "정말 모르겠습니다."

"그렇다면 왜 백신을 빼앗으려고 했을까요? 개발 경쟁 중인 상대라거나."

"아니, 그럴 리 없어요."

"왜요?"

"왜라니······." 구리바야시는 우물쭈물한 후 말했다. "일단 그럴 만한 상대가 없을 겁니다. 극비로 개발한 것이라."

"……그래요?"

그다지 이해가 되지 않았으나 전문가의 말이니 그러려니 생각할 수밖에 없다.

"아, 그래서 문제의 물건은?" 구리바야시가 물었다.

"여기 있습니다." 네즈는 그렇게 말하고 백팩을 열었다. 이유는 모르겠으나 식품용 밀폐 용기가 들어 있다. 그 남자는 여기에 파낸 백신을 넣을 생각이었나 보다.

그리고 그 수납 용기가 나왔다. 작은 손잡이를 쥐고 꺼냈다.

"자, 여기요." 구리바야시 쪽으로 내밀었을 때였다. 뚜껑에 달린 잠금장치가 풀렸다. 딸깍 용기가 열리며 옆으로 넘어졌다. 게다가 플라스틱으로 만들어진 중간 뚜껑도 열렸다.

안에 들어 있던 유리 용기가 데굴데굴 굴러 나왔다.

소리를 지를 틈도 없었다. 모두가 보는 가운데 그것이 바닥에 떨어졌다. 쨍그랑, 아주 마른 소리가 나며 유리가 깨졌다. 그와 동시에 가는 분말이 피어올랐다. 네즈는 그 모습을 무슨 슬로모션 영상을 보듯 목격했다.

순간 전원이 움직임을 멈췄다. 소리를 내는 사람도 없었다. 바닥에 흩어진 분말을 멀거니 바라봤다.

으악! 비명을 지른 사람은 구리바야시였다. 그는 아픈 발을 질질 끌면서 테이블에서 떨어졌다.

"모두 숨 쉬지 마세요! 숨 쉬면 안 돼요! 도망쳐! 빨리 도망치라고!" 비명에 가까운 소리로 외쳐댔다.

하지만 물론 그의 말을 따르는 사람은 없었다. 아연한 채 그를 바라보고 있을 뿐이다.

"뭘 하고 있어요? 빨리 도망치라고요! 죽는다고요, 다 죽어요. 슈토, 도망쳐. 빨리!" 구리바야시는 다리가 걸리는 바람에 엉덩방아를 찧었다.

슈토가 쭈그리고 앉아 바닥에 흩어진 분말을 집었다.

"아니, 무슨 짓이야? 만지지 마. 떨어져! 빨리 떨어져서 손을 소독해!"

그러나 슈토는 흥분한 아버지에게 차가운 눈길을 보냈다. "이거, 후추야."

"무슨 소리야? 탄저균이야. 생물학무기라고. 만지지 마!"

네즈도 분말을 집어 킁킁 냄새를 맡았다. "응, 후추가 맞네."

치아키도 똑같이 했다. "아, 진짜다."

네즈는 구리바야시를 봤다. 그는 엉덩방아를 찧은 상태로 눈만 껌뻑대고 입을 살짝 벌리고 있었다. "후추?" 그 입에서 간신히 목소리가 흘러나왔다.

구리바야시는 엉금엉금 기어서 돌아왔다. 직접 분말의 냄새를 맡고는 미간을 찌푸렸다.

"이게 뭐야? 후추잖아? 어떻게 된 거지? 왜 이런 걸 가져왔지? 무슨 일이지?" 누구에게랄 것도 없이 정신없이 내뱉었다.

"무슨 말씀이신지요? 그곳에 묻혀 있던 걸 가져왔는데요."
네즈가 말했다.

"틀렸어. 이게 아니라고. 더 하얀 가루여야 해."

"그래요? 그거 이상하네요. 하지만 그보다 더 이상한 게 있
어요." 네즈는 구리바야시의 어깨를 잡았다. "당신, 우리를 속
였죠? 눈 아래 묻혀 있는 것은 사람의 생명을 구하는 백신이
라고 하지 않았나요?"

구리바야시의 얼굴에 두려움이 스치더니 점점 창백해졌다.
"아니, 그게, 그, 그러니까……."

"솔직히 말하세요. 내가 잘못 들은 게 아니라면 당신은 지
금 엄청난 이야기를 했어요. 생물학무기라고. 무슨 소리죠?"

모든 사람이 주시하는 가운데 구리바야시는 입술을 덜덜
떨었다. 드디어 그는 "죄송합니다"라고 말하고 무릎을 꿇으려
하다가 얼굴을 찡그렸다. "아, 아야!"

"무릎을 꿇을 필요는 없습니다. 사실을 말하세요."

"네, 그러죠. 얘기하겠습니다. 전부 다 말할게요."

관자놀이를 따라 흐르는 땀을 손수건으로 닦으면서 구리바
야시가 시작한 이야기 내용은 놀라운 것이었다. 전에 들은 백
신 이야기와 비슷했으나 근간은 백팔십도 달랐다. 눈에 묻혀
있었던 것은 강력한 병원균이고 초미립자로 가공되어 공기

중에 뿌려지면 피해가 커질 우려도 있다고 한다.

"그런 위험한 것을 어째서 스키장에…… 사토자와온천 마을에 무슨 원한이 있다고?" 네즈는 분노를 실은 질문을 던졌다.

"글쎄요, 그건 범인에게 물어보지 않으면 알 수 없죠……. 하지만 죽어버렸으니 도리가 없지만." 구리바야시는 기어드는 목소리로 말하고 고개를 툭 떨구었다.

"그거 이상하네요. 그게 진상이라면 그 생물학무기는 어디로 사라졌을까? 그보다……" 네즈는 바닥에 흩어진 후춧가루를 내려다봤다. "왜 이런 게 대신 묻혀 있지?"

"누가 바꿔놨겠지." 치아키가 말했다.

"누가?"

"글쎄, 그 장소에 묻혀 있다는 걸 아는 사람이지." 그녀가 고개를 갸웃했다.

"아는 사람은 셋뿐이야. 묻은 범인과 소년 둘. 그러나 범인은 죽었어."

"갈색 스키복 소년은 아니야. 그 남자에게 속아 안내한 것뿐이니까."

"그렇다면……."

"잠깐 실례할게요." 네즈의 뒤에서 목소리가 들려왔다. 다카노 세이야가 떨어진 유리 파편을 집었다.

"왜요?" 네즈가 물었다.

"이거, 아버지가 가끔 먹는 비타민 병이에요. 주방 선반에 놓여 있었는데."

"뭐라고? 왜 그런 게?" 아버지 다카노가 눈을 부릅떴다.

세이야가 구리바야시에게로 눈길을 돌렸다.

"지금 병원균 이야기, 제 동생이 알았을 가능성이 있나요?"

"네? 아뇨. 그럴 리 없을 겁니다." 구리바야시가 고개를 기울였다.

"정말인가요? 잘 생각해보세요. 어디선가 얘기한 적 없으세요?"

"그럴 리 없습니다. 지금 처음 얘기했……" 구리바야시는 거기까지 말하다가 갑자기 입을 크게 벌리고 "앗!" 새된 목소리를 냈다.

"왜 그러세요? 말한 적 있어요?" 네즈가 물었다.

"상사와 전화하면서 병원균 얘기를 했을지 모르겠어요. 그런데 그때 제가 가게 뒤편에 있었고 전화를 끊을 때 뒷문이 닫히는 느낌이 있었거든요. 혹시 누가 몰래 들었나, 순간 생각했는데……."

네즈는 세이야와 부모를 번갈아 봤다. "지금 들은 얘기에 짚이는 구석이라도 있으세요?"

셋 다 고개를 저었다.

"틀림없어. 그때 우연히 들은 사람이 유키야." 네즈가 세이야에게 말했다. "유키는 눈에 묻혀 있는 것의 정체를 알았어. 테디베어가 있는 장소로 나를 안내한 것은 병원균을 빼앗기 위해서였어. 그러고 보니 그곳에 도착했을 때 어떤 나무인지 특정할 수 없는 것처럼 말했어. 그래서 나는 나무 몇 그루의 밑을 팠는데 유키가 그 틈에 바꿔치기한 거야."

"하지만 왜 그 아이가 그런 것을 훔쳐요?" 치아키가 물었다.

"그야 모르지." 네즈는 고개를 저었다.

"그 이유라면 제가 설명할게요. 아마도 동생은 엄마를 설득하고 싶었을 겁니다." 세이야가 말했다.

"나를? 무슨 소리니?" 어머니가 의아한 표정으로 미간을 찌푸렸다.

"어머니는 아직도 노조미가 죽은 일 얘기를 많이 하잖아. 유키는 더는 견딜 수 없었던 거야."

"노조미라면 얼마 전에 세상을 떠난?" 네즈가 물었다. 이야기를 들은 적 있다.

"여동생입니다. 두 달 전에 죽었습니다. 원래 심장이 약했는데 인플루엔자에 걸려 증상이 악화되는 바람에. 그 인플루엔자는 유키의 학교에서 유행했죠."

그런 복잡한 사정이 있었는지 네즈는 비로소 이해했다.

"나는 아무 말도 안 했어." 어머니가 부정했다.

"말했잖아? 노조미는 병이 옮아 죽었는데 옮긴 애들은 즐겁게 산다고. 그런 걸 보니 견딜 수가 없다고."

"그야 사실이니까 어쩔 수 없지. 노조미가 저렇게 즐겁게 논다면 얼마나 좋을까……, 하고 생각하면 안 되니?" 목이 메었다. 눈물을 참고 있는 듯하다.

"듣는 사람은 그렇게 받아들이지 못하지. 병을 옮긴 유키의 동급생들을 원망하는 것처럼 들려."

"그런 말은 아니었어."

"하지만 유키에게는 그렇게 들렸어. 노조미에게 인플루엔자를 옮긴 사람은 걔니까. 그래서 개는 자신을 심하게 자책했어. 어떻게든 어머니에게 사죄해야 한다고 생각했지. 그리고 언젠가 내게 말했어. 우리 반에서 다시 크게 유행해 한두 명쯤 죽으면 어머니는 받아들일 거라고. 나는 그때 그런 말도 안 되는 소리는 하지 말라고 하고 넘겼는데 녀석은 진심이었어." 세이야는 그렇게 말하고 네즈를 봤다. "동생이 병원균을 훔친 이유는 그것 때문일 겁니다."

"그러니까 그걸 이용해 반 아이들을 아프게 하겠다고요?"

세이야는 고개를 힘차게 끄덕였다.

있을 수 있는 일이라 네즈는 생각했다. 중학교 2학년이라면 감수성이 예민할 때다.

그는 병원균을 어떻게 할 셈일까. 구리바야시 말로는 뿌리는 것만으로도 피해가 나온다는데 그런 지식까지 있을까.

네즈는 슈토 옆에 있는 소녀에게 눈길을 돌렸다. "학생도 이타야마중학교?"

"네."

소녀는 야마자키 이쿠미라고 이름을 댔다.

"오늘 앞으로의 일정은?"

"지금은 자유 활주 시간이에요. 다음은 버스 주차장에 집합해 돈지루*를 먹고 학교로 돌아가요. 이제 시간이 거의 되어서 저도 돌아가야 해요." 그녀는 스마트폰을 봤다.

"돈지루?"

"어머니들이 만들어주셔요. 주차장에 큰 솥을 걸고……. 매년 하는 일이에요."

네즈는 손가락을 튕기고 야마자키 이쿠미를 가리켰다.

"그거야. 돈지루 솥에 병원균을 넣을 작정 아닐까? 구리바야시 씨, 그렇게 되면 어떤 일이 벌어지나요?"

"솥에 병원균을? 그런 끔찍한 일을 하다뇨."

"그런 끔찍한 일이 벌어지면 어떻게 되는지 묻잖아요?"

"그게, 그러니까." 구리바야시는 진정하려 그러는지 안경을 고쳐 썼다. "돈지루가 펄펄 끓으면 거기에 넣은 병원균은 사

---

* 돼지고기와 채소를 넣은 된장국.

멸될 수 있습니다."

"아, 그래요?" 조금 김이 샜다.

"하지만 문제는 그게 아닙니다. 재차 말하지만 K-55는 단순한 병원균이 아닙니다. 초미립자로 가공된 생물학무기입니다. 용기 뚜껑을 연 순간 공기 중에 퍼집니다. 한 알갱이라도 흡입하면 끝이고요. 당사자만이 아니라 근처에 있던 대부분이 발병할 겁니다. 그리고 아마도 생명을 구하지 못할 겁니다."

네즈는 한 번 깊이 호흡하고 자리에서 일어났다. "서둘러야해."

"저도 가겠습니다." 세이야가 말하며 어머니를 봤다. "유키를 이리로 데려올 테니 어머니가 제대로 말해요."

어머니는 고개를 끄덕였다. "알았다. 잘 부탁한다."

"그리고 K-55는 아주 민감한 용기에 들어 있습니다. 섭씨 10도에서 용기가 깨집니다. 절대로 그 온도 이상으로 올라가지 않도록 주의하세요." 구리바야시가 말했다.

네즈는 온몸에 소름이 돋았다. 다카노 유키가 어떻게 용기를 가져갔는지 불분명하다. 이미 늦었을지도 모른다.

"보냉제 같은 게 없을까?" 네즈가 세이야에게 물었다.

"글쎄요, 어떨까……?"

"아이스박스에 냉동식품을 몇 개 넣어 가져가라." 그렇게 말한 사람은 아버지였다.

"알았어." 세이야는 대답하고 주방으로 사라졌다.

네즈는 잠금장치가 망가진 수납 용기를 들었다. 다카노의 어머니에게 말해 포장용 비닐 테이프를 얻었다.

이미 비니와 고글을 쓴 세이야가 아이스박스를 들고 돌아왔다. 네즈도 서둘러 준비했다.

가게를 나와 세이야와 야마자키 이쿠미와 함께 스키 판을 장착하자 치아키가 옆에서 보드를 붙이기 시작했다. 따라오지 말라 해도 소용없으리라. 별말 없이 그대로 활주를 시작했다.

대기실로 가서 밴에 셋을 태우고 출발했다. 신발을 갈아 신을 여유도 없어 스키 부츠를 벗은 발로 브레이크와 액셀을 조작했다.

버스용 주차장에 가니 이미 중학생들이 모여 있었다. 아직 돈지루가 배식되지 않은 듯 그릇을 든 학생은 없었다.

밴을 세우고 다른 셋과 함께 유키를 찾았다.

"저기, 있어요!" 야마자키 이쿠미가 가리켰다.

유키는 커다란 솥 옆에 있었다. 병원균을 넣을 기회를 노리고 있는 듯 조리 중인 주부들의 움직임을 살피고 있었다.

세이야가 다가가 "유키"라고 뒤에서 말을 걸었다.

돌아본 유키는 놀란 표정을 짓더니 갑자기 뛰기 시작했다.

자기가 한 짓이 들켰음을 알아차린 듯했다.

스키 부츠로 뒤를 쫓으려니 힘들었다. 하지만 다행히 유키가 도망친 곳은 막다른 곳이었다. 그는 벽에 등을 대고 분한 표정을 지었다.

"유키, 훔쳐 간 거 내놔. 그건 아주 위험한 물건이래." 세이야가 말했다.

"아무것도 훔치지 않았어."

"그럼 왜 도망쳤니? 전부 다 들켰으니까 포기해."

"몰라. 난 아무 짓도 안 했어." 유키가 격렬하게 몸을 흔들었다. 그 순간 스키복 주머니에서 뭔가 떨어지려 하는 것을 네즈가 목격했다. 하얀 통 모양이었다.

가슴이 철렁했다. 저게 떨어지면 모든 게 끝장이다.

"유키, 잘 들어. 너는 어머니의 마음을 전혀 몰라."

"그렇지 않아. 알아, 다 안다고."

유키가 움직일 때마다 하얀 통이 주머니에서 빠져나오려다 다시 들어가기를 반복했다. 네즈는 힘으로 덮칠까도 생각했는데 그러다가 떨어져버릴지도 모른다.

"아니, 몰라. 일단 당장 가게로 가서 어머니의 말을 들어."

"싫어, 엄마 말 같은 거 듣고 싶지 않아." 하얀 통이 나오려 했다. "어차피 또 노조미 얘기하며 울겠지." 하얀 통이 다시 들어갔다. "형이야말로 아무것도 몰라." 하얀 통이 나오려 한다.

"적당히 좀 해!" 참다못한 세이야가 동생의 팔을 잡았다. 그에게는 하얀 통이 보이지 않는 모양이다.

유키가 형의 팔을 뿌리치려 한 순간 하얀 통이 스르륵 주머니에서 빠져나왔다.

네즈는 발밑으로 뛰어들었다. 역시 슬로모션 영상처럼 느껴졌다. 하얀 통이 회전하면서 지면을 향해 떨어진다. 최대한 손을 뻗었다.

몇 초 후, "나이스 캐치! 멋져!" 치아키가 폴짝폴짝 뛰며 손뼉을 쳤다.

네즈는 자신의 오른손을 봤다. 원통형 유리 케이스를 쥐고 있다. 안에는 눈처럼 하얀 분말이 들어 있었다.

"세이야 씨, 아이스박스를 갖다줘요." 네즈는 지면에 누운 채 말했다. 턱이 쓸려 피부가 벗겨졌으나 통증이 느껴지지 않았다.

40

구리바야시는 신중하게 수납 용기를 닫은 다음 눈을 감았다. 감개무량했을까. 눈을 뜨고는 후, 길게 숨을 내뱉었다.

"아, 정말 큰 도움을 받았습니다. 아무 일도 일어나지 않아 다행입니다. 진심으로 감사드립니다."

"그 물품이 틀림없죠?" 네즈가 확인했다.

"틀림없습니다. 이제 발 뻗고 잘 수 있게 되었습니다." 그렇게 말하고 옆의 비닐 테이프로 수납 용기 뚜껑을 고정했다. "슈토, 이것을 아이스박스에 넣어라. 단열재가 들어 있으나 혹시 모르니까."

슈토는 수납 용기를 받아 발밑의 아이스박스에 넣었다. 안에는 보냉제 대신 냉동 프랑크 소시지가 가득 들어 있다.

"도쿄까지 어떻게 운반하실 겁니까?" 네즈가 물었다.

"곧 부하 직원이 도착할 겁니다. 보냉 기능이 있는 케이스를 가지고 올 테니 거기에 넣어 가져갈 겁니다."

"그래요?"

일단 이 일은 마무리인가? 이제 문제는……. 네즈는 바로 옆에서 마주 보고 있는 다카노 부자에게 눈길을 돌렸다.

"얘는 참, 정말 바보 같은 짓이나 벌이고. 네가 무슨 짓을 저질렀는지 알기는 알아? 자칫 잘못했으면 엄청난 피해가 일어날 뻔했어." 아버지 다카노가 팔짱을 끼고 혼을 냈다. 그 앞에서 유키가 고개를 툭 떨어뜨리고 있었다.

유키는 역시 구리바야시의 전화를 우연히 듣게 되었다고 고백했다. 병원균이라는 소리를 듣고 자연스럽게 식중독균을 떠올렸다. 그래서 돈지루에 넣어 중독자 몇 명이 나오면 좋겠다고 생각했단다. 무기에 해당하는 강력한 병원균일 줄은 전혀 몰랐고 사망자가 나오는 일 같은 건 꿈에도 생각하지 못했다.

"아버지, 그 정도 하셨으면 이제 됐어요." 옆에 선 세이야가 말리고 나섰다.

"되기는 뭐가 돼! 사람이 죽었으면 이 녀석은 살인자였어! 사형이었다고!"

"아니, 유키는 그렇게 강력한 건지 몰랐다고 하잖아요."

"무슨 소리야? 식중독을 일으키려 한 것부터가 중죄야. 유키! 너, 경찰에 불려 가도 할 말이 없어. 알고는 있어?"

유키는 잠자코 있다. 입술이 가늘게 떨리는 게 네즈에게도 보였다.

"여보, 이제 용서해줘요." 어머니가 옆에서 말했다.

"아니, 당신까지?"

"들어봐요. 유키가 그런 일을 한 것은 다 나 때문이니까."

다카노는 말문이 막힌 듯 숨을 멈추고 불쾌한 표정을 지은 채 입을 다물었다.

어머니는 둘째 아들을 바라봤다.

"엄마가 정말 잘못했다. 세이야의 말을 듣고 깜짝 놀랐단다. 유키가 그렇게 힘들어하는지 몰랐구나." 담담하게 이야기를 시작했다. "하지만 엄마를 믿어주렴. 엄마는 이타야마중학교 애들은 조금도 원망하지 않는단다. 왜 내 딸이 그런 일을 당해야 했는지 분한 마음은 있어. 건강하게 돌아다니는 애들이 부럽기도 하고 노조미처럼 되지 않았으면 좋겠다고도 생각했다. 거짓말이 아니란다."

그러나 유키는 침묵을 지킨 채 가만히 고개를 숙이고 있다.

"얘, 뭐라고 말 좀 해라." 아버지가 재촉했다.

"여보." 아내가 말렸다.

"하지만" 유키가 바닥을 본 채 나지막하게 말했다. "우리 스키 수업이 시작된다는 말을 듣고 엄마, 갑자기 몸이 안 좋아졌잖아. 그전에도 이타야마중학교 학생들을 보면 노조미가 생각난다며 울었고."

어머니는 가슴이 아픈 듯 눈가에 주름을 만들며 고개를 끄덕였다.

"한심한 소리를 하고 말았구나. 그것도 사과할게. 엄마, 힘을 더 내야겠구나."

"친구들이 엄마를 무서워해."

"무서워해? 왜?"

"자기들을 보는 눈이 차갑다고. 그래서 이 가게에는 오지 않아." 유키가 툭 내뱉었다.

어머니는 한숨을 내쉬었다.

"그것도 반성해야겠네. 나는 그냥 평소처럼 대하려 했는데 아무래도 의식하고 말았나 보네. 평범하게 지내야지. 지금은 노조미를 잊어서는 안 된다고 생각한 나머지 부자연스럽게 대했을지도 모르겠다. 앞으로는 조심할게. 미안하다."

드디어 유키가 고개를 들고 어머니를 봤다.

"엄마가 이타야마중학교 애들한테 복수할 계획이라는 소문까지 돌아."

어머니는 얼굴을 일그러뜨리고 몸을 비틀었다.

"그런 바보 같은 생각을 할 리가 있겠니? 얘, 유키야. 이것만은 알아다오. 자신에게 불행한 일이 생겼을 때 다른 사람도 불행해졌으면 좋겠다고 생각한다면 그건 인간으로서 실격이란다. 오히려 다른 사람이 내 몫까지 행복하길 바라야지. 그러면 틀림없이 그 행복이 넘쳐 내게도 돌아올 테니까. 누군가가 어디선가 불행을 겪으면 다른 사람들은 자신들도 같은 불행을 겪지 않도록 조심하고 최대한 행복해져 그 불쌍한 사람에게 행복이 돌아가게 해야 해. 엄마는 그렇게 생각한단다. 그건 믿어다오. 노조미가 죽어서 너무 힘들지만 이렇게 가게에 나오는 것은 적어도 다른 사람을 즐겁게 해주고 싶기 때문이란다. 그게 지금 내가 할 수 있는 일이야. 알겠니?"

한참 잠자코 있던 유키는 살짝 고개를 끄덕이며 알았다고 대답했다.

"너, 좀 더 네 어머니를 믿어라." 세이야가 말했다.

유키는 말없이 코를 훌쩍였다. 툭 눈물 한 방울이 바닥에 떨어졌고 손등으로 눈물을 훔치며 조그만 목소리로 미안하다고 말했다.

"알았으면 다시 감사 인사를 드려. 네가 범죄자가 되는 걸 막아주셨으니까."

다카노의 말에 따라 유키는 네즈 일행에게 몸을 돌리고 깊이 고개를 숙였다. "폐를 끼쳤어요. 죄송합니다."

"아니야, 가족끼리 화해해서 다행이야." 네즈가 말했다.

"자!" 치아키가 유키에게 뭔가를 내밀었다. 휴대용 휴지였다. 유키는 고맙다며 휴지를 받아 들었다.

"똑바로 살아. 넌 좋은 친구도 있더구나. 야마자키 이쿠미라고 했던가? 사흘 연속 가게에 왔었어. 너를 걱정했겠지." 아버지가 말했다.

유키는 휴지로 콧물을 닦으면서 말했다. "그건 아닐걸?"

"왜?"

"그 녀석이 여기에 오는 이유는 형을 좋아해서야. 여기에 오면 형을 만날 수 있으니까. 만나지 못하더라도 전국체전에 나간 사진이 잔뜩 있고."

아버지는 허를 찔린 얼굴로 옆에 서 있는 장남을 봤다. "그런 거였어?"

"글쎄요, 팬레터를 받은 적은 있어요." 세이야는 고개를 갸웃했다.

"흠." 아버지는 복잡한 표정을 지었다.

"됐다. 이제 다 해결됐으니 유키도 친구들에게 돌아가라. 세이야도 같이 가고." 일어나며 네즈 일행에게 고개를 돌렸다. "우리는 안에 있을 테니까 필요하면 불러요. 정말 큰 폐를 끼쳤습니다."

"가족 사이가 더 끈끈해진 것 같아 다행입니다."

네즈의 말에 아버지는 조금 쑥스러운 듯 웃었다. 어머니도 안도한 표정이었다.

일가가 사라지자 가게에는 네즈 일행만 남았다. 구리바야시는 스마트폰을 만지작거리고 있고 치아키는 멀거니 앉아 있었다. 그리고 슈토는 왠지 초연한 분위기다.

"구리바야시 씨, 제가 제안을 하나 해도 될까요?" 네즈가 말을 걸었다.

"제안이오? 아, 네. 무슨 일이시죠?" 스마트폰에서 손을 떼며 등을 꼿꼿이 세웠다.

"이번 일은 경찰에 신고하지 않겠다고 하셨죠? 그런데 다시 생각해보시는 게 어떤가요?"

뜻밖의 이야기라 안경 속에서 구리바야시의 눈빛이 흔들렸다. 조금 시간이 흐른 후 그가 손을 내저으며 말했다. "아니, 아닙니다. 그럴 순 없습니다. 무리예요."

"하지만 그런 무시무시한 생물학무기가 존재한다는 사실을 세상에 알리지 않는다는 것은 문제가 있지 않나요? 사회적 책임이라는 게 있잖아요."

"그러니까 K-55는 저희가 책임을 지고 관리하겠습니다."

"하지만 실제로 이미 누군가가 무단으로 가지고 나가지 않았습니까? 덕분에 마을 하나가 전멸할 위기에 놓였었고요. 아닙니까?"

"그건 압니다. 그러므로 앞으로는 더 엄중히 관리하겠습니다. 이번 같은 일은 절대 일어나지 않도록 하겠습니다."

"절대라는 말은 믿지 않습니다. 다 알려야만 합니다. 사실은 당신도 그렇게 생각하시죠?"

구리바야시는 할 말을 잃은 듯 침묵했다. 그 얼굴에는 고심의 빛이 어렸다. 그도 나름대로 고민하고 있음이 분명했다.

그때 입구 문이 열렸다. 마르고 화장기 없는 마흔 전후의 여성이 나타났다.

"저, 여기에 구리바야시라는 분이……."

"아! 오리구치 씨? 드디어 오셨군요." 구리바야시가 목소리를 높였다.

오리구치라 불린 여성은 표정의 변화가 거의 없이 다가왔다.

"소장님의 지시로 왔습니다. 기다리게 해서 죄송합니다. 다치셨어요? 괜찮으세요?"

"응, 그냥 그래요. 하지만 오늘은 운전을 못 할 것 같아서. 들었겠지만 운반해줬으면 하는 게 있어요. 케이스는 가지고 왔습니까?"

"이거면 될까요? 보냉제가 안에 있어요. 도쿄까지는 충분히 온도가 유지될 겁니다." 간이 금고 같은 것을 내밀었다.

"잘됐군. 슈토, 그 수납 용기를 꺼내 와라."

"구리바야시 씨, 제 얘기를 들어주십시오."

구리바야시는 네즈에게 손바닥을 보이며 제지했다.

"당신들에게는 감사합니다. 아무리 감사해도 부족할 겁니다. 하지만 저도 별수 없는 조직의 일원입니다. 상사의 명령을 거스를 수는 없습니다. 죄송합니다."

"그렇게 현재 지위가 중요합니까. 당신 정도의 능력이라면 어디서든 일할 수 있지 않나요?"

구리바야시는 힘없이 쓴웃음을 지었다. "세상은 그리 만만하지가 않습니다."

"구리바야시 씨……."

"네즈 씨, 이제 그만해. 구리바야시 씨에게는 그만의 인생이 있어." 치아키가 옆에서 어깨를 두드렸다.

"슈토, 어서 용기를 다오." 구리바야시는 괴로운 듯 고개를 숙이고 재촉했다.

구리바야시는 슈토가 내민 용기를 받아 다리를 질질 끌면서 오리구치라는 여성 앞까지 갔다.

"잘 부탁합니다. 잠금장치가 망가져 있으니까 뚜껑을 열 때까지 조심해야 합니다."

"제가 잘 가져가겠습니다." 오리구치는 용기를 받아 들고 있던 케이스에 넣었다. "그럼 저는 이만 실례하겠습니다."

오리구치는 모두를 향해 인사하고 휙 몸을 돌려 가게를 나갔다.

구리바야시는 옆 의자에 앉았다. 후, 긴 한숨을 토하는 소리가 들렸다. 네즈에게는 그의 몸이 조금 작아진 것처럼 보였다.

41

스키장 주차장을 나와 고속도로 입구로 향하는데 착신이 들어왔다. 마나미는 핸들을 쥔 채 다른 한 손으로 스마트폰을 조작했다. 전화한 사람은 멍청한 동생이었다.

"무슨 일이야?"

"그건 아니지. 내가 얼마나 고생했는데."

"고생해서 뭘 손에 넣었는데? 보물은 빼앗기고 덤으로 자기 백팩까지 빼앗겼잖아. 바보 아냐?"

"그러는 누나는 어떻게 됐는데?"

흥, 하고 콧방귀를 뀌었다.

"보물은 조수석에 있어. 운반 중이야. 오늘 밤은 샴페인으로 축배를 들 생각이야."

"해냈네! 나도 꼭 끼워주라."

"농담 마. 너 같은 가난뱅이가 옆에 있으면 들어올 운도 도망가."

"무슨 말을 그렇게 해! 실컷 부려먹고는."

"아무런 성과도 없이 큰소리칠 생각은 마. 무엇보다 너는 잠시 어디 좀 숨어 있어. 빼앗긴 백팩에 지문이 덕지덕지 묻어 있겠지? 남학생 목에 칼을 들이댔다며, 혹시 그 사람들이 경찰에 신고하면 넌 바로 체포야. 전과가 있으니까."

"그런 누나는 어쩔 셈인데? 대학에서 고소라도 하면?"

마나미는 운전하며 입가를 일그러뜨렸다.

"그 대학의 한심한 녀석들은 그럴 만한 배포가 없어. 있었으면 일찌감치 신고했겠지. 그리고 만에 하나 신고하더라도 괜찮아. 그때 나는 이미 일본에 없을 테니까."

"외국으로 갈 거야?"

"응, 보물을 팔 상대가 있어. 다음은 제2의 인생을 살아야지."

한숨 소리가 들렸다.

"누나, 부탁이야. 조금이라도 좋으니까 몫을 나눠줘. 지금 상황으로는 몸을 숨길 수도 없어."

"그야 내가 알 바 아니지. 알아서 해." 마나미는 노래하듯 말하고 전화를 끊었다. 그 후로도 여러 번 전화가 왔으나 다 무시했다.

돌이라도 있었는지 차가 크게 흔들리는 바람에 조수석에 놓아둔 케이스가 떨어질 뻔했다. 위험해, 위험해. 구리바야시는 밀폐 용기의 잠금장치가 망가졌다고 했다. 자칫 잘못해 뚜껑이 열려 K-55가 들어 있는 용기가 굴러 나오기라도 하면 큰일이다. 그 유리 용기는 아주 쉽게 파손되는 구조라고 하지 않았나.

거래 상대에게는 생물안전등급 4의 연구실을 준비해달라고 했다. 밀폐 용기를 여는 것은 그곳에 안내된 다음이다. 아무런 방호도 없이 열었다가 안의 유리 용기가 깨져 있으면 모든 게 허사다.

고속도로 입구가 가까워졌다. 새로운 세계로 이어진 문처럼 빛나는 것처럼 보였다.

42

"아이고, 어쨌든 잘해주었네. 자네라면 잘할 줄 알았어. 기대한 바대로야. 응, 그래. 정말 잘했어." 전화 너머의 도고는 아주 기분이 좋은 듯했다.

"저도 진심으로 안도했습니다. 큰일이 벌어지지 않아 다행입니다. 한때는 어떻게 되는 줄 알았습니다."

"나도 제정신이 아니었어. 하지만 다 해결됐어. 자네들은 내일 돌아오지? 마지막 하루는 느긋하게 쉬게. 아들에게는 분발해서 뭐라도 좋은 걸 해주게." 하하 소리 높여 웃었다.

"감사합니다. 이제 곧 오리구치가 도착할 겁니다."

"그래, 해결되었다고는 해도 역시 내 눈으로 직접 볼 때까지는 안심할 수 없지."

"운반책으로 그녀를 선택하셔서 조금 놀랐습니다."

"그래? 실은 본인이 하겠다고 했어."

"어떻게요?"

"이번에 자신의 실수로 문제가 생겼다면 어떤 일이든 돕겠다고. 심부름이라도 하겠다잖아. 그래서 마침 잘됐다 싶어 운반책을 맡겼네. 그녀는 웬만한 일에는 관심도 없으니 적임자다 싶었네."

"네, 정말 아무것도 묻지 않더군요."

"그렇지? 내 눈은 틀림이 없어. 모든 게 잘됐어. 약속대로 자네에게는 부소장 자리를 준비해두지. 기대하게."

"네, 감사합니다."

전화를 끊은 구리바야시는 눈길을 느껴 옆을 봤다. 침대에 앉은 슈토와 눈이 마주쳤다.

"왜 그러니?"

"아니야, 아무것도." 아들이 고개를 저었다.

"저녁 시간이니 식당에 가자. 오늘 밤은 와인이라도 따야겠다." 구리바야시는 저도 모르게 말이 많아지고 말았다.

식당에 가니 생각과 달리 일본 요리가 나왔다. 방침을 바꿔 지역 특산주를 시켰다. 물론 그것도 아주 맛있어 아주 기분 좋은 만찬이 되었다.

그러나 건너편에 앉은 슈토는 아무래도 쾌활한 분위기가 아니었다. 입을 다문 채 무뚝뚝한 얼굴로 젓가락만 움직이고 있다.

"왠지 기운이 없어 보이는구나. 안다. 그 여학생 때문이지? 아빠도 들었다. 그 애, 다카노의 형을 좋아한다고. 확실히 아주 훌륭한 청년이더구나. 하지만 말이야, 대학생이 되면 너도 그런 남자가 될 거다. 애당초 실연이란 말이다, 많이 할수록 인생이 즐거워……" 구리바야시가 말했다.

"아빠, 나는 그런 거 신경 안 써." 슈토가 고개를 들고 구리바야시의 말을 끊었다.

"어, 그래?"

"조금 충격을 받기는 했지만 어쩔 수 없다고 생각해. 어차피 상대는 이 지역 토박이고."

슈토의 말이 허세처럼 들리지는 않았다. 사실을 있는 그대로 받아들인 느낌이다. 중학교 2학년. 나름대로 성장했음을 아버지로서 실감했다.

"그보다 그건 어떻게 해?" 슈토가 거꾸로 물었다.

"그거라니?"

"패트롤 대원이 한 말. 역시 경찰에 신고해야 하는 거 아냐?"

구리바야시는 아들에게서 눈을 돌리고 주위를 봤다. 누군가 들으면 곤란한 이야기다.

"너는 그런 거 생각할 필요 없다."

"왜? 나, 아빠 아들이야. 아빠가 잘못을 저지르는데 가만히 있을 수는 없어."

가슴에 뭔가가 날아와 푹 박히는 듯했다.

"아빠가 잘못을 저지르고 있다고?"

"안 그래? 위험한 생물학무기를 숨기고 있잖아."

쉿! 검지를 입술에 댔다. "목소리가 너무 커."

구리바야시는 아들에게 얼굴을 갖다 댔다. "어쩔 수 없을 때라는 게 있단다."

"무엇을 위해? 세상을 위해? 국민을 위해? 아니잖아. 자신을 지키려고 하는 것일 뿐이잖아."

구리바야시는 대답할 말이 없었다. 아들의 말이 다 옳다. 구리바야시 본인도 그렇게 생각한다. 모든 것을 밝히면 얼마나 마음이 편할까.

그 후로는 어색한 침묵의 식사가 이어졌다. 지역 특산주도 반 이상 남기고 말았다.

무거운 기분을 안은 채 방으로 돌아온 구리바야시는 아들 얼굴을 제대로 볼 수 없었다.

"아빠, 중요한 얘기가 있는데." 아들이 불렀다.

"중요한 얘기?"

"아까 얘기와 관련 있어."

"또?" 구리바야시가 얼굴 옆에서 손을 저었다. "세상에는 어쩔 수 없는 일이 있단다. 언젠가 너도 알게 될 거야."

"아니야, 그런 게 아니라……."

"잠깐만 기다려라, 전화야." 구리바야시가 스마트폰을 들었다. 낯선 번호가 떠 있었다. "네, 구리바야시입니다."

"나야, 도고."

"앗, 소장님?" 무슨 일인가 싶었다. 도고가 본인의 휴대전화로 전화하는 일은 이제까지 한 번도 없었다. "무슨 일이세요?"

"아직 없어."

"아직이라뇨? 뭐가 없어요?"

"오리구치 말이야. 아직 안 왔어. 어떻게 된 거지?"

"그게" 시계를 봤다. 벌써 도착할 시각이었다. "이상하네요.

전화해보셨어요?"

"당연히 수없이 해봤지. 그런데 안 받아."

"안 받아요……?"

구리바야시의 가슴속에 불길한 예감이 들기 시작했다. 하나의 가능성이 머리에 떠올랐으나 감히 입에 담지 못했다.

"그리고 마음에 걸리는 게 있어."

"뭔데요?"

"경비 회사가 정기적으로 하는 보안 점검을 알고 있나?"

"압니다만."

"조금 전 연락이 왔는데 내 방에서 이상한 전파가 잡혔대. 도청기가 설치되었을 가능성이 크다는군. 그래서 방에서 나와 휴대전화를 쓰는 건데……."

구리바야시의 머릿속에 땡땡땡 종소리가 울렸다. 심장박동이 빨라져 지끈지끈 두통이 시작되었다. 숨 쉬는 것조차 괴로워졌다.

"여보세요? 구리바야시! 내 말 듣고 있어?"

응답할 기력도 없어 구리바야시는 바닥에 대자로 뻗었다.

43

치아키는 오늘 밤도 소주 온더록이었다. 네즈는 하이볼을 마시면서 늘 먹는 요리를 집었다.

"그러나저러나 지독한 사흘이었어. 완전히 휘둘리고 말았어." 네즈는 찰과상이 생겨 반창고를 붙인 턱을 문지르며 얼굴을 찌푸렸다. "용케 이 정도 상처로 끝났어."

"하지만 휘둘려서 즐거웠어. 자극적이었고." 치아키는 쾌활하게 말했다.

네즈는 씁쓸하게 웃었다.

"여전히 너는 대담하구나. 그러고 보니 줄무늬 비니와의 대결도 대단했어. 목격한 사람이 있어서 트위터에서 난리가 났더라."

치아키는 스마트폰을 꺼내 조작한 후 화면을 네즈에게 보여줬다. "이거지?"

화면에는 한 남자와 치아키가 경사면을 미끄러지면서 스키폴로 결투하는 사진이 있었다. "눈 위의 제다이들과 만남 사토자와온천 스키장에서"라는 트윗이 올라와 있다.

"정말 대단해."

"정신없었으니까." 치아키는 스마트폰을 넣었다. "하지만 아주 좋은 연습이었어."

"연습?"

"응." 치아키가 웃으며 끄덕였다.

"그렇게 필사적으로 추격전을 벌인 건 정말 오랜만이야. 승부욕의 화신이 되었어. 이번 경기 잘될 수도 있겠어."

네즈는 풋콩을 까던 손을 멈추고 여성 스노보더의 얼굴을 응시했다. 그녀의 표정은 되찾은 자신감으로 가득했다.

"너라면 잘할 거야."

"틀림없이." 치아키가 잔을 입으로 가져갔다.

"줄무늬 비니 남자에게 감사해야겠어."

"그것도 그렇지만 다카노 씨의 이야기에도 감동했어. 어딘가에서 불행을 만난 사람이 있다고 해서 우리까지 행복을 추구하는 일을 멈춰선 안 된다, 그런 일은 아무도 바라지 않는다, 내게는 나만 할 수 있는 것, 내가 해야 하는 일이 있다, 그것을 계속하는 게 누군가를 위한 일이 된다. 그렇게 믿기로 했어."

강력한 말이었다. 네즈는 이제 이 사람은 괜찮으리라는 확신이 들었다. 아무 말 없이 하이볼 잔을 들고 치아키의 온더록 잔과 건배했다.

시계를 봤다. 10시가 다 되었는데 아무래도 마음에 걸리는 게 있었다.

"슈토는 어떻게 하고 있을까?" 같은 생각을 한 듯 치아키가 말했다.

"글쎄." 네즈는 하이볼을 마셨다.

"구리바야시 씨, 설득했을까?"

"어땠을까? 하지만 구리바야시 씨로서도 반대할 수만은 없지 않을까? 결정적인 증거를 잡고 있으니까."

치아키는 잔을 들고 키득키득 웃었다. "놀랄 거야."

"그야 그렇지. 정말 그런 일이 벌어질 줄은 끝까지 몰랐겠지."

네즈가 그 사실을 알게 된 것은 구리바야시가 지팡이를 짚으면서 '뻐꾸기'를 나간 후였다. 왠지 슈토는 아직 가게에 남아 있었다. 치아키가 네즈를 보고 한쪽 눈을 찡긋하며 아이스박스 안을 가리켰다. 열어보고 놀랐다. 문제의 유리 용기가 들어 있었기 때문이다. 네즈와 구리바야시가 언쟁하는 동안 슈토가 수납 용기에서 꺼냈고 치아키는 그 모습을 옆에서 지켜봤다는 것이다.

슈토는 어떻게 해서든 아버지를 설득하고 싶다고 두 사람에게 말했다. 그러므로 그때까지 이것을 맡아달라고 부탁했다.

네즈와 치아키는 승낙했다. 책임지고 맡아두기로 했다.

그 위험한 생물학무기는 현재 네즈의 방 냉장고에 있다. 줄무늬 비니 남자가 가지고 있던 식품용 밀폐 용기에 넣고 비닐봉지로 여러 번 감쌌다.

"데이트는 좀 미뤄질 것 같아."

치아키가 어깨를 움츠렸다. "우승 축하라는 방법도 있지."

"그래! 그게 좋겠다."

테이블 위에서 다시 건배했다.

"그리고 하나 알려줬으면 하는 게 있어."

"뭔데?"

"오디색이란 거 무슨 색이야?"

44

세리 치아키가 사토자와온천 스키장에서 열린 스노보드 크로스 대회에서 우승한 날 밤, 인터넷에는 조금 이상한 뉴스가 돌아다녔다.

가짜 여권을 이용해 다른 사람으로 위장하고 출국하려던 여자가 나리타 공항에서 붙잡혔다는 것이다. 그 자체는 드문 일이 아닌데 여자가 가지고 있던 것이 희한해 화제가 되었다.

여성은 수상한 금속 용기를 여행용 가방에 넣고 있었다. 열어보니 안에서 나온 것은 해동되기 시작한 냉동 프랑크 소시지였다.

여자는 자기 것이 아니라고 주장했다고 한다.

주인공과 함께 질주하는 짜릿함을 선사하는 작품

컬링을 배우려다 엎어져 턱이 깨질 정도로 동계 스포츠에 못 말리는 애정을 드러내온 히가시노 게이고. 그중에서도 스노보드에 대한 열정은 이미 유명하다. 올림픽 금메달 선수와의 대담에 기꺼이 참여할 정도로 자신의 사랑을 아낌없이 드러내고 있는 그는 취미를 취미로만 남겨둘 인물이 아니다. 당연히 광대하게 펼쳐진 설산을 배경으로 한 작품을 썼다. 그것도 네 권이나 말이다.

《화이트 러시》는 히가시노 게이고의 '설산 시리즈' 두 번째에 해당하는 작품이다. 이야기는 '설산 시리즈' 첫 번째 작품 《백은의 잭》에서 스키장을 볼모로 삼은 범죄에 맞섰던 네즈

쇼헤이가 대기업이 운영하는 관광지 같은 스키장에서 마을 공동체가 하나가 되어 운영하는 사토자와온천 스키장으로 이직해 온 상태에서 시작한다. 여기에 역시 전작에도 등장했던 발랄하고 당찬 스노보드 크로스 선수 세리 치아키가 합류하며 이야기는 속도감을 더한다.

앞으로 이어질 '설산 시리즈'의 주요 무대는 이로써 바로 사토자와온천 스키장이 된다. 그러므로 이 작품에서 그려지는 마을 풍광과 마을 사람들의 면면을 꼼꼼히 살펴두는 것도 앞으로 '설산 시리즈'를 읽게 될 독자들이 챙겨둘 요소이다.

한편 도쿄에서 사라진 탄저균이라는 병원균이 등장하며 이야기는 미스터리 사건으로 급격히 변모한다. 대가를 요구하며 이 스키장 어딘가에 탄저균을 묻은 범인이 교통사고로 사망하면서 탄저균의 행방이 묘연해진 것이다. 과연 이 병원균은 어디에 묻혀 있을까? 이를 찾겠다고 스키장을 찾아온 주임연구원 구리바야시는 고군분투한다. 자리만 차지하고 앉아 호통을 쳐대는 소장 도고와 그의 대화는 옴짝달싹 못 하는 봉급생활자의 애환을 절절하게 전해준다.

여기에 탄저균을 빼앗아 외국에 팔아넘기려는 무시무시한 음모가 끼어든다. 이로써 작품은 미스터리의 영역을 넘어 구리바야시를 돕기로 한 네즈, 치아키 콤비와 범인의 쫓고 쫓기는 액션 활극이 된다. 드넓은 설산을 배경으로 빠르게 활강하며 펼쳐지는 주인공들과 범인의 대결은 블록버스터 영화 한 편이 내 눈앞에 펼쳐지는 듯한 박진감을 선사한다.

한편 스키 문외한인 아버지를 돕는다는 명목으로 함께 스키장을 찾은 아들 슈토는 풋풋한 감정에 설렌다. 지역 토박이 여학생 야마자키 이쿠미를 만나면서 스키장의 숨은 명당을 즐기는 순순한 스노보더로서의 즐거움과, 그녀와 하얀 설산을 누비며 마음을 키워가는 소년의 설렘을 전하며 독자를 미소 짓게 한다.

미스터리와 액션 활극 요소에 풋풋한 청춘 소설까지 더한 이 작품은 시리즈 다음 작품인《연애의 행방》과《눈보라 체이스》의 도래를 알리는 마중물일지도 모른다.

책을 덮으며 생각한다. 다음에는 이 책의 배경이 되었다는 노자와온천 스키장으로 떠나볼까? 취재 여행을 온 히가시노 게이고라도 된 것처럼 어슬렁어슬렁 마을을 돌아다니며 마을 사람들을 하나씩 관찰하고, 호루라기로 규칙 위반자들을 혼내는 패트롤 대원을 발견하면 네즈를 떠올리며 혼자 비실비실 웃어대는 것도 재미있을 듯하다.

개인적으로 스키장을 좋아하지 않는다. 춥고 미끄럽고 눈까지 많은 곳을 왜 돈 주며 가냐고 투덜대 친구들의 원성을 샀던 사람이다. 친구들에게 이끌려 가더라도 호텔 밖을 나서지 않는 인물이다. 그런 사람을 스키장에 가보자는 마음이 들게 하는 작품이다. 이미 녹슬어버린 몸이라 직접 할 수는 없겠으나 질주하는 사람들을 보는 것만으로 마음이 탁 트일 것만 같다.

책은 이전에 내가 품었던 생각을 쓱 무장해제시키는 마법을 부릴 때가 있다. 이 책이 내게는 그랬다. 겨울 스포츠를 즐기는 독자뿐만 아니라 내 영역이 아니라고 생각했던 독자들까지도 주인공들과 함께 급경사를 질주해 내려오는 통쾌함을 즐기시길 바란다.

민경욱

화이트 러시

1판 1쇄 발행 2023년 1월 18일
1판 4쇄 발행 2024년 1월 15일

저 자	히가시노 게이고
옮 긴 이	민경욱
발 행 인	유재옥

이 사	조병권
본 부 장	박광운
편 집 1 팀	박광운 최서영
편 집 2 팀	정영길 조찬희 박치우 정지원
편 집 3 팀	오준영 이해빈 이소의
디자인랩팀	김보라 박민솔
디지털사업팀	박상섭 김지연 윤희진
표지디자인	곰곰사무소
라이츠사업팀	김정미 맹미영 이윤서
영업마케팅팀	최원석 박수진
물 류 팀	허석용 백철기
경영지원팀	최정연
발 행 처	(주)소미미디어
발 행 등 록	제2015-000008호
주 소	서울시 마포구 토정로 222, 403호(신수동, 한국출판콘텐츠센터)
판 매	(주)소미미디어
전 화	편집부 (070)4164-3960 기획실 (02)567-3388
	판매 및 마케팅 (070)8822-2301, Fax (02)322-7665

ISBN 979-11-384-1547-7 (03830)